레
Red
드

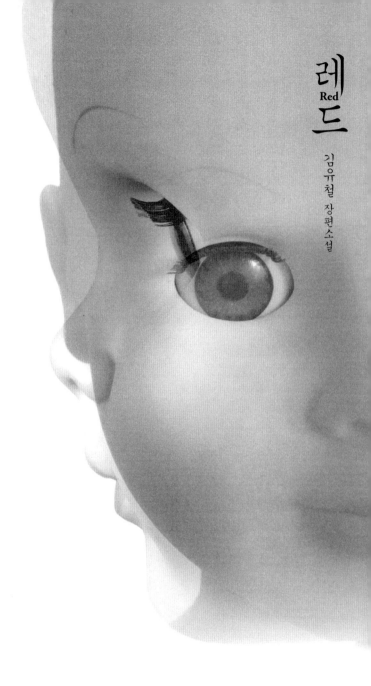

레드
Red

김유철 장편소설

황금가지

차례

남자의 거친 숨소리가 들릴 때마다 그녀는 소름이 돋았다. 남자의 몸에서 이제껏 맡아보지 못한 역한 냄새가 풍겼다. 땀이나 싸구려 향수와는 달리 도살장에서나 맡을 수 있는 비릿한 냄새였다.

'언니가 걱정을 하고 있을 텐데…….'

그녀는 있는 힘을 다해 몸을 뒤틀었다. 하지만 움직일 수 없었다. 일식집에서나 볼 수 있었던 길고 날카로운 칼이 몸속을 파고들었을 때 그녀는 고통을 견디지 못하고 정신을 잃었다. 다시 깨어났을 때 그녀는 남자의 어깨에 매달려 있다는 것을 알았다. 그녀가 몸을 움 직일수록 남자의 팔은 더욱 단단하게 그녀의 허리를 압박해 왔다. 남자는 가파른 언덕을 올라가고 있었다. 희미한 불빛들이 안개의 장 막 사이로 일렁거렸다. 도시 근교에 있는 높은 곳이 분명했다. 어디 쯤일까? 그녀는 정신을 잃기 전의 일을 생각하려고 노력했다. 집으로 돌아가는 길이었다. 언니에게 전화로 저녁 메뉴에 대해 물었던 것 같았다. 그리고 아무것도 기억나지 않았다. 둔탁한 아픔만이 남아 있을 뿐이다.

남자는 헐떡이고 있었다. 입술 사이로 가느다란 쇳소리가 흘러나왔다. 어디로 가는 것일까? 그녀의 뺨으로 물방울이 튀었다. 곧 많은 비가 쏟아질 것 같았다. 남자는 콧노래를 부르기 시작했다. 그녀의 정신은 다시 몽롱해졌다. 아무래도 피를 너무 많이 흘린 모양이다. 얼핏 남자의 속삭이는 소리가 들리는 것 같았다.

"이제 곧 할아버지를 만나게 될 거야."

낮고 우울한 톤이었다. 그녀의 귓가에 할아버지라는 단어가 맴돌았다. 그 순간 그녀의 몸은 깊은 어둠 속으로 떨어졌다. 짧은 순간이지만 허공을 날고 있었다. 뒤이어 쿵 하는 소리와 함께 숨을 쉴 수 없을 만큼 둔탁한 통증이 일었다. 그녀는 몸을 떨면서 비명을 질러댔다. 하지만 목소리는 생각보다 크지 않았다. 동그란 원 밖에서 자신을 내려다보던 남자의 얼굴이 스치듯 사라졌다. 그리고 다시 어둠이 찾아왔다. 철문 닫히는 소리가 둔탁하게 전해졌다. '안 돼요! 이봐요!' 있는 힘껏 소리를 질렀지만 그녀의 목소리는 어둠 속을 맴돌 뿐이다. 온몸에 한기가 느껴졌다. 양쪽 손을 좌우로 가져갔다. 물이끼가 낀 것처럼 미끈거리는 돌덩어리가 만져졌다. 맨홀이나 우물 속 같았다. 그런데 왜 내가 이곳에 갇혀 있어야 되는 거지? 그러나 곧 기침과 함께 울컥하고 핏물이 쏟아졌다.

1

첫 강의가 있는 날은 항상 신경이 쓰였다. 4층 강의실에서 만난 수강생들의 연령은 여느 해와 달리 젊은 편이었다. 수강생들의 자기소개가 끝나고 강의를 시작하려고 할 때, 날카로운 눈매의 남자가 민성에게 "미시마 유키오는 천구백칠십 년 할복을 했지요. 선생님?" 하고 질문을 했다. 민성은 그의 모습을 다시 한 번 천천히 살펴봤다. 창백한 피부에 뚜렷한 이목구비, 은테 안경 너머의 시선은 민성이 아니라 화이트보드의 어느 한 부분에 멈추어 있는 것 같았다. 민성은 대답 대신 "이름이…… 어떻게 되죠?"라고 반문했다. 그는 실망스런 표정으로 "미시마 유키오[1] 말입니다!"라고 높은 톤으로 말을 이었다.

"아뇨, 미시마 유키오를 말하는 것이 아니라 본인의 이름을 묻고 있는 겁니다."

강의실에 앉아 있던 학생들 속에서 웃음소리가 터져 나왔다. 민성은 어깨를 들썩이며 그를 쳐다보았다. 수업 첫 날인 만큼 분위기를 가볍게 가져가고 싶었다. 하지만 민성의 예상과 달리 남자는 심각한 표정을 지었다.

"선생님 작품을 모두 읽었습니다. 하지만 미시마 유키오는 자살을 했어요. 육상 자위대 총감부에 난입을 해서…… 그에겐 추종자들이 있었고, 그들은 모두 방패회 회원이었습니다."

『금각사』를 좋아하긴 했지만, 자신의 소설에서 미시마 유키오를 떠올릴 만큼 많은 영향을 받지는 않았다. 민성은 그의 얼굴을 잠시 바라보았다.

"미시마 유키오와 제 소설이 무슨 관계가 있다는 겁니까?"

"전혀요! 하지만 전 많은 걸 알아낼 수 있었습니다."

"무슨 뜻이죠?"

"작은 단서만 주어져도 모든 걸 생각해 낼 수 있을 겁니다. 선생님 역시……."

하지만 남자는 그 말만을 남긴 채 불안한 시선으로 주위를 두리번

---

1) 미시마 유키오 (1925-1970) : 본명은 히리오카 기미타케(平岡 公威). 미숙아로 태어났지만 고등학교를 수석으로 졸업할 만큼 영민했다. 일본의 대표적 탐미주의 작가로 허무주의와 이상심리를 다룬 작품을 많이 남겼다. 『가면의 고백』,『금각사』 등으로 노벨문학상 후보에 오를 만큼 문학성을 인정받았지만 방패회 모임을 결성하는 등 우익정치활동에 적극 참여했다. 1970년 11월 25일, 방패회 대원 네 명과 함께 자위대 주둔지(지금의 일본 방위성防衛省 본성)를 찾아가 동부방면총감(東部方面総監)을 감금하고, 막료 여러 명에게 부상을 입혔으며 사무실 앞에서 발코니 연설로 쿠데타를 일으키자는 연설을 하고는 5분 뒤에 할복자살했다. 이 사건은 일본 사회에 큰 충격을 주었을 뿐 아니라 신우익(新右翼)이라 불리는 우익 세력이 생겨나는 등 일본 국내의 정치운동에 큰 영향을 끼쳤다. —일부 위키백과 참조.

거리다 강의실을 나가 버렸다. 학생들이 그가 사라진 뒷문 쪽을 힐
끗거렸다. 누군가 남자의 이름을 말해 주지 않았다면 민성은 수업시
간 내내 그가 파놓은 수렁 속에서 헤어 나오지 못했을 것이다. '미시
마 유키오라니!' 민성은 신상카드에 적힌 남자의 프로필을 떠올리며
수업을 이어갔다.

남자의 신상카드를 다시 살펴본 건 수업 뒤에 가진 뒤풀이 겸 술
자리가 끝난 새벽이었다. 그는 수강생들 중에서 가장 나이가 많은
1950년대 생이었다. 나이에 비해 동안이라는 생각을 하면서 민성은
'미시마 유키오?'라고 다시 한 번 되뇌었다.

민성은 대학가 변두리에 원룸을 얻어 살고 있었다. 마지막 3차는
호프집에서 가졌는데 대학 4년생의 예비 실업자라고 밝힌 한 여학
생이 민성에게 원고지를 내밀었다. 그때 민성은 자신의 소설에 인용
했던 헤마토필리에와 헤마토디프시에에 대해 이야기하던 중이었다.

"헤마토필리에는 피에 대한 페티시즘을 의미하는 것으로 머리카
락이나 입었던 팬티, 구두에 집착하는 일반적인 페티시스트와 달리
피부 밑으로 뚫고 들어가야 하는 매우 위험한 요소가 포함되어 있는
겁니다."

민성은 그런 예로서 독일의 정신분석학자인 칼 베르그가 쓴 『가학
자』의 실제 모델에 대해 이야기했다.

"천구백이십구 년 뒤셀도르프에서는 연쇄살인사건이 발생했습니
다. 범인은 피터 쿠르텐이라는 남자로 아홉 건의 살인사건과 일곱
건의 살인시도 죄목으로 천구백삼십일 년 칠월, 단두대에 머리가 잘

려 죽었죠. 그는 여성들만을 범행대상으로 했으며 대부분은 목을 잘라 살해 했습니다. 당시의 의사들이 그의 행동을 연구했는데, 피터 쿠르텐은 사람을 볼 때마다 피가 흐르는 소릴 들을 수 있다고 말했습니다. 의사들은 그가 여성의 목에, 특히, 혈관이 지나는 곳을 찌르고 거기서 뿜어져 나오는 피를 마시며 사정을 했다는 것을 밝혀냈습니다. 그는 여성의 피를 보고, 마시면서 쾌감을 느낄 수 있었던 겁니다."

"그럼, 피터 쿠르텐이라는 남자는 노이로제성 임포텐츠가 아니었을까요?"

질문을 걸어온 것은 자신을 대학4년생인 예비 실업자라고 밝힌 여학생이었다.

"전 지금 생리 중이거든요. 만약 천팔백팔십 년대 런던 이스트엔드 일대에 실존했던 살인마 잭이나 뒤셀도르프의 뱀파이어가 아직 살아있다면, 그래서 절 강간 살해하려 한다면, 제 몸에서 나는 생리혈의 냄새와 맛을 보면서 쾌감을 느꼈을지도 모르겠군요……."

함께 있던 학생들이 어이없다는 듯 실소를 터뜨리거나 잔을 들면서 그녀에게 술을 권했다. 하지만 민성은 그녀의 질문을 난해한 퍼즐을 맞추듯 심각하게 분석해야 했다. 왜냐하면 그녀는 수업이 끝날 때까지 민성에게서 시선을 떼지 않았고 자신의 대학이 민성의 원룸에서 50미터밖에 떨어져 있지 않다는 사실을 세 번이나 강조했기 때문이다. 민성이 지금 피에 대한 연작소설을 쓰고 있다는 사실을 알고 있고 그전에 출판되었던 연작소설도 아주 재미있었다고 말했다. 그녀는 어쩌면 민성이 지금 피터 쿠르텐처럼 생각하고 그와 유사하게 행동하고 싶어 한다는 걸 알고 있을지 모른다. 잠정적으로 '나를 유혹하고 있다'라고 결론을 내리는데 그리 오랜 시간이 필요하지 않았다.

"월경주기가 여성 자신을 변화시킨다는 사실은 알고 있나요?"

"여성호르몬인 에스트로겐을 말하는 거겠죠."

"물론……. 에스트로겐 수치가 높아지면 언어와 손재주 능력도 함께 좋아지죠. 대신 공간과 방향에 대한 감각이 떨어지게 됩니다. 월경을 시작하는 여성들이 외출하지 않고 집에서 쉬고 싶어 하는 무의식중에는 생리통 외에도 그런 이유가 숨어있는 거예요."

"적어도 밖에서 살해당할 확률은 낮아지겠군요."

민성은 말없이 고개를 끄덕였다.

"그렇다고 안심할 순 없을 겁니다. 살인사건의 칠십오 퍼센트는 주변 인물일 가능성이 많으니까."

호프집을 나오면서 그녀가 귀엣말로 '그럼 사이코패스를 구분하는 방법을 알려주셔야겠네요?' 라고 말했을 때 민성은 자신의 생각이 틀리지 않았다고 확신했다.

버지니아 슬림을 나누어 피우면서 그녀에게 이름을 물었다. 그녀는 잠시 생각에 잠긴 듯 침대에 누워 있다가 피우던 담배를 민성에게 건네주었다.

"미시마 유키오의 본명이 히라오카 기미타케라는 사실을 말해 준 남자가 바로 그 사람이었어요. 영문 이니셜이 H와 G로 시작되는 게 자신과 같다면서……. 게다가 그는 재학 중에 미시마 유키오처럼 문학상에 입선한 적이 있었다고 말했죠."

민성은 담배를 피우다 말고 그녀에게 시선을 돌렸다.

"수업시간에 그 아저씨의 이름을 말해 준 사람이 너였어?"

그녀는 대답 대신 미소를 지으며 민성의 손에서 다시 담배를 빼앗아 갔다. 침대 머리맡에 있는 탁상시계의 시침은 새벽 2시를 가리키고 있었다. 평소 같으면 글쓰기에 열중해 있을 시간이었다. 전업 작가가 되고부터 자연스럽게 가지게 된 습관이었다. 새벽 1시에서 4시 사이가 머리회전이 가장 활발한 시간대였다. 그는 가방에서 서류철을 꺼내 현길이라는 남자의 신상카드를 찾았다.

"그렇다면 내 소설과 미시마 유키오의 할복자살이 무슨 관계가 있다는 거지? 거기에 대해선 들은 게 없어?"

"글쎄……, 저도 선생님과 마찬가지예요. 현길이라는 사람과 만난 건 불과 여섯 시간 전이니까. 커피를 마시면서 삼십 분 정도 이야길 나눈 게 전부예요. 제가 선생님과 두 시간 전에 피터 쿠르텐에 대해 이야길 나누었듯이……"

그녀는 침대에서 일어나 바닥에 떨어진 자신의 팬티를 쓰레기통에 던져 넣고 책상 앞으로 걸어왔다. 민성은 의자에 등을 기대고 앉아 볼펜으로 책상 위를 두드리기 시작했다. 벌거벗은 그녀의 몸은 부그로의 그림에 나오는 프시케처럼 완벽한 몸매였다. 볼록 솟은 가슴은 균형이 잡혀 있었고 가느다란 허리에서 둔부로 이어지는 곡선은 조각 같았다. X자 모양의 긴 다리를 벌리자 짙은 갈색의 음모가 나타났다. 몸을 굽힌 그녀는 질 속으로 템포를 삽입했다. 민성은 볼펜 두드리는 것을 멈추고 넋 나간 사람처럼 그녀의 동작을 바라보았다. 옷장에서 그의 사각팬티를 꺼내 입은 그녀가 책상 위에 있던 현길의 신상카드를 집어들 때 그녀의 가슴이 슬쩍 민성의 뺨을 스쳤다. 그녀는 카드를 훑어보고 나서 고개를 갸우뚱거렸다.

"현길이라는 남자가 그전부터 선생님을 알고 있었다는 생각이 들었어요. 수업시간에요. 아니라면, 처음부터 그렇게 밑도 끝도 없는 말을 꺼낼 수는 없었을 테니까. 제 생각이 전부 옳다고는 할 수 없겠지만…… 어떻게 생각하세요?"

"글쎄…… 언제부터 그가 나를 알고 있었을까?"

민성은 다시 볼펜으로 책상 위를 탁탁거리기 시작했다. 탁, 탁, 탁, 탁……. 그러다 문득, 그가 작가상에 입선을 했었다는 말이 떠올랐다. Kang & Kang에서 주관하는 작가상은 1회부터 스타작가를 배출하면서 유명해졌다. 그러고 보면, 민성도 2001년 15회 작가상 출신이었다. 그가 민성과 같은 학번이거나 비슷한 연배였다면 시상식 장에서 마주쳤을 가능성도 있었다.

"그가 작가상과 관계가 있다면, 내가 당선되던 해에 시상식장에서 나 뒤에 이어진 다과회에서 선배 작가로서 잠깐 마주쳤을 가능성도 있을 거야."

"바로 그거예요!"

그녀는 손바닥을 치면서 흡족한 미소를 지었다.

"하지만 그가 전부터 나를 알았다고 해서 달라지는 건 뭐지. 벌써 구 년 전에 있었던 일이었고, 설사, 그때 만났다 하더라도 구 년 전에 이미 끝난 관계였을 테니까……."

"그때 무슨 일이 있었는지 천천히 기억해야겠죠."

"빌어먹을…… 그때 일을 아직까지 기억하는 사람이 어디 있겠어? 더구나, 그가 다음 주 금요일에도 수업에 참석할지 확신할 수도 없잖아. 내기를 해도 좋지만 그가 나타날 가능성은 단 일 퍼센트도 되지 않을 걸."

그는 신상카드에 전화번호와 주소를 적어놓지 않았다. 그녀는 말없이 어깨를 으쓱거렸다.

"이번 달이 지나기 전에 그가 선생님 앞에 모습을 나타내지 않는다면 제가 타고 다니는 빨간색 폭스바겐을 드리겠어요."

'폭스바겐?' 민성은 그제야 침대 아래에 아무렇게나 놓여 있는 그녀의 청바지가 게스라는 사실을 깨달았다. 검은색 구찌 구두에 샤넬 가방이라면, 대학 4학년의 여학생치고는 분에 넘치는 사치를 하고 있었다.

"나와 내기를 하겠단 뜻인가?"

"비슷한 거예요."

"그럼, 난 뭘 걸어야 하지?"

그녀는 팔짱을 낀 채 민성을 내려다보았다.

"낫싱…… 하지만 명심할 게 있어요. 결코 그에게 적개심을 가져선 안 된다는 것!"

민성은 담배를 재떨이에 짓누르고 자리에서 일어났다. 책장 깊숙이 박혀 있는 앨범을 꺼내기 위해서였다. 민성의 기억이 맞는다면, 9년 전 시상식장에서 친구가 두 통이 넘는 필름을 써 가며 사진을 찍어 댔을 것이다. 민성이 책장에 머리를 박고 있는 동안 그녀는 옷을 입고 화장을 고쳤다. 겨우 앨범을 찾아 책상 위에 올려놓았을 때에는 그녀의 모습이 보이지 않았다. 민성은 방안을 두리번거리다가 그녀의 혈흔이 남아있는 침대 시트를 멍하니 바라보았다. 그리고 그녀가 자신의 질문에는 대답하지 않았다는 사실을 깨달았다. 민성은 세 권의 앨범 중 하나를 집어 들려다 그녀에게서 건네받은 100매 분량의 원고지 뭉치를 가방에서 꺼냈다. 그는 겉표지에 적힌 제목을 소리 내어 읽었다.

"「연쇄살인사건에 대한 보고서」?"

2

약수터로 향하는 두 갈래 길이 나왔다. 남자는 잠시 멈추어 섰다. 그의 입에서 옅은 입김이 새어나왔다. 호흡을 가다듬고 이마에 맺힌 땀을 닦았다. 남자는 사람의 발길이 닿지 않은 우측 오솔길로 걸음을 옮겼다. 나무틀을 대거나 모나지 않은 돌을 계단처럼 쌓아놓은 길은 익숙해서 싫었다. 얕은 웅덩이가 징검다리처럼 늘어져 있었다. 빗물이 고인 웅덩이에 솔잎이 떠다녔다. 새벽에 내린 소나기로 길은 개흙으로 변해 있었다. 걸음을 옮길 때마다 점액질처럼 등산화에 진흙이 달라붙었다. 남자는 S자 모양으로 생긴 어린 소나무 가지를 오른손으로 잡고 왼손에는 물통을 든 채 힘겹게 걸음을 옮겼다. 10분도 지나기 전에 그는 후회하기 시작했다.

바람이 불 때마다 솔잎 가지들이 너풀거렸다. 그때마다 물방울이 떨어져 내렸다. 안개가 걷히기 시작하면서 거무튀튀한 나무껍질의 윤곽이 선명하게 드러났다. 풀벌레 소리가 규칙적으로 울렸다. 까마귀들이 근처에서 허공을 선회하고 있었다. 아침 운동을 하러 올라가는 등산객의 함성소리가 낮고 길게 울려 퍼졌다. 등산화 밑창의 진흙덩이 때문에 빙상 위를 걷듯 몸이 앞이나 옆으로 쏠렸다. 남자는 길옆으로 자란 잡초 위에 등산화의 밑창을 거칠게 비벼댔다. 까마귀의 날갯짓 소리가 다시 들려왔다. 먹음직스러운 먹잇감이라도 찾았는지 수변을 놀면서 '까악' 거렸다. 남자는 우윳빛이 도는 물통 바닥의 모서리 부분에 묻은 진흙을 손바닥으로 훔쳐내고 조심스럽게 걸음을 옮겼다. 한 발 한 발 내디딜 때마다 엄지발가락에 힘이 들어갔다. 몸의 중심을 잡는 일은 만만치 않았다. 어디서 날아왔는지 까마귀 한 마리가 남자 주위를 배회하다 날아갔다. 이제 까마귀는 두 마리가 되었다. 까마귀의 푸닥거리는 소리가 남자의 신경에 거슬렸다.

오솔길은 경사가 완만해지고 있었다. 자갈이 섞인 바닥은 더 이상 미끄럽지 않았다. 여기서 50미터 정도만 걸어가면 약수터가 나올 것이다. 까마귀 두 마리가 잠시 하늘을 배회하다 나뭇가지 사이로 내려앉았다. 남자는 녀석들이 왜 저렇게 호들갑을 떠는지 궁금했다. 그는 실눈을 하고 까마귀의 윤기 흐르는 깃털을 바라보았다. 나뭇가지에 뭔가가 매달려 있었다. 남자는 서너 발짝 앞으로 걸어가 까마귀의 모양새를 관찰했다. 수령이 50년은 되어 보이는 붉은 소나무였다. 가지는 마치 불길이 치솟듯 하늘을 향해 뻗어 있었다.

남자의 가슴이 뛰기 시작했다. 기분이 좋지 않았다. 까마귀 두 마리가 소나무의 가지 사이를 번갈아 날아다녔다. 니은자 모양으로 꺾인 나뭇가지에 매달린 것은 둥근 모양이었다. 까마귀가 부리로 쪼을 때마다 그것은 힘없이 흔들렸다. 남자는 자세히 보기 위해 오솔길을 벗어나 소나무 앞으로 조심스럽게 걸음을 옮겼다. 까마귀 한 마리가 남자를 향해 달려들었다. 당황한 남자가 물통으로 허공을 휘저었다. 그러다 곧 엉덩방아를 찧고 말았다. 가지에 매달린 것은 사람의 머리였다. 눈알이 파인 얼굴이 빙글빙글 돌고 있었다. 주위를 맴돌던 까마귀가 탐욕스럽게 남자를 노려보았다. 남자는 기다시피 걸음을 옮겼다. 그가 들고 있던 물통은 어디로 사라졌는지 보이지 않았다. 더듬거리며 휴대폰을 찾는 남자의 손은 수전증 환자처럼 떨리고 있었다.

박 형사는 숨을 헐떡였다. 조깅화 바닥은 진흙이 묻어 미끄러웠다. 청바지 밑단과 롯데 자이언츠 로고가 새겨진 점퍼에도 진흙이 말라붙었다. 의경 한 명이 여자의 시신을 보고 구역질을 했다. 과학수사과에서 나온 형사들이 8밀리 비디오와 사진 촬영, 지문채취를 하고 난 뒤였다. 뒤따라온 반장이 살해현장을 보면서 인상을 쓰기 시작했다. 하의가 벗겨진 여자의 시신은 오솔길에서 10미터 정도 떨어진 소나무 기둥 아래에서 발견 되었다. 양 손바닥은 하늘을 향해 있었고 머리가 뜯겨 나간 목 주위에는 파리가 날아들었다. 베이지색 운동복 상의 군데군데에는 핏자국이 묻어 있었다. 조금이라도 몸을 움직이면 고여 있던 핏물이 흘러내릴 것만 같았다.

박 형사와 반장은 두 달째 방화범을 쫓고 있었다. 첫 방화가 일어난 시점은 작년 이맘때지만 잠복기가 있었다. 그러다, 최근 두 달 동안 집중적으로 방화사건이 발생하고 있었다. 여섯 대의 자동차가 불에 탔던 것이다. 주로 골목에 세워진 중형 이상의 자동차를 목표로

했다. 동일 전과자들을 족치고 다녔지만 어떠한 정보도 얻을 수 없었다. 현재까지 밝혀진 것이란 나이키 조깅화를 신고 다니고 30대 초반에서 40대 초반의 나이에 귀를 뒤덮을 만큼 긴 머리, 1미터 80센티미터 정도의 체격이 좋은 남자라는 사실뿐이었다. 방화현장이 가까운 골목 한쪽에서 밤새 잠복근무를 하고 있던 두 사람이, 토막살인 사건이 발생했다는 연락을 받은 건 새벽 6시 20분경이었다. 그 시간이 되면 몸의 근육은 냉동실에 넣어둔 고기처럼 굳어졌다. 감각이 둔해지고 눈꺼풀의 무게를 이겨내기 힘들었다. 다른 조와 교대할 시간을 불과 1시간 정도 남겨두고 걸려온 전화에 박 형사는 짜증이 났다. 불행하게도 살해현장에서 가장 가까운 거리에 두 사람이 있었다.

반장이 박 형사에게 담배 한 개비를 내밀었다. 폴리스라인을 넘어 과학수사과 형사에게 다가갔다. 관내에 토막살인 사건이 일어난 것은 처음 있는 일이었다. 다행히, 시신의 체육복에서 지갑이 나왔다. 운전면허증과 학생증으로 여자가 24살의 B대학 4학년생이라는 사실을 알아냈다. 과학수사과 형사가 박 형사에게 두 자루의 칼을 내밀었다. 하나는 길이가 40센티미터 가량 되는 칼이었다. 칼등에는 사카이토지라는 일본어가 음각으로 새겨져 있었다. 칼날과 자루에는 피해자의 것으로 추정되는 피와 살점이 묻어 있었다. 다른 칼은 레저용 나이프였다. 과학수사과 형사는 범인의 족적도 발견했다고 귀띔해 주었다. 사카이토지는 시체 옆에서, 나이프는 5미터 정도 떨어진 나무 밑에서 발견했다. 박 형사는 여대생의 주민등록번호로 2분만에 거주지와 가족사항을 알아냈다. 모든 것이 쉽게 진행되고 있었다. 사카이토지에서 혹은 여자의 베이지색 체육복이나 음부에서 범인의 지문이나 정액이 발견된다면 한 달 안에 마무리할 수 있는 사건이었다. 적어도 박 형사는 그렇게 생각했다. 마지막으로 남은 것은 나뭇가지에 매달린 피해자의 머리를 수거하는 일뿐이었다.

3

별다른 일이 없는 한 민성의 취침시간은 새벽 4시 30분부터 오후 12시 사이었다. 눈을 떴을 때 창 밖에는 빗방울이 떨어지고 있었다. 창문 틈 사이로 고여 있던 빗물이 벽을 타고 흘러 내렸다. 민성은 마른걸레로 바닥과 벽지, 창문을 차례로 닦았다. 냉장고 문을 열어 바나나와 우유를 꺼냈다. 시리얼과 바나나에 우유를 타서 먹으면서 조간신문을 읽고 스케줄을 확인했다. 저녁에는 출판사 편집장과 약속이 있었기 때문에 적어도 오후 6시까지는 시간을 비워두어야 했다. 그는 습관적으로 볼펜을 탁탁거리며 그동안 미뤄왔던 「연쇄살인사건에 대한 보고서」를 읽기 시작했다.

영국의 랭커스터 왕조가 일으킨 백년 전쟁 후기인 1429년, '프랑스를 구하라'는 신의 음성을 들은 잔 다르크는 샤를 왕세자를 방문했다. 그는 트루아 조약에 의해 미치광이 왕으로 불리던 아버지 샤를 6세 사후에 영국 왕 헨리 5세와 그의 아들 헨리 6세에게 왕위 계승권을 건네주어야만 하는 비운의 왕태자였다. 잔 다르크는 그를 설득해서 영국군과 그에 협력하는 부르기뇽파 군대의 포위 속에 저항하고 있던 오를레앙 구원에 나섰다. 흰 갑주에 흰옷을 입은 잔 다르크는 샤를 군대의 선두에 서서 영국군을 격퇴하고 그해 5월 영국군을 오를레앙에서 완전히 몰아내고 랭스까지 진격했다. 그러나 잔 다르크는 1430년 5월에 일어난 콩피에뉴 전투에서 부르기뇽파 군대에게 사로잡혔다. 영국군은 그녀를 악마와 육체적인 관계를 가진 마녀로 낙인찍어 두앙에서 화형시켰다.

민성은 싱크대 앞으로 걸어가 머그컵 가득 커피를 타서 돌아왔다. 그는 머그컵 가까이 코를 가져가 헤이즐넛에서 나는 달콤한 냄새를 즐기며 다시 원고를 읽기 시작했다.

잔 다르크보다 8살이 많은 질 드레가 오를레앙에 나타난 것은 1429년이었다. 잔 다르크가 헨리 왕이 이끄는 영국군에 맞서 오를레앙을 수호할 때 남작이자 육군 원수였던 질 드레도 잔 다르크와 함께 영국군에 맞서 싸웠다. 그러나 그는 잔 다르크가 두앙에서 화형을 당한 1년 뒤인, 1432년부터 8년 동안 140여명이 넘는 어린아이를 살해하는 이해할 수 없는 범죄를 저질렀다. 질 드레는 아이들의 목을 가르거나 신체의 일부분을 하나씩 절단하는 행위를 즐겼으며, 아이들이 고통스럽게 죽어 갈수록, 절단된 신체에서 피가 흘러내릴수록 희열을 느꼈다. 고통 속에 죽어가는 아이들의 얼굴을 보면서 사정을 했고, 머리와 배를 갈라 장기를 들여다보는 것을 즐기기도 했다.

H, G는 그 밑에 주석으로 랠리쿠에트의 말을 인용해 놓았다.

질 드레는 철저한 금욕주의와 연금술, 마녀재판, 악마와의 결탁, 미신과 마법으로 뜨거워진 부조리한 중세시대의 산물이었다. 그는 나르시시즘과 동성

애와 강박증에 시달린 심리적 패배자의 한 전형인 것이다.

그리고 그 아래에 자신이 주석을 달아 놓았는데, 위의 랠리쿠에트 견해와는 전혀 다른 것이었다.

문제는 잔 다르크가 마녀재판을 받고 두앙에서 화형을 당한 것과 질 드레의 연쇄살인사건 사이에는 깊은 연관성이 있다는 사실이다. 구체적인 근거를 들기는 어렵지만…… 이를테면, 나비효과와 같은 것이다.

민성은 잠시, 나비효과에 대해 떠올렸다. 중국에 있는 나비가 몇 번의 날갯짓을 하면 미국 서해안에 거대한 토네이도가 발생한다. 대충 이런 이론이었다. 그리고 그 터무니없어 보이는 주장이 미시마 유키오의 자살과 자신의 소설이 관계가 있을지 모른다고 말한 남자를 떠올리게 했다. 하지만 아직까지 「연쇄살인사건에 대한 보고서」를 쓴 H .G라는 영문 이니셜을 가진 사람이 그 남자인지, 아니면 그녀인지 확신이 서질 않았다. 민성은 의자에서 일어나 창가로 걸어갔다. 빗물이 창틀에 부딪치면서 파편처럼 바닥으로 흩어졌다. 1층 담벼락 사이에 온몸이 시커먼 털로 뒤덮인 도둑고양이 한 마리가 비를 피해 숨어 있었다. 비에 젖은 고양이의 털은 고슴도치처럼 날이 서 있었다. 민성과 눈이 마주친 고양이가 귀찮다는 듯 담벼락 사이를 아슬아슬하게 걸어 처마 끝으로 사라졌다.

"늦게 받는군요. 잠을 깨운 건 아니죠?"

앨범을 뒤적이고 있을 때 그녀에게서 전화가 걸려왔다. 담배를 입에 문채 민성은 앨범 속에서 현길의 모습을 찾고 있었다. 제일 먼저 작가상 시상식에서 찍은 단체사진을 살펴봤다. 9년 전에 찍은 사진이어서 자신의 모습마저 생소해 보였다. 인내심을 가지고 한 사람 한 사람 자세히 살펴봤지만, 어디에서도 그의 얼굴을 찾을 수 없었다. 민성은 허탈한 심정으로 두 개비 째 담배를 피웠다. 예상과 달리 그는 2001년 작가상 시상식장에 없었을 가능성도 있었다. 그렇다면 현길이라는 사람은 언제부터 나를 알고 있었던 것일까? 추측과 달리 그가 나를 전혀 모르고 있었던 건 아닐까? 그런 생각을 하고 있을 때, 책상 위에 있던 휴대폰이 드르륵거리며 진동음을 냈다.

"삼십 분쯤 전에 일어났어. 조금 전까진 「연쇄살인사건에 대한 보고서」를 읽고 있었고, 지금은 미시마 유키오에 대해 생각 중이야."

민성은 창밖 비오는 거리를 내려다보며 따분한 목소리로 대답했다.

"그래서 얻은 게 있나요?"

"그전에 물어보고 싶은 게 있어. 「연쇄살인사건에 대한 보고서」를 누가 썼는지…… 누구지?"

"당연히, 그 사람이죠."

그녀의 웃음소리가 흘러나왔다.

"선생님에게 보여주고 싶은데, 용기가 나지 않는다고 했어요. 그래서 제가 주제넘게 나섰던 거예요."

"소심한 사람이었군."

다시 그녀의 웃음소리가 들렸다.

"이젠 대답해 주세요."

"결론부터 말하자면, 찾을 수 없었어."

"사진을 못 찾았다고 해서, 현길이라는 사람이 시상식장에 없었다고 단정할 순 없죠."

"그렇긴 하지만……. 대신 미시마 유키오에 대해선 한 가지 떠오르는 게 있더군."

"뭔데요?"

"가톨릭에서 정의한 죄악들."

"가톨릭의 죄악들요?"

"으흠…… 내 소설뿐만 아니라 강의를 했던 내용들, 그리고 내가 수업시간에 소개했던 책들까지 기억해 낸 뒤에 겨우 깨달은 결론이야."

"예를 들면요."

"분노와 탐욕, 음란, 탐식, 시기, 나태, 교만 등이 가톨릭에서 정의한 대죄들이야……. 그런 소재들을 다룬 작가들로는 에드거 앨런 포, 장주네, 사드, 히치콕, 세븐이라는 영화를 찍었던 데이비드 핀처, 그리고 미시마 유키오가 있었지."

"드디어 연관성을 찾았군요. 축하드려요."

"아직 축하할 일은 아닌 것 같은데.「연쇄살인사건에 대한 보고서」를 내게 보낸 이유를 알지 못하니까."

잠시 침묵이 흐른 뒤 그녀가 다시 입을 열었다.

"오늘, 시간이 어떻게 되죠?"

"저녁엔 누굴 좀 만나기로 했어. 그 외엔 프리하지."

"그러니깐 지금은 만날 수 있다는 말이군요."

"안 될 건 없지만, 무슨 일이지?"

"만나서 이야기해요. 삼십 분 뒤에 원룸 앞으로 차를 가지고 가겠어요."

통화를 끝낸 뒤 민성은 잠시 그녀의 모습을 떠올렸다. 그녀의 이국적인 마스크와 몸매를 본 남자라면 누구든 마음이 흔들릴 것이다. 소설가인 자신과 놀기엔 과분할 만큼 젊고 괜찮은 여자인 셈이다. 운 좋게, 만난 지 여섯 시간 만에 원룸에서 그녀의 육체를 탐닉했던 사실이, 민성이 꿈꾸었던 에로틱한 상상을 뛰어넘는 거라고 생각했다. 그날의 촉촉한 감촉이 되살아나자 바지 앞이 묵직해지기 시작했다. 민성은 옷을 벗고 욕실로 들어갔다. 샤워 부스 안에서 가는 물줄기를 맞으며 냉정을 되찾으려 했지만 소용없었다. 그는 여전히 발기해 있는 페니스를 내려다보며 '쳇' 하고 입술을 일그러트렸다.

현관 입구에 종교적 색채가 짙은 '기도하는 소녀'의 그림 카피가 걸려 있었다. 복도식으로 된 현관을 지나 거실로 들어서자 50인치는 넘을 것 같은 벽걸이 LED 텔레비전이 눈에 띄었다. 마침, 메이저리그가 방송되고 있었는데 현장에서 보는 것 같은 착각이 들 만큼 선명한 화면이었다. 중앙에는 가로세로 길이가 2미터 정도 되는 대나무자리가 깔려 있었고 그 위에 옻칠이 된 원목 탁자가 놓여 있었다. 비치 아파트답게 베란다 밖은 연초록의 바다가 출렁이고 있었다. 그녀는 탁자 맞은편에 민성을 앉히고 부엌에 들어가 다기세트를 들고 왔다. 민성은 그 사이 피치버그 파이어리츠와 시카고 컵스의 경기를 보고 있었다. 중간계투로 나온 한국인 투수가 1점을 빼앗긴 상태에서 6회 초 네 번째 타자를 볼넷으로 출루시켰다. 스트라이크 존을 크게 벗어난 볼에 시카고 컵스의 7번 타자는 섣불리 배트를 휘두르지 않았다. 역전 주자가 1루로 걸어가는 동안 한국인 투수의 얼굴은 담담했다. 그는 그라운드 바닥을 거칠게 파헤치면서 관중들의 야유에 답하고 있었다.

"멋지지 않아요? 슬럼프에 빠진 코리안 영웅의 모습이⋯⋯"

그녀가 차를 탁자에 내려놓으며 말했다.

"야구를 좋아하는지 몰랐군."

뒤이어 50대 초반의 여자가 보온물병을 들고 걸어왔다. 여자는 물병을 그녀에게 건네주면서 날카로운 시선으로 민성을 아래위로 훑어보았다. 민성이 눈인사를 보냈지만 여자는 냉랭한 얼굴로 자리에서 일어났다.

"동생이 야굴 좋아했어요. 홈런을 맞은 저 투수의 경긴 빠지지 않고 봤으니까"

"저 투술 좋아하지 않은 한국인은 없었지. 이젠, 관심을 가지는 사람이 별로 없지만 말이야."

"동병상련을 느끼세요?"

민성은 잠시 그녀를 노려보다 주머니에서 담배를 꺼냈다. 그 사이 그녀는 잔에 탕수를 붓고 사기 주전자에 녹차 잎을 넣었다.

"가슴을 파고드는 말이군."

"상처를 받았다면 용서하세요."

"아니⋯⋯ 맞는 말이지. 난 항상 그런 사실을 외면하고 있을 뿐이니까."

담배 한 개비를 건넸지만 그녀는 고개를 좌우로 흔들었다.

"그럼…… 날 부른 용건을 물어봐도 될까?"

"샤를 페로를 아세요?"

"『잠자는 숲 속의 미녀』, 『장화신은 고양이』를 쓴 프랑스 작가 말인가?"

그녀는 사기 주전자를 집어 잔에 차를 따랐다. 민성은 그녀가 내미는 진한 청록색 사기잔을 받으며 말했다.

"설마, 현길이란 사람처럼 샤를 페로와 내 소설이 관계가 있단 말을 하려는 건 아니지?"

"샤를 페로 동화 중에 푸른 수염이 있어요. 그 동화엔 잘생기고 부자인 푸른 수염의 군주가 나오죠. 자신의 전처를 다섯 명이나 죽인 그 블루 비어드의 모델이 된 사람이 바로 질 드레였어요."

"그 아저씨의 글을 읽었다는 말처럼 들리는군."

"수업 시간에요. 선생님에겐 미안한 말이지만, 「연쇄살인사건에 대한 보고서」를 읽을 수밖에 없었어요. 왜냐하면……"

그녀는 말을 중단하고 찻잔을 입으로 가져갔다. 잔을 두세 번 나눠 입으로 가져가는 그녀의 오른손이 떨리고 있었다. 그는 밋밋한 녹차 향을 맡으며 그녀의 미세하게 떨리는 손과 찻잔의 울림을 주의 깊게 관찰했다.

"당신 말이 맞아. 브르타뉴의 부유한 귀족인 질 드레가 바로 푸른 수염의 이야기를 탄생시켰지. 샤를페로의 동화집에서 말이야."

"일차 세계대전 당시엔 실제로 그런 사건이 있었어요. 프랑스의 히치콕이라는 클로드 샤브롤에 의해 영화화되기도 했죠. 그 희대의 살인마는 일차 세계대전이 한창이던 천구백십오 년 초부터 부유한 오십대 미망인들만을 대상으로 살인을 저질렀어요. 처음엔 질 좋은 포도주와 매너로 환심을 사고…… 일단, 환심을 산 뒤엔 여성들의 재산을 가로챘어요. 그리고 그녀들을 외딴곳으로 유인해 살해했죠. 잔인한 방법으로…….”

“그게 어쨌다는 거지?”

“그 살인자가 유년 시절에 ‘푸른 수염’을 읽고 자랐다는 생각을 해보세요. 그러니까, 육백 년 전의 질 드레가 여전히 우리의 잠재의식 속에 살아있다는 거죠. 선생님이 말한 뒤셀도르프의 뱀파이어라고 불리던 피터 쿠르텐도 마찬가지일 테지만.”

“갑자기 파라필리아란 단어가 떠오르는군. 관음증, 소아성애, 시체 애호증, 사디즘, 마조히즘…… 모두가 파라필리아, 성도착증에 속하는 거니까.”

“그것만이 전부는 아닐 거예요.”

“하지만, 그런 식으로 따지자면…… 폭력과 살인이 난무하는 영화와 게임은 어떻게 설명할 거지? 그런 하드보일드 액션과 게임을 즐기는 사람들 머릿속에 남아 있던 폭력장면과 살인에 대한 이미지가 자신도 모르는 사이에 축적되고 있다는 주장을 말이야.”

“짧게는 몇 시간 뒤에, 길게는 몇 백 년 뒤에 나타날 개연성은 충분하다고 전 생각해요. 더구나 사이코패스나 소시오패스일 경우엔…….”

그녀는 다시 주전자를 들어 자신의 잔에 녹차를 따랐다.

“그 아저씨의 글에 집착하는 이유를 모르겠군. 설마, 내게 접근한 것도 그 때문이었어?"

"부정하진 않겠어요."

두 번째 주자를 진루시킨 코리안 영웅은 다시 위기를 맞고 있었다. 포볼과 안타로 만루 위기를 맞았기 때문이다. 벤치에서 감독과 투수 코치가 걸어 나오고 있었다. 코리안 영웅은 공을 투수 코치에게 건네주며 말없이 마운드를 내려왔다. 감독은 그에게 눈길 한 번 주지 않았다. 민성은 리모컨을 찾아 텔레비전의 파워 스위치를 눌렀다.

"저에겐 연년생인 동생이 있어요. 하지만 삼일 전 실종됐죠. 한 시간 뒤에 도착할 거란 마지막 전화를 남기고…… 뒤늦게 경찰에 신고했을 땐 어디에서도 동생의 흔적을 찾을 수 없었어요."

찻잔을 움켜쥔 채 그녀는 길게 한숨을 내쉬었다. 민성은 고치 속에 갇힌 애벌레처럼 꼼짝할 수가 없었다. 무슨 말부터 꺼내야 할지 망설여졌다. 다만, '그녀의 연년생 동생이 실종되었다'는 말이 민성의 머릿속을 어지럽혔다. 민성의 첫 번째 소설에 나왔던 실종된 여자 역시 생리 중이었고, 연쇄살인범은 질 드레처럼 피에 대한 페티시즘을 가진 악마로 묘사되어 있었다. 하지만 그건 우연에 불과할 뿐이잖아.

"그 때문이었군…… 날 유혹했던 이유가."

"부정하진 않겠어요."

"내 소설에서 동생의 실종에 대한 단서를 찾을 수 있다고 생각하는 건 아니겠지? 질 드레니, 푸른 수염이니 하는 이야길 쉽게 넘기지 못한 이유도 거기에 있었던 거라면……"

"처음부터 느낄 수 있었어요. 동생이 납치되었다는 걸요. 우리 자매는 어렸을 때부터 텔레파시가 통하듯 교감을 잘했죠."

"퍼즐 맞추기의 윤곽이 나타나기 시작하는군."

"도와주세요. 전 동생을 찾고 싶어요."

"현길이란 남자를 끌어들인 것도 우연은 아니겠지? 그날, 여섯 시간 전에 처음 만났다는 것도 거짓말이었어. 그렇지?"

"아뇨. 저도 그날 처음 만났어요. 하지만 그와 이야기를 나누는 동안 동생의 납치범을 잡을 수 있을 거란 희망이 생겼어요. 선생님의 소설에 대해 이야기를 해 준 사람도 그였으니까."

"빨간색 폭스바겐을 공짜로 얻을 수 있는 기횐 처음부터 없었던 거였군."

"하지만 제 몸을 가졌잖아요."

민성과 그녀의 눈이 마주쳤다. 무릎을 꿇고 앉아 그녀의 사타구니를 애완견처럼 핥아대던 모습이 떠올라 얼굴이 붉어졌다.

"현길이라는 사람은 이제껏 사건의 실타래를 풀어가고 있었어요. 이제 아주 가까이 다가선 느낌이에요."

"범인이 시상식장에 있었다는 가설을 세운 것도 물론 그 아저씨겠지?"

"적어도 그와 선생님이 알고 있던 사람이라는 거죠."

"그럼, 그가 시상식장에 있었는지부터 밝혀 보시지."

"그 질문은 선생님이 직접 하는 게 좋을 것 같아요…… 비가 쉽게 그칠 것 같진 않지만, 전 녹차를 마시고 나서 그를 만나러 갈 예정이니까."

민성은 탁자 위에 있는 사기잔을 말없이 입으로 가져갔다. 그녀는 미소를 지으며 다시 텔레비전을 켰다. 이미 6회 초 경기는 끝나고 피치버그 파이어리츠의 공격이 시작되고 있었다. 4대 3으로 뒤진 가운데 피치버그의 두 번째 타자가 중견수를 뛰어넘는 안타를 치고 베이스 러닝을 하고 있었다.

"누구든 안타를 치고 누구는 얻어맞을 수 있는 거예요. 할아버진 많은 돈을 벌었지만 결국 가장 사랑하는 손녀를 잃어버렸죠."

베란다 창문에 빗방울이 후두둑 하고 세차게 부딪쳤다. 민성이 앉아있는 곳에서도 거친 파도에, 하얀 거품으로 일렁이는 바다를 한눈에 내려다볼 수 있었다. 그는 베란다 쪽으로 시선을 돌리면서 풀잎 냄새밖에 맡을 수 없는 녹차의 떫은맛을 음미했다. 무엇보다 3일 전에 실종된 동생을 찾는다는 그녀의 무덤덤한 모습이 이해되지 않았다. 친동생이 사라졌다면 적어도 그녀처럼 침착하지는 못할 테니까. 더구나 그녀가 내뱉는 현학적인 이야기들이란……. 무슨 꿍꿍이속이 있는 걸까? 민성의 속마음을 아는지 모르는지 그녀는 어두운 표정으로 말없이 사기잔을 입으로 가져갔다.

4

서장실에서 나와 강력계 사무실로 돌아가는 반장의 얼굴은 평소의 온화한 표정과는 달리 경직되어 있었다. 날밤을 세운 박 형사는 회전의자에 걸터앉아 졸고 있었다. 반장이 서류철로 책상 위를 툭툭 치면서 그를 깨웠다. 눈이 충혈된 박 형사는 입이 찢어질 정도로 하

품을 해댔다. 그는 비틀거리는 걸음으로 복도로 나가 자판기 커피를
뽑아왔다. 반장 앞에 종이컵을 내려놓고 자신의 책상으로 걸어갔다.
반장은 박 형사가 자리에 앉자마자 입을 열었다.

"국과수 남부지부에도 갔다 와야지?"

반장의 목소리는 진지했다. 박 형사는 말없이 어깨를 으쓱거렸다.
부검이라면 기겁을 하는 그였다. 반장은 박 형사의 눈치를 살피면서
말을 이었다.

"처음 발견한 사람이 학교 선생이라고 했던가?"

"네, 거기 진술서 첨부했습니다."

반장이 들고 있는 서류철을 가리키며 박 형사가 말했다. 반장은
진술서와 디지털카메라로 찍은 현장사진을 한동안 내려다봤다.

"빌어먹을 일이야. 관내에 토막살인 사건이라니⋯⋯. 피해자 신원
은 확인했어?"

"피해자 상의 주머니에서 신분증을 발견했어요. 팔십칠 년생으로
이름은 이은희. B대 영문과 사 학년생입니다."

"서장님도 신경을 쓰는 모양이야. 특히 언론 플레이에 대해서."

"지금쯤 메인 뉴스를 장식하고 있을 겁니다."

킥킥거리며 박 형사가 농담조로 말했다. 하지만 반장의 무뚝뚝한
표정을 보고 그는 웃음소리를 멈췄다.

"현장에서 발견된 흉기는?"

"프랑스제 오피넬과 일제 사카이토집니다."

"쉽게 구할 수 있는 칼은 아니군⋯⋯. 그런데 모두 국내 반입이 가
능한 거야? 십오 센티미터 이상의 칼은 반입금지 아닌가?"

"개인 소지품이 아니라면요. 그러니깐 범인은 국내에 있는 사카이 토지 전문점에서 칼을 구입했을 가능성이 높습니다."

박 형사가 대답했다.

"이런 것 보면 정신병자의 짓은 아닌 것 같단 말이야."

"하지만 계획적인 범죄라면 살해흉기를 현장에 버려두는 실순 하지 않았겠죠. 거기다 족적도 발견되었어요. 허점이 많죠. 우리로선 다행스러운 일이지만."

"정신병잔 아니라도 그 비슷한 놈은 되겠지. 머릴 잘라서 나뭇가지에 매달아 둔다는 게 상식적으로 납득할 수 있는 일은 아니니까."

반장이 입을 열었다. 그는 나뭇가지에 매달려 있던 피해자 머리를 떠올리며 눈살을 찌푸렸다.

"골빈 놈처럼 보이려고 그랬을까? 아니면 약에 취해 있었던 가……. 주변 불량배들은 어때?"

"약수터 주변을 탐문했지만 아무것도 알아낸 게 없습니다."

"빌어먹을…… 피해자 가족은?"

반장이 박 형사에게 물었다.

"방문 약속을 해두었어요."

"충격이 클 테니까 말조심 하고. 피해자 주변 사람들부터 살펴봐. 그럼, 저녁식사 전에 두 번째 미팅을 가지기로 하지."

박 형사는 말없이 고개를 끄덕였다. 아침조회는 이것으로 끝이었다. 반장은 국립과학수사연구소 남부지부에 갈 예정이었고 박 형사는 뒤에 합류하기로 했다. 신원확인이 된 이상 피해자의 옷이나 칼에서 범인의 지문이 나온다면 사건은 쉽게 마무리 할 수 있었다.

반장이 먼저 자리에서 일어나 복도로 향했다. 뒤따라 일어선 박 형사가 종이컵을 들고 반장의 뒤를 따랐다. 잠이 부족한 탓인지 두 사람 모두 발걸음이 무거웠다. 앞서 걷던 반장이 뒤돌아서며 말했다.

"현장사진 말이야, 주변이 온통 핏자국으로 얼룩졌더군."

"흡혈귀가 보죠. 여자의 피를 빨아 마시는……."

박 형사가 드라큘라 흉내를 내며 반장에게 달려들었다. 반장은 종이컵에 담긴 커피가 쏟아지지 않도록 조심하면서 그의 옆구리를 가볍게 찔렀다.

학사경장 출신인 박 형사가 강력계에서 일하기 시작한 건 3년이 조금 넘었다. 그는 지방의 국립대학에서 법대를 다니며 고시공부를 시작했다. 물론 시험 운은 없었다. 졸업한 뒤에도 그는 3년 가까이 고시촌에 틀어박혀 법전을 팠지만 결과는 좋지 못했다. 마지막으로 선택한 방법이 학사경장이었다. 남부서 조사계에서 5년 동안 근무를 한 뒤에 박 형사는 강력계에 지원을 했다. 그리고 전근명령을 받고 나서 처음으로 맡게 된 살인사건이었다. 사건현장에서 살해된 피해자를 살피는 동안 그는 카라바조의 그림을 떠올렸다. 그의 마지막 작품으로 알려진 「골리앗의 머리를 들고 있는 다윗」에서 다윗은 바로 카라바조 자신이었을지도 몰랐다. 골리앗의 머리통을 들고 있는 다윗의 찡그린 표정에는 일말의 동정도 느낄 수 없었기 때문이다. 그 역시 살인을 저지른 경험이 있었으니까. 사람을 죽인다는 건 얼마만큼의 분노와 복수심이 전제되어야만 하는 것일까? 아니면 단순히 재미를 위해서거나 몇 푼의 돈을 빼앗기 위해서, 혹은 범인의 성욕을 풀기 위한 부수적인 해결책인지도 모른다. 그렇다면 이은희 사건은 어디쯤 속하는 것일까?

박 형사가 피해자 집에 도착한 것은 아침조회가 끝난 지 1시간 정도가 지난 뒤였다. 피해자 어머니는 검은색 니트에 코르덴바지를 입고 있었다. 박 형사가 현관으로 들어서자 그녀는 마치 저승사자를 본 것처럼 몸을 움츠렸다. 얼굴은 두려움과 슬픔에 잠겨 있었다. 눈 주위는 부어 있었고 피부는 창백했다. 전화로 이미 딸의 소식을 전해들은 그녀는 박 형사가 도착할 때까지 안절부절못하면서 거실을 서성이고 있었다.

시신 확인을 하러 가기 전에 박 형사는 그녀에게 몇 가지 질문을 던졌다. 그녀의 정신상태가 불안정해 보였기 때문에 질문을 하는 박 형사의 행동은 조심스러웠다. 먼저, 피해자의 아침운동에 대해서 물었다. 그녀는 얼빠진 사람처럼 앉아 있다가 입을 열었다. 부르튼 입술이 말을 할 때마다 떨렸다.

"가끔은…… 하지만 자주 있는 일은 아니었어요. 그 앤 아침잠이 많은 편이어서……."

애매한 대답이었다. 살해된 피해자가 아침운동을 규칙적으로 하지 않았다면, 우발적인 범죄일 가능성도 많아지는 것이다. 박 형사는 수첩을 꺼내 간단하게 메모를 했다.

"새벽 몇 시쯤에 나갔는지 기억하십니까?"

"다섯 시쯤요. 부엌에서 그 애가 나가는 소릴 들었으니까……."

그러다 그녀는 갑자기 울음을 터뜨렸다. '그때 딸아이를 붙잡았어야 했어요!'라고 그녀는 흐느끼면서 말했다. 박 형사는 엉거주춤한 자세로 그녀를 바라보았다. 테이블 위에 있는 티슈를 그녀에게 건네주면서 박 형사는 입술을 굳게 다물었다. 더 이상 그녀에게 질문을 한다는 건 무의미해 보였다. 박 형사는 그녀와 이야기를 나누는 대신 피해자의 방을 살펴봐야겠다고 결심했다.

2층에 있는 피해자의 방문은 잠겨 있지 않았다. 방안은 깨끗하게 정리되어 있었지만 바닥에는 아직 온기가 남아 있었다. 방으로 들어선 박 형사의 기분은 묘했다. 불과 몇 시간 전까지만 해도 피해자는 이곳 침대에 누워 잠을 자고 있었을 것이다. 5시간을 전후로 해서 그녀는 삶과 죽음을 동시에 겪어야 했다. 박 형사는 책상이 있는 창가 쪽으로 걸음을 옮겼다. 원목으로 된 책상 위에는 두꺼운 책이 펼쳐져 있었다. 스탠드 옆에는 이어폰과 연결된 아이폰이 놓여 있었다. 책장에 붙어 있는 월 계획표에는 꼼꼼하게 메모가 되어 있었지만, 오늘자 계획표는 비어 있었다. 박 형사는 포스트잇에 쓰인 계획표를 뜯어 호주머니 속에 집어넣었다. 그의 시선이 다시 책장에서 플라스틱 사진틀로 이동했다. 책상 우측 가장자리에 두 개의 사진이 비스듬히 세워져 있었다. 대학 동아리에서 찍은 단체사진이었고 다른 하나는 가족사진이었다. 박 형사는 단체사진 아래에 적힌 M이라는 알파벳에 잠시 눈길을 돌렸다. 그리고 영문 이니셜을 휴대폰에 메모했다.

펼쳐진 책의 앞장을 넘겨보았다. 프레이저의 『황금가지』라는 노란색 하드커버가 눈에 들어왔다. 그는 책을 뒤적거리다가 한 편의 시를 우연히 발견했다. 형광펜으로 거칠게 덧칠이 되어 있었다.

거울처럼 고요한 호수가 잠이 든다.

아리키아의 숲 속

그 어슴푸레한 나무 그늘에서

숲을 지키는 사제.

죽이려고 덤벼드는 사람을 죽이고

언젠가는 그 자신도 죽임을 당한다.

―토머스 배빙턴 매콜리 「레길루스 호수의 전투」

박 형사는 시를 읽다가 고개를 흔들었다. 살해현장에서 발견된 두 자루의 칼이 생각났기 때문이었다. 도대체 무슨 생각을 하고 있는 거야! 그는 책을 덮고 방안을 둘러보기 시작했다.

5

잠잠하던 빗줄기가 다시 굵어지고 있었다. 그 때문인지 어둡고 좁은 복도는 습기로 가득했다. 벌써부터 박 형사는 포르말린과 뒤섞인 비릿한 냄새에 속이 울렁거렸다. 거기다 부검실에서 느껴지는 분위기라는 것은 정말이지 밥맛이었다. 안면이 있는 검시관은 부검 준비를 끝내놓고 있었다. 연두색 타일이 깔린 바닥을 가로질러 이동식 부검대 앞에 서서 그는 가볍게 눈인사를 건넸다. 반장은 검사와 전화 통화를 끝낸 뒤에 들어와 역시 검시관 김과 눈인사를 주고받았다. 머리와 몸이 분리된 피해자를 박 형사는 제대로 쳐다볼 수 없었다.

"그럼…… 참관인은 두 사람뿐인가요?"

반장은 말없이 고개를 끄덕였다. 검시관은 무표정한 얼굴로 부검대 가까이 다가갔다. 피해자의 시신은 반듯한 자세로 위를 향해 누워 있었다. 검시관은 먼저 피해자 왼쪽 가슴 밑과 복부, 옆구리에 나타난 세 군데의 개방성손상[2]에 대해 설명하기 시작했다. 왼쪽 유방 아래에 난 자창은 복부와 옆구리에 생긴 자창에 비해 상처의 정도가 넓고 깊었다. 검시조사관 한 명이 디지털 카메라를 자창 가까이 들이대고 사진을 찍었다. 검시관은 상처의 벌어진 정도를 보고 현장에서 발견된 사카이토지를 지목했다.

"여기, 왼쪽 가슴 밑에 있는 자창은 심장의 손상을 말합니다. 복부와 옆구리에 난 자창은 간과 췌장을 뚫었을 거예요. 갈비뼈에 칼끝이 걸리지 않았다면."

"가슴 부위의 상천 어때요?"

시신의 왼쪽 유방 아래에 난 자창은 반달 모양이었다. 붉은색 근섬유가 드러날 정도로 피부의 틈이 벌어져 있었다.

"세 번짼, 칼을 쑤셔 넣은 상태에서 좌우로 흔들어 댔을 겁니다. 칼날 쪽 상처 부위가 깊어지면서 사람 주먹이 들어갈 만큼 틈이 벌어진 거죠."

"이유가 있을까요?"

박 형사의 질문에 검시관의 얼굴이 잠시 굳어졌다.

"일종의 의식 같은 것인지도 모르겠습니다…… 심장이 없어졌으

2) 개방성손상(open injury) : 뾰족한 기구나 총기에 의하여 벤 상처, 큰칼상처 또는 총상 등 피부의 연속성이 파괴된 손상.

니까."

검시관은 컴퓨터 모니터로 눈길을 던지며 말했다. 피해자의 흉부를 촬영한 엑스레이 사진에 심장의 음영을 찾을 수 없었다. 박 형사는 모니터를 주시하고 있는 반장의 옆모습을 흘겨봤다. 그리고 피해자의 방에서 발견했던 『황금가지』를 떠올렸다. 이건 단순한 살인사건이 아닐지도 몰라.

"범인의 신장을 유추할 수 있겠습니까?"

박 형사의 등 뒤에서 반장이 혼잣말처럼 내뱉었다.

"상처의 위치나 각도, 깊이로 본다면 일 미터 팔십 센티미터 이상의 키에 팔십 킬로그램 정도 나가는 남자일 겁니다."

뒤이어 그는, 오른손에 난 방어흔을 살폈다. 피해자의 오른손 바닥은 좌우로 길게 이어진 상처가 나있었다. 감정선이 있는 부근이었다.

"적어도 그녀는 옆구리에 칼을 맞았을 때, 혹은 복부에 칼을 맞았을 때까지는 살아있었을 겁니다. 마지막은 역시 심장을 찌른 세 번째 자창이에요."

"어떤 의미에서요?"

반장이 검시관에게 물었다.

"처음 두 번은 일부러 칼끝만 사용했거든요. 세 번째에 결정타를 날린 거죠. 심장을 관통할 만큼 깊숙이 칼날을 쑤셔 넣었으니까. 그 사이 범인은 피해자의 반응을 즐겼을지도 몰라요."

아침에 경찰복도에서 장난을 치던 생각이 나는지 반장은 무표정한 얼굴로 박 형사를 바라보았다. 그 외에도 피해자의 몸 여러 군데에서 생활반응[3]과 선상표피박탈[4]의 흔적을 발견했다. 외음부 주변의 자절창[5]은 범인이 변태성향이 강하다는 걸 설명해 주는 것이었다. 김은 시신의 음부에 핀셋을 들이밀었다. 조심스럽게 질속에서 솔방울을 끄집어냈다. 소음부에 난 빗살 모양의 작은 상처들은 솔방울을 집어넣으면서 생긴 찰과상 같았다. 집게손가락 크기만 한 솔방울에는 피가 묻어 있었다. 검시관은 솔방울을 부검대 위에 올려놓았다.

"출혈이 있었군요."

"네. 하지만 자세히 보면 생리혈입니다. 살해된 피해자는 생리 중이었어요……. 이런 걸 통해서 가해자의 시그너처(signature)를 유추할 수 있을 겁니다."

반장과 윤 형사의 시선이 솔방울과 시신의 음부 사이를 지나갔다. 김은 세 개 째 솔방울을 끄집어낸 다음 부검대 앞으로 걸어가 피해자의 목 부위를 살피기 시작했다. 쇄골의 윤곽이 선명한 그녀의 어깨선은 아름다웠다. 피해자는 분명히 길고 가는 목을 가진 미인이었을 것이다. 검시관은 허연 경추가 드러난 시신의 목 부위를 손으로 가리켰다. 뜯겨져 나간 경추 부위에는 희멀건 연골과 연골을 싸고 있는 막이 보였다.

"떨어져 나간 목 부위의 피부 조직 손상이 심하군요. 정확히 다섯 번째 경추를 잘라냈어요. 여기 시(C) - 스파인의 단면을 살펴보면

---

3) 생활반응(vital reaction) : 생전에 내부 또는 외부로부터 가해진 자극에 대하여 생체로서 반응하여 생긴 현상.

4) 선상표피박탈(linear excoriation) : 선 모양으로 피부의 맨 바깥층인 표피만 벗겨져 나가 진피가 노출되는 손상.

5) 자절창 : 찔리고 베인 상처.

피해자를 죽인 후에 머리를 잡고 손으로 비틀어 뜯어냈다는 걸 알 수 있어요."

"목뼈를 먼저 부러뜨린 후에 칼질을 했다는 말이군요."

반장이 길게 한숨을 내쉬며 대꾸했다.

"대충은 범인상을 만들 수 있을 겁니다. 정상적인 사람이라면 이런 짓을 할 순 없을 테니까……. 또한, 피해자 음부에선 정액이 발견되지 않았어요. 대신 살해된 피해자의 베이지색 운동복 상의에서 발견되었죠. 아마 정상적인 섹스로는 오르가슴을 느낄 수 없는 놈일 겁니다. 거기다 보시다시피 공격성과 가학성이 심한 녀석이에요."

박 형사는 이해하기 힘들다는 듯 머리를 좌우로 흔들며 반장과 검시관에게 말했다.

"침착하게, 그리고 즐기면서 시체를 훼손시켰을 거란 말이군요."

반장이 또다시 길게 한숨을 내쉬었다.

"피해자의 사망 시간을 추측할 수 있겠습니까?"

"직장 온도로 추정할 수 있는 시간은 대략 새벽 네 시에서 여섯 시 사입니다."

"이른 시간이군요."

"운동을 하러 가기엔 말이죠."

검시관은 뒤이어 피해자 머리 부분을 관찰하기 시작했다. 피해자의 오른쪽 눈알이 보이지 않았다. 범인에 의한 상처라기보다 조류 때문인 것 같다고 그가 말했다. 안면 골절과 타박상의 상흔도 여러 군데에서 발견할 수 있었다.

"자, 이제부터 본격적으로 시작해 볼까요?"

마스크를 쓴 검시관이 박 형사를 보며 윙크를 했다. 검시조사관이 적출 장기 운반용 바트를 끌고 부검대 앞으로 다가왔다. 박 형사는 '저는 여기까집니다. 밖에서 기다리고 있을게요.'라는 말을 반장에게 남기고 부검실을 빠져나갔다. 장기 적출을 참관하는 일 만큼은 피하고 싶었다. 반장은 검시관이 부검용장갑을 끼고 보호안경을 쓰는 동안 피해자의 가슴과 복부에 생긴 자창을 한 번 더 살펴봤다.

검시관이 메스로 피해자의 복부를 갈랐다. '부욱' 하는 소리와 함께 복부가 벌어지면서 노란색 지방부분이 나타났다. 가슴은 부검용 가위로 절개해 갈비뼈를 판처럼 뜯어냈다. 복강을 덮고 있는 얇은 막을 벗겨내자 폐와 간, 위, 대, 소장이 드러났다. 용혈이 고여 있어 국자로 퍼내야만 했다. 반장의 얼굴이 피해자의 가슴으로 향했다. 엑스레이사진처럼 심방의 일부분만 남아있을 뿐 심장을 발견할 수 없었다. 그것은 피해자의 오른쪽 눈과는 달리 인위적이라는 느낌이 들었다. 검시관은 메스로 간을 적출해 저울 위에 올려놓고 무게를 쟀다. 옆에 있던 검시조사관이 다시 디지털 카메라를 들이밀었다.

6

보일러 소리는 시끄러웠다. 창백한 얼굴의 현길이 민성과 그녀를 지하 3층으로 안내했다. 청색과 붉은색 테이프가 감겨 있는 배관이, 노란 도시가스 배관과 뒤섞여 천장에 매달려 있었다. 습기와 곰팡내, 그리고 먼지 때문에 코끝이 간질거렸지만 그녀는 아무런 불평도 하지 않았다. 현길은 지하 3층 계단 옆에 있는 숙소로 안내했다.

세 사람이 앉기에 불편할 만큼 좁고 천장이 낮은 방이었다. 벽지는 습기 때문에 여기저기 얼룩져 있었고 방바닥에 깔린 중국제 카펫은 낡고 더러웠다. 문 옆에 있는 스위치를 올리자 환풍기가 털털거리며 돌아가기 시작했다. 민성은 그녀를 방문 쪽에 앉히고 현길이 건네는 종이상자를 받았다.

"전 대인관계가 원만하지 못한 사람이에요. 처음부터 이런 곳에서 살아가야 할 운명처럼요. 하지만…… 누구도 저의 고집을 꺾을 순 없어요."

민성은 그의 말을 들으며 상자를 열었다. 낡은 종이 커버에 둘러싸인 서류와 신문기사, 사진, 책에서 찢은 듯한 종이까지 어지럽게 널려 있었다. 신문기사의 내용은 대부분 실종사건에 관한 것이었다. 색 바랜 신문의 날짜를 살펴보니 12년 전의 것도 있었다. 그가 그녀의 말대로 연쇄살인사건의 범인이라도 쫓는 게 아닐까 라는 생각이 들었다. 하지만 민성은 여전히 현길에 대해서 색안경을 끼고 바라봤다. 무엇보다 그의 어눌한 말투와 회피하는 시선을 신뢰할 수 없었다. 문 쪽에 앉은 그녀가 민성이 뒤적거리던 신문기사들 중 하나를 어깨너머로 읽다가 흥분한 목소리로 현길에게 물었다.

"당신 말대로라면 이 상자 안에 있는 실종자들이 모두 한 사람에 의해 살해당했다는 건가요?"

현길은 질문에 대답하는 대신 상자 속에서 그녀가 눈여겨보던 신문기사를 꺼내 읽었다.

"살인범을 잡으려면 한 사건에만 빠져들어선 안 되는 거예요. 그는 냉정하고 이성적인 사고를 하고 있어요. 치밀하고 인내심이 강한 사람이니까. 우리가 흥분할수록 즐거워하고 비웃을 거예요."

"연쇄살인범이 실존 인물이라는 사실을 증명할 수 있어요? 아니, 이 실종사건들이 모두 한 명의 살인범에 의해 일어났다는 사실부터 밝혀보는 건 어때요?"

"저의 말을 믿지 않는군요. 처음부터 그랬어요. 절 과대망상에 시달리는 사람 정도로 치부하고 싶겠죠……. 하지만 제 글에 흥미를 느꼈을 거예요. 분명히……. 의식하지 못하는 사이에 선생님도 연쇄살인사건에 빠져버린 거니까."

"전부가 지어낸 겁니다. 의미를 부여할 만큼 제 소설은 대단하지 않아요."

"아뇨. 선생님의 소설은 특별해요. 예를 들어서 소설 속에 등장하는 살인자들이 실제론 한 명이라는 사실 같은 거요. 살인방법, 습관, 성격, 섹스…… 살인자는 격세유전을 통해 보다 완벽해졌어요."

"당연히 살인자는 한 사람일 겁니다. 제가 만들어 낸 인물들이니까. 다중인격을 가지지 않는 한 완벽한 별개의 인물을 만들어 낸다는 건 불가능해요."

"불가능한 건 아니에요. 선생님의 의식 밑바닥엔 피에 대해 공포심과 거부감을 가지고 있어요. 하지만 연쇄살인범의 경우엔 선생님과 정 반대의 모습을 보이고 있죠. 뒤셀도르프의 뱀파이어라고 불리던 피터 쿠르텐처럼 피에 대한 열렬한 페티시스트일 가능성이 많으니까."

"제가 피에 대해 공포심을 가지고 있다고 확신하는 이유 뭐죠?"

"유년시절엔 누구든 애완동물을 기르고 싶어 해요. 특히, 내성적

이고 활동성이 떨어지는 아이들에겐 강아지나 고양이는 가족 이상
으로 소중하죠. 하지만 불행하게도 누구에게나 소중한 존재는 되지
못해요. 옆집에 사는 아저씨나 임산부, 백일이 갓 지난 아기를 키우
는 젊은 여성들에겐 혐오감과 두려움의 대상일 뿐이니까요."

"그게 저와 무슨 관계가 있다는 겁니까?"

"선생님의 소설에서 선생님의 기억을 훔쳐내는 일은 어렵지 않았
어요……. 이제부터 제가 가설을 하나 세워 보겠어요. 선생님은 제
가 세운 가설을 들으면서 옛 기억을 되살리려고 노력하게 될 거예
요. 그리고 부정하겠죠. 잊고 싶었지만, 분명히 실재했던 일이라는
걸 인정하지 않을 테니까."

"소설을 통해서 절 분석한다는 건 한 마디로 웃기는 짓입니
다……. 당신이 저와 제 소설을 얼마나 연구했는지 모르겠지만……,
기껏 애완동물 이야기로 뭘 얻어낼 수 있을 거란 착각은 하지 않는
게 좋아요."

민성은 필요 이상으로 화가 났다. 자신에 대해 분석을 늘어놓겠다
고 장담하는 모양새가 무엇보다 마음에 들지 않았다. 옆에 있던 그
녀가 민성의 무릎 위에 조용히 손을 올려놓은 건 그 순간이었다. 대
꾸하기보단 그의 말을 참을성 있게 들어봐야 한다는 사실을 민성은
깨달았다.

"사랑스러운 고양이라면, 매일 밤 그 고양이를 안고 잠이 들 거예
요. 고양이는 이제 제 품에서 잠드는 걸 거북스러워하지 않아요. 고
양이는 예쁘고 온순하며 게을러서 사람과 잘 어울리죠. 하지만 사랑
은 언제든 변하기 마련이잖아요?"

현길은 잠시 호흡을 가다듬고 나서 다시 말을 이었다.

"그러던 어느 날, 무심히 방바닥에 깔린 이불 위를 밟고 지나가죠. 하지만 불행하게도 이불 아래엔 고양이가 잠들어 있었어요. 불길한 생각에 급히 이불을 걷어 보지만……. 현실은 생각보다 참혹하게 변해 있어요. 사랑스런 고양이는 입과 항문으로 피를 토하며 방바닥을 고통스럽게 돌아다니고 있으니까요. 방은 순식간에 피로 붉게 물들어 갑니다. 고양이는 갈비뼈가 부러지고 다리를 못 쓰게 되는 거예요."

방이 고양이의 피로 붉게 물들어 간다는 구절에서 그녀는 담배를 꺼내 불을 붙였다. 그녀의 표정은 원룸의 욕실에서 봤을 때처럼 상기되어 있었다. 피에 대한 이야기가 그녀를 흥분 속으로 몰고 가는지도 모를 일이다. 먼지가 시커멓게 뒤덮인 환풍기가 빠른 속도로 돌아가고 있었다. 그녀의 입에서 뿜어져 나온 담배 연기가 환풍기 속으로 빨려 들어갔다.

"하지만 문젠 그 뒤의 일이에요……. 고양이는 기적적으로 살아서 질긴 생명력을 보이거든요. 조금씩 음식을 먹기 시작하고 앞발과 한쪽 다리를 이용해 비틀거리기는 하지만 걸어 다니죠. 시간이 흐를수록 고양이의 윤기 있는 털은 거칠고 푸석해져서 빠집니다. 몸은 말라가고 사고 때의 충격으로 아무 곳에서나 오줌을 지립니다. 샴푸냄새가 나던 사랑스러운 고양이의 몸에선 언제부턴가 피 냄새가 풍기기 시작하는 거예요. 무엇보다 참기 힘든 건 고양이의 몸에서 나는 비릿한 피 냄새예요. 거기다 녀석은 밤마다 흉측한 몰골로 이불 속으로 파고 들죠……. 이젠 더 이상 고양이를 사랑할 수가 없습니다.

아니, 증오의 감정만 깊어 가요. 가위에 눌린 고양이는 동그란 눈으로 나를 노려보며 새벽마다 괴성에 가까운 소리를 질러대니까요. 나는 오랫동안 망설입니다. 고양이를 어떻게 해야 할까……? 고양이를 이렇게 만든 게 정말 나의 실수 때문일까……?"

"……질 드레라면 고양이가 고통스럽게 죽어 갈 때까지 곁에 두고 즐겼을 테죠."

그녀가 말했다. 현길은 그녀의 말에는 응답하지 않고 천천히 자리에서 일어났다.

"선생님도 어쩌면 그런 비슷한 경험이 있을지 몰라요……. 하지만 선생님의 작품 속에 등장하는 살인자는 분명히 그런 트라우마를 가지고 있어요……. 저 종이상자 속에 들어 있는 첫 실종자에서부터 열네 번째 실종자까지 그런 식으로 가설을 세우고, 그 가설 위에 몇몇의 살인범 모델을 만들어 봤어요. 도표를 만들고 범행 장소와 시기, 당시 사회를 떠들썩하게 했던 이슈까지 밝혀냈죠. 한 가닥의 염기배열을 통해서 전체의 조직구조를 밝혀내는 것과 같은 작업이 이어졌어요. 그런데 언제부턴가 선생님의 소설과 저의 가설이 일치하는 경우가 많아졌어요. 저는 불확실 하지만, 확실하기도 한 공통점을 찾기 위해 너무 많은 위험을 감수해야 했습니다……. 하지만, 후회하지는 않아요……. 그래서 내린 결론이 선생님과 제가 알고 있는 사람 중에 살인자가 있다는 결론에 도달했으니까요."

"미시마 유키오를 끌어들인 것도 그런 이유 때문인가요? 그가 재학 중에 문학상을 탔다는 이야길 끄집어 낸 것도?"

"그 이야길 하려면 좀 더 긴 시간이 필요해요. 하지만 분명한 건……, 선생님의 소설이 연쇄살인범과의 연결 고리를 갖는 중요한 모티브가 된다는 거예요."

현길은 벽에 걸려 있는 시계를 보면서 그녀에게 말했다.

"아아, 이제 보일러를 꺼야 할 시간이에요. 잠을 자지 못해서 항상 무기력한 상태가 계속되고 있다는 게 참을 수 없거든요……. 아주 가까이, 연쇄살인범에게 다가가고 있다는 걸 느끼면서부터 저는 불길한 꿈을 자주 꾸게 되었어요. 왜 일까? 왜 살인범이 가까이 있다고 느끼는 것일까? 이 물음에 답해 줄 사람을 겨우 찾을 수 있었지만요……. 그러나 아직까진 모르겠어요. 안전을 위해 이제 이곳 생활도 청산할 때가 된 것 같으니까……. 선생님도 부디 조심하는 게 좋을 거예요."

현길은 방문을 열고 밖으로 나갔다. 민성은 좁고 왜소한 그의 등을 노려봤지만 아무 말도 할 수 없었다. 대신 그녀가 마지막 질문을 던지듯 조급하게 그에게 소리쳤다.

"시상식장에서 찍은 사진을 살펴봤지만, 당신을 찾을 수 없었어요."

"시간이란 차원이 필요 없는 공간이에요. 제가 어느 한 시기에 시상식장에 있었던 게 사실일 수도 있고 아닐 수도 있죠. 하지만 다른 이유가 존재할지도 몰라요. 그 이유를 찾게 된다면 범인에게 좀 더 가까이 다가갈 수 있을 거예요……."

수수께끼 같은 말을 남긴 현길은 민성과 그녀에게 눈인사를 건네고 나서 맞은편 철문 안으로 들어갔다. 민성은 어둡고 습한 지하계단을 그녀와 함께 올라가면서 준비했던 질문을 하나도 던지지 못했다는 사실을 깨달았다.

차 안에서도 민성은 좀처럼 입을 열지 않았다. 그녀가 두 개비 째 담배를 피울 때까지 차창 밖으로 고개를 돌린 채 침묵을 지켰다. 비 오는 바깥 풍경만큼이나 모든 것이 흐릿하게만 보였다. 와이퍼 소리가 귀에 거슬릴 만큼 신경이 날카로워진 이유는 현길에게 농락당한 기분 때문이었다. 스피커에서 흘러나오는 U2의 노랫소리가 자동차 안의 정적을 깨뜨렸다.

"약속이 있다고 그랬죠? 제가 그곳까지 바래다 드릴게요."

그녀가 먼저 입을 열었다. 민성은 현길이 건네준 박스를 뒷좌석에 던져 놓고 그녀에게 미소를 보냈다. 어느새 자동차는 8차선 도로로 들어서고 있었다. 민성은 그의 말이 불러일으키는 환영에 여전히 마음이 쓰였다. 붉은색 전조등과 미등으로 물든 8차선 도로 위의 풍경과 피를 흘리는 고양이의 모습이 겹쳐 보이기까지 했다. 민성은 시트에 몸을 깊숙이 파묻었다. 갑작스러운 폭우 때문인지 차는 거북이 운행을 하고 있었다.

"……고양이를!"

자신도 모르게 입 밖으로 터져 나온 말이었다. 민성은 가슴이 답답해져서 차창 문을 조금 열었다. 열린 틈 사이로 빗방울이 튀어 들어왔다.

"물속에 빠뜨리는 장면이 떠올랐어……. 그의 말을 듣는 동안 내 기억 속에서 떠오른 두 가지 영상은……."

그녀가 운전을 하다말고 민성을 흘깃거렸다. 민성은 그녀의 시선을 외면한 채 말을 이었다.

"흐릿한 피 냄새 때문에 토할 것 같았지……. 내 머릿속에는 온통 고양이를 우물 속에 던져버리는 환영으로 가득 차 있었어……. 웃기는 일이지. 과학에서나 가능한 일이라고 생각했거든. 학설이니 가정이니 하는 것들은 말이야……. 그런데 인간의 행동과 생각도 예측하거나 유추해 낼 수 있을 거란 생각이 들어."

"그의 말처럼 정말 비슷한 경험을 했단 말이에요?"

"인정하긴 싫지만……. 사실, 당신 동생의 실종기사를 접한 것도 오늘이 처음은 아니었어."

"무슨 뜻이죠?"

"그가 나와 공통점이 있다면, 사건에 대한 기사를 스크랩하고, 거기서 이야기를 만들어 낸다는 거야……. 하지만 이해할 수 없어. 내가 당신 동생의 실종사건에 관심을 가진 건 하늘에 맹세코 우연이었어. 어떻게 우연이 필연을 낳을 수 있는 걸까? 더구나 삼일 전에 실종된 당신 동생과 일 년 전에 출판된 내 소설의 연관성에 대해서 말이야. 그리고 그가 나와 같은 작가상 출신이라는 사실 역시……."

"과거와 대과거를 말한 것은 역대 수상자들을 살펴보란 뜻일 테죠."

"그전에 박스 속의 실종자들이, 그의 가설처럼 단 한 사람의 연쇄살인범에 의해 살해당했는지부터 알고 싶어."

"연쇄살인범 이야기가 사실이라면 범인은 우리가 생각하는 것 보다 훨씬 더 가까이 있을지 몰라요."

도로의 정체가 조금씩 풀리기 시작했다. 덕분에 민성은 늦지 않게 약속장소에 도착할 수 있었다. 현길에게서 받은 종이 상자를 챙기며 내릴 준비를 하고 있을 때 그녀가 민성의 팔목을 살며시 잡았다. 그녀는 다소 흥분된 목소리로 도움을 줄 수 있는지 물었다. 민성은 잠시 침묵을 지키다가 그녀에게 대답했다.

"하지만 그 전에 궁금한 게 있어."

"뭐죠?"

"어떻게 그렇게 담담할 수가 있는 거지? 하나뿐인 동생이 실종됐잖아."

잠시 민성을 올려다보던 그녀가 입을 열었다.

"그건 차츰 알게 될 거예요."

"인내심이 필요하단 소리야?"

"그런 셈이죠. 선생님은 아직 진실에 다가설 준비가 되지 않았거든요."

그녀의 수수께끼 같은 말이 거슬렸지만 민성은 내색을 하지 않았다.

"나 역시 마찬가지야. 당신이 참고 기다릴 수만 있다면, 난 언제까지나 당신의 편에 서 있을 거야. 물론 그것으로 만족하지 못한다면, 새로운 파트너를 찾아봐야겠지."

7

과학수사과에서 보내온 팩스에는 범인의 지문을 발견할 수 없다는 내용이 포함되어 있었다. 족적의 폭이나 진흙이 파인 깊이로 유추할 수 있는 범인의 신장과 체격은 검시관의 말과 일치했다. 범인의 것으로 보이는 정액과 체모가 발견되었지만, 비교할 대상이 없었다. 적어도 범인은 초범이거나 한 번도 경찰의 손에 걸려든 적이 없는 놈이었다. 반장은 오전보다 무거운 얼굴로 앉아 있었다. 범인에 대한 결정적인 단서를 찾아내지 못한 것이다. 이제부턴 직접 몸으로 부딪치면서 알아내는 방법밖에는 없었다.

"범인은 일 미터 팔십 센티미터 전후의 키에 체중이 팔십 킬로그램 정도 나가는 삼십대 중반에서 사십대 중반의 남자로 에이형에 임포텐츠나 에스엠 성향이 강하고 공격 지향적일 가능성이 높다는군."

반장은 과학수사과에서 보내온 범인상에 대해 읽기 시작했다.

"흉기의 종류로 봤을 때 대학 졸업자거나 그에 준하는 지식을 가지고 있으며 한 가지 혹은 두 가지 이상의 탐미적 취미를 가지고 있을 가능성이 많으며……"

반장은 서류를 박 형사에게 건네면서 웃음을 터뜨렸다. 현장에서 잔뼈가 굵은 반장은 프로파일링에 대한 선입견을 가지고 있었다. 책상머리 앞에서 범인분석이나 하는 건 시간낭비라고 그는 생각했다. 박 형사가 서류를 훑어보는 동안 반장은 탐미적이라는 단어를 걸고 넘어졌다.

"과수과 아이들답게 추상적인 표현을 썼군. 탐미적이라니……."

"탐미적이라는 단어에 칼 수집광이라는 단어가 들어간다면 어때요? 오피넬이나 사카이토지는 아무 곳에서나 구할 수 있는 게 아니잖아요."

"칼을 수집하는 녀석이라……."

반장은 박 형사의 말을 들으면서 고개를 끄덕였다.

"피해자의 어머닌 어때?"

"패닉 상태여서 많은 걸 물어보진 못했습니다."

"아무래도 충격이 컸을 테니까……"

반장은 입술을 굳게 다물었다.

"아침운동을 규칙적으로 하지 않았다고 하더군요."

"음……. 피해자의 집에서 살해 현장까진 얼마나 떨어져 있지?"

반장이 물었다.

"대략 삼 킬로미터 정돌 겁니다."

"집에서 나간 시각은?"

"새벽 네 시에서 다섯 시 사이였다고 하더군요."

반장은 박 형사의 이야기를 들으며 피해자의 사망추정시간을 생각했다. 4시에서 6시 사이. 계산상으로 따지면 불가능한 일은 아니었다. 하지만…….

"집을 나온 피해자가 굳이 집에서 삼 킬로미터나 떨어진 야산으로 올라간 이유는 뭘까?"

"저도 그게 이상했어요. 야산에 약수터가 있긴 하지만 주변 마을 사람들은 주로 근처에 있는 중학교에서 아침 운동을 한다고 했거든요."

"납치를 당했다면 어떨까?"

반장이 말했다.

"그럴 가능성도 있겠죠……. 주변 일대를 돌면서 탐문수사를 해야겠어요. 혹시, 오토바이나 차량을 목격한 사람이 나타날지도 모르니까."

"근처에 설치된 감시카메라도 살펴봐야겠지."

"어쨌든, 면식범의 가능성도 생각해 봐야겠어요."

박 형사는 피해자의 휴대폰에서 몇몇 친구들의 전화번호와 이름을 메모해 두었다. 특히 살해된 전날 저녁에 통화를 했던 이름들을 중심으로. 면식범이라면 피해자를 전화로 불러내는 일은 어렵지 않았을 테니까. 반장도 수긍이 되는지 다시 고개를 끄덕였다.

"가까운 친구들부터. 아, 그리고 피해자의 남자친구가 있는지 알아보지."

"알겠습니다…… 그런데 검시관은 뭐래요?"

이번엔 박 형사가 궁금한 듯 반장에게 물었다.

"피해자의 시신을 훼손하는 동안 범인은 즐겁고 유쾌해 했을 거라더군."

반장은 책상 의자에서 상체를 일으키며 말을 이었다.

"연쇄살인사건의 일부분이든가, 아니면 앞으로도 비슷한 사건이 일어날 가능성이 많다는 거야."

박 형사의 얼굴이 굳어졌다. 사건은 단지 진행형일 뿐이다, 라고 반장이 말하는 것이다. 언제 어디서 또 다시 머리가 잘려나가고 온몸이 난자당한 시체를 발견할지 아무도 예측할 수 없다는 말이기도 했다.

"지금부터 전 피해자의 친구들을 만나볼게요."

"어쨌든, 범인을 잡을 때까진 집에 들어갈 생각은 하지 않는 게 좋아."

"방화범은요?"

"그 사건은 강력 일계 함 형사와 공조하기로 했어."

"이러다 아내 얼굴도 잊어버리겠어요."

박 형사가 푸념 섞인 목소리로 반장에게 대꾸했다.

빗방울이 가늘게 흩뿌리고 있었다. 중간고사 시즌이어서 교정은 차분히 가라앉은 느낌이었다. 박 형사는 먼저 이은희가 다니던 동아리실로 향했다. 본관에서 자연과학대 쪽으로 10여 미터 정도 떨어진 곳에 붉은색 벽돌건물의 학생회관 건물이 나타났다. 박 형사는 2층 계단을 지나 복도 끝으로 걸어갔다. 문 중앙에는 알파벳으로 M 이란 푯말이 붙어 있었다. 박 형사는 피해자의 방에서 봤던 사진을 떠올리며 노크를 했다.

문을 열고 나온 스포츠머리의 남학생은 키가 작았다. 적어도 1미터 80센티미터에 80킬로그램이 넘는 공격성을 가진 남자는 아니었다. 그는 어두운 표정으로 박 형사에게 인사를 건넸다. 자신이 전화 통화를 했던 동아리 회장이라고 밝히며 엉거주춤하게 문을 열어주었다. 박 형사는 그에게 경찰신분증을 보이고 나서 질문을 던졌다.

"알파벳 엠이 뜻하는 건 뭐죠?"

"미스터리의 이니셜이에요. 그렇다고 뤼팽이나 애거서 크리스티를 연구하는 곳은 아니고요……. 우린 신비한 것들, 원시 종교나 역사적인 미스터리에 관심이 많아요."

박 형사는 담배 한 개비를 꺼내 입에 물었다.

"소식은 들었어요?"

"네……. 아침 뉴스를 보고……. 하지만 아직 실감이 나질 않아요. 은희가 그런 일을 당했으리라고는……."

믿을 수 없다는 듯 고개를 좌우로 흔드는 그는 피해자가 살해당하기 전날 밤 통화를 했던 네 사람 중 한 명이었다.

"최근의 은희 씨는 어땠습니까? 남자 친구와 다투었다거나 아님, 다른 고민 같은 것이 있었는지……. 예를 들면 카드연체료 문제나……."

"금전관계는 정확한 편이였어요. 성격도 활발하고 상냥해서 누구에게 원한을 살만한 일은 하지 않았을 겁니다."

박 형사는 휴대폰으로 간단하게 메모를 시작했다.

"남자친구가 법대에 다닌다고요?"

"네."

"그 친군 어때요?"

"착실한 녀석이에요. 장학금으로 학교를 다니고 있거든요."

박 형사는 자신의 대학시절을 떠올랐다. 실패한 고시생. 학사경장으로 겨우 밥벌이를 하게 되었지만 여전히 그는 경찰대 출신 동료와 검사들에게 열등감을 가지고 있었다.

"그 친구하고도 잘 알아요?"

"네……. 중학교 동창이니까요."

"연락이 되지 않던데……."

"휴학 중입니다. 학원에서 일하는데 수업 중엔 전화를 받지 않아요."

박 형사는 고개를 끄덕이면서 휴대폰의 메모장을 내려다봤다. 우연의 일치인지는 모르지만, 피해자가 살해당하기 전날 통화를 했던 사람은 앞에 앉아있는 동아리 회장과 그녀의 남자친구, 그리고 두 명의 학생들이 더 있었다.

"혹시, 장소연과 이영재라는 친구하고도 친해요?"

"네. 모두들 같은 중학교를 다녔으니까요……."

그 순간, 어떤 직감 같은 것이 박 형사의 머리를 스쳐갔다. 그는 동아리 회장을 조용히 응시했다.

"의례적으로 물어보는 거니까, 기분 나쁘게 생각하진 마세요."

동아리 회장이 고개를 끄덕였다.

"이십일 일 저녁엔 뭘 했습니까?"

"학원에 있었어요. 매주 화, 목, 금은 토익학원에 다니고 있거든요."

"수업은 몇 시부터죠?"

"저녁 일곱 시부터 열 시요."

"수업 뒤엔요?"

"가끔 클래스 친구들과 맥주나 커피를 마시는 경우도 종종 있지만 그날은 곧장 자취방으로 갔어요."

"학교 근처에 있나요?"

"네. 학교 주변 원룸에 살고 있어요."

박 형사는 담배꽁초를 종이컵 안에 짓눌러 끄고 다시 질문을 던졌다.

"자취방에선 주로 뭘 하고 지냅니까?"

"십일 월에 자격증 시험이 있어서 정신이 없어요. 사 학년이라 취업준비도 해야 하고…….”

"혹시 차나 오토바이 있어요?"

"아뇨. 아직…….”

동아리 회장은 점점 더 용의선상에서 멀어지고 있었다. 이은희가 집을 나간 시간을 유추해 보면 범인은 첫 버스가 다니기 전에 피해자의 집 근처에 머물렀을 가능성이 많았다. 택시조합에 문의한 결과 그 시간대에 피해자 집 부근이나 살인현장 근처에 남녀, 혹은 남자를 태운 기사는 없었다.

"다른 친구들은 어때요?"

"영재만 차를 가지고 있어요."

"그 친구가 타고 다니는 자동차의 종류는요?"

"흰색 아반떼 쿠페요."

'골목 입구에 설치된 CCTV 영상을 한 번 더 확인해야겠군.' 박 형사는 동아리 회장에게 인사말을 건넸다.

"질문에 성실히 답해 줘서 고마웠습니다."

"아뇨…… 아니에요."

박 형사는 동아리 회장에서 잠시 미소를 보냈다. 하얀 피부에 모범생처럼 생긴 말쑥한 얼굴이었다. 현관으로 걸어가던 박 형사는 문 손잡이를 돌리다 말고 멈칫거렸다. 문 앞에 붙어 있던 둥근 원모양의 석상 포스터가 눈에 들어왔기 때문이다. 석상 밑에는 '토나이투(Tonaituh) - 아스텍의 책력'이라는 글자와 함께 아스텍 유물전이 시립미술관 특별전시실에서 시작된다는 내용이 적혀 있었다. 박 형사는 석상의 중앙을 차지하고 있는 부조상을 말없이 바라보았다. 왕관 같은 걸 쓰고 있는 얼굴이 동양인처럼 느껴졌다.

"중앙에 있는 그 얼굴이 다섯 번째 태양을 일컫는 토나이툽니다. 아스텍인들은 태양이 다시 떠오르지 않을까봐 늘 두려워했거든요."

회장의 말에 갑자기 생각난 듯 박 형사가 물었다.

"혹시, 『황금가지』 같은 것도 여기서 공부합니까?"

동아리 회장의 표정이 굳어졌다. 박 형사는 눈썹을 씰룩거렸다.

"프레이저의 책이라면 저희 동아리에선 꼭 읽어야 할 필독서 중 하나니까요."

"그밖에는요?"

"조셉 캠벨이니 칼 융이니 루스 베네딕트니 하는 학자들과 그의 저서들도요."

박 형사는 동아리실 문을 열면서 고개를 끄덕였다. 그리고 그에게 자신의 명함을 내밀었다.

"핸드폰은 항상 열려 있어요. 은희에 관한 거라면 뭐든 상관없으니까…… 연락주길 바랍니다."

명함을 받아 쥔 동아리 회장이 복도 앞까지 박 형사를 배웅했다.

8

다른 해에 비해 올 3월은 유난히 많은 비가 내렸다. 월말이 되어도 마찬가지여서 민성은, 자주 창틀에 고여 있다 벽지를 적시며 떨어지는 빗물을 닦아주어야만 했다. 벽지의 군데군데에는 곰팡이가 시커멓게 피기 시작했다. 건물 주인에게 몇 번이나 전화를 걸어 그 사실을 알렸지만, 언제나 그의 대답은 '글쎄, 그건 작가선생이 맑은 날 창문을 열고 환기를 제대로 시켜주지 않아서 그래요……'라고 책임 전가를 하는 거였다.

민성은 알록달록하게 곰팡이가 핀 벽지를 잠시 내려다보다가 책상으로 돌아갔다. 책상 위에는 현길로부터 받은 신문기사며, 그가 따로 정리한 노트, 책에서 찢은 듯한 장문의 글들이 흩어져 있었다. 그중에서 민성은 질 드레의 가족사에 관한 내용을 발견했다. 부유한 가문임에도 불구하고 질 드레의 외할아버지인 장 드 크라옹은 아쟁쿠르 전투에서 외동아들을 잃자 그에 따른 슬픔과 분노를 손자인 질 드레에게 전이시켰다. 그로 인해 질 드레는 열한 살 때부터 잔인한 행동을 서슴없이 저지르고 다녔다. 그 다음에는 피터 쿠르텐의 아버지에 관한 것이었다. 뒤셀도르프의 뱀파이어는 아버지에게 상습적으로 매질을 당했으며 어머니가 성폭행당하는 모습을 보면서 자라야 했다. 그의 누나는 아버지에게 강간당했으며 피터 쿠르텐 역시 열세 살짜리 여동생을 강간했다. 그리고 자신을 예수라고 생각하는 찰스 맨슨의 이야기도 있었다. 그는 자신의 추종자들을 세뇌시키기 위해 굶기거나 잠을 재우지 않았다. 그리고 마지막에는 마약을 이용했다. 하지만 그중에서도 민성의 눈길을 끈 것은 에드거 앨런 포와 그의 소설 「검은 고양이」에 관한 내용이었다. 「검은 고양이」에 나타나는 동물학대와 방화, 살인으로 이어지는 과정이 뉴질랜드 출신 정신과 의사인 맥도널드가 1963년에 발표한 연쇄살인이론의 전형을 이룬다는 사실이었다. 여기서 현길은 에드거 앨런 포의 유년시절이 질 드레나 뒤셀도르프의 뱀파이어와 비슷하게 불우했을 거라고 추측했다.

'그래서일까?'

민성은 어둡고 칙칙한 지하보일러실에서 고양이 이야기를 꺼내던 현길의 목소리를 떠올리며 고개를 좌우로 흔들었다. 민성은 의자 등받이에 몸을 기댄 채 생각에 빠졌다. 자신의 잃어버린 기억너머에 어둡고 무서운 진실이 숨어 있을지도 모른다는 두려움 때문이다. 미간을 찡그리며 민성은 다시 창밖으로 시선을 던졌다. 주변을 어슬렁거리던 도둑고양이가 문득 떠올랐다. 그 고양이의 털 색깔도 검은색이었을 것이다. 그는 부엌으로 들어가 인스턴트커피를 타서 다시 책상 앞으로 걸어갔다. 현길이 왜 이런 내용들까지 스크랩해 두었는지 이해할 수 없었다.

민성은 보일러실에서 봤던 그의 어눌한 말투와 음울해 보이던 눈동자를 기억해냈다. 연쇄살인범에게 쫓기고 있는 듯한 말투나 뉘앙스 역시 마음에 걸렸다. 정말 그는 연쇄살인마가 있다고 믿는 것일까? 거기다 뉴스 라이브러리나 아이서퍼 같은 사이트를 통해 쉽게 찾을 수 있는 자료들을 굳이 종이신문이나 책갈피로 스크랩해 두었다는 것부터가 전혀 현실감 있게 다가오지 않았다. 오래 전부터 여성들의 실종사건에 관심을 가지고 있었던 이유 그럼 뭘까?

민성은 상자 속에서 스크랩한 신문을 집어 들었다. 어느 젊은 여성의 실종사건에 관한 기사였다. 첫 실종자로 기록된 20대 초반의 여성은 재수학원을 나간 뒤 행방이 묘연해졌다. 당시 입시학원이 밀집되어 있던 곳은 시내 쪽이었다. 두 번째 실종자는 17세의 고등학교 여학생이었다. 하굣길에 사라졌고 여학생이 다니던 고등학교 역시 첫 번째 실종자와 가까운 곳에 위치해 있었다. 그런 식으로 마지막 열네 번째 실종자인 그녀의 동생까지 책상 위에 일렬로 늘어놓고 실종이 되었던 대략적인 위치를 지도에 표시했다. 그리고 실종된 순서대로 선을 그어 보았다. 처음에는 아무 의미가 없는 기호처럼 보였다. 민성은 담배를 꺼내 피우면서 천천히 지도를 살펴봤다. 여기에 있는 실종 사건들이 현길의 말처럼 모두 연관성이 있다면 분명히 그 이유가 있을 것이다. 민성은 작업할 때 즐겨 사용하는 방법을 쓰기로 마음먹었다. 먼저, 현길이 말하는 연쇄살인범이 되어서 생각과 행동을 하는 것이다. 그는 눈을 감고 테드 번디나 피터 쿠르텐, 그들에게 영감을 주었을 질 드레 이야기를 머릿속으로 떠올렸다. 그리고 실종자들의 얼굴을 하나씩 연상하면서 잔인하게 살해하는 장면을 상상했다. 숨이 막힐 것처럼 흥분되고 식은땀이 흐르기 시작했다. 심장의 박동 수가 급격히 증가하는 동시에 부신수질에서 아드레날린이 분비되었다. 아드레날린이 교감신경을 자극하면서 그의 얼굴에 자연스러운 미소가 번지기 시작했다. 다시 눈을 떴을 때 마음은 오히려 차분하게 가라앉았다. 게임을 하듯이 즐거운 기분으로 민성은 콧노래를 부르며 지도를 바라보았다. 연쇄살인사건이라는 사실을 아무도 눈치 채지 못할 거라는 생각이 들자 한쪽 얼굴에 심한 경련이 일었다. 금세 기분이 불쾌해지고 안절부절못할 만큼 초조해졌다. 무언가 단서를 남겨야 한다는 생각이 들었다. 그는 연필을 들어 사건이 발생한 순서에서 행정 단위별로 선을 마구 그어댔다. 각 구 (區)로 나누어서 선을 긋고, 나누어진 선 안에 실종사건의 장소를 다시 선으로 연결했다. 만족스럽게 이번에는 영문 알파벳이 나타났다. 대문자로 I, N, W, T라는 알파벳이었다. 민성은 네 개의 알파벳으로 어떤 단어들을 만들 수 있는지 머릿속으로 떠올렸다. 그리고 결론은 의외로 쉽게 나타났다. TWIN, 바로 쌍둥이였다.

9

살해현장에서 발견된 사카이토지는 주로 일식집에서 사용하는 사시미용 칼이었다. 그 칼을 전문적으로 취급하는 가게는 다행히 서울과 부산 두 곳뿐이었다. 일본과 직거래를 하고 있는 J상사의 분점은 L백화점 내에 있었다. 백화점 개점시간이 20분 정도밖에 지나지 않은 이른 시간인데다 아침부터 비가 내려서인지 가게는 조용했다. 개기름으로 번들거리는 사장은 친절하게 반장을 맞았다. 가게 앞에 진열창이 있었지만, 살해현장에서 발견된 종류의 칼은 보이지 않았다. 사장과 인사말을 주고받은 반장이 현장에서 찍은 흉기사진을 테이블 위에 올려놓았다. 사진을 자세히 바라보던 사장은 은테 안경을 만지작거리며 말했다.

"네. 맞습니다. 저희 가게에서 취급하는 칼이군요."

사장은 가게 안쪽으로 들어가더니 직사각형 모양의 나무상자 안에 들어 있는 칼을 들고 돌아왔다.

"이 종류는 사카이토지 중에서도 일본 명장 이와쿠니의 이름을 따서 암국(岩國) 사시미라고 부릅니다. 길이가 삼백육십 미리짜리로 암국 중에서도 가장 긴 칼에 속하죠."

"이런 칼을 사가는 고객은 주로 어떤 사람들인가요?"

"요리사들입니다. 호텔이나 일식집 주방장들, 아니면, 일식요리사를 지망하는 조리과 학생들이 저희 고객의 팔십 퍼센트 이상을 차지하고 있어요."

"나머지 이십 퍼센트는……."

"글쎄요……. 저희 제품은 품질 면에서 세계 최고를 지향하니까
요."

한두 가지 탐미적 취미를 가지고 있는 대졸학력의 돈 많은 남자,
혹은, 칼 쓰는 직업을 가진 꽤 성공한 남자…… 그러나 남자 구실을
제대로 못 하는 녀석이지. 반장은 과학수사과에서 보내온 범인상 분
석의 내용을 되뇌며 가게 여종업원이 가져다주는 커피를 공손히 받
았다.

"판매는 주로 어떤 방식으로 이루어집니까?"

"인터넷으로 구입하는 손님과 직접 저희 가게에 방문하셔서 구입
하시는 분들이 반반 정도 될 겁니다."

"인터넷으로도 판매를 하시는군요."

"네. 사카이토지를 취급하는 곳이 드물기 때문에 수도권을 제외한
지방에선 주로 통신판매가 이루어집니다."

"혹시, 고객명단 같은 게 있습니까?"

"대부분이 단골손님들이죠. 사카이토지를 사용하시는 분들 중 대
다수는 앞서 말했듯이 이런 업종에 종사하시는 분들이 많으니까요.
고객들은 저희들이 회원제로 철저히 관리를 하고 있습니다. 사후 서
비스도 중요하니까."

말을 멈춘 사장은 뭔가를 떠올린 듯 윤 형사에게 덧붙였다.

"아, 그 이야길 하지 않았군요. 저희 제품에는 모두 고유번호가 새
겨져 있습니다. 그 번호가 있으면 판매된 날짜와 고객에 대한 정보
를 알 수 있어요. 제품의 가격 때문에 대부분의 고객들이 신용카드
로 결제를 하시거든요."

"듣던 중 반가운 소리군요."

반장은 사장에게 눈인사를 건네고 나서 휴대폰을 꺼내들었다. 현장에서 발견된 흉기는 국과수에 정밀감정을 의뢰한 상태였다. 신호와 함께 국과수에 근무하는 여직원의 목소리가 흘러나왔다. 반장은 휴대폰을 왼손에서 오른손으로 바꿔 잡으며 현장에서 발견된 칼의 일련번호가 필요하다는 말을 건넸다.

"저길 넘으면 보여요."

길 가던 남자가 손짓을 하며 자세히 설명해 주었다. 박 형사는 고맙다는 인사를 건넨 뒤 걸음을 옮겼다. 비탈진 아스팔트의 군데군데엔 조금 전까지 내린 빗물이 고여 있었다. 그는 남자가 가리킨 건물의 뒤쪽으로 걸어 올라갔다. 가파른 길이 완만해지는 둔 턱에 짙은 빨간색 벽돌건물이 나타났다. 박 형사는 그 건물의 3층을 올려다봤다. 사설학원의 간판이 건물 모서리에 붙어 있었다. 그는 담배를 꺼내려다 말고 학원 현관으로 천천히 걸음을 옮겼다.

"전화 주셨던 박 형사님?"

수업을 마치고 막 사무실로 들어온 진욱이 박 형사를 발견하고 물었다. 그는 굳은 얼굴로 창가에 있는 철제 책상 위에 교재를 올려놓으며 말을 이었다.

"옥상 휴게실로 가시죠."

몇몇 강사들이 박 형사를 흘깃거리며 지나갔다. 진욱은 건너편 책상에 앉아 있는 동료강사에게 귀엣말을 한 뒤 박 형사를 옥상으로 안내했다.

"요즘은 시내를 돌아다녀도 활기가 없어요."

박 형사가 옥상 난간으로 걸어가며 말했다. 진욱은 경계하는 표정으로 박 형사를 바라보았다.

"불경기가 너무 오래간다 싶어서 하는 말이에요. 그쪽도 이젠 현실을 걱정할 나이가 되었군요. 대학 사 년생이란……"

"그 말을 하려고 여기까지 찾아온 건 아니시잖아요."

박 형사는 말없이 미소를 지으며 담배 한 개비를 진욱에게 내밀었다. 곧이어 라이터로 불을 붙였다. 두 사람 모두 길게 담배연기를 내뱉었다. 매연에 휩싸인 도심으로 희뿌연 연기는 금세 사라졌다.

"은희 씨 소식은 알고 있겠죠?"

"……"

"어때요? 누군가 이 세상에 존재하지 않는다는 사실이 말입니다."

박 형사는 이은희의 살해현장에 대해 간략하게 이야기했다. 소나무 둥치에 앉은 자세로 발견되었던 얼굴 없는 피해자의 모습이 아직도 박 형사의 기억 속에 선명하게 남아 있었다. 하지만 그녀의 목이 잘리고 음부가 심하게 훼손되었다는 사실은 말하지 않았다. 진욱의 표정이 점점 더 어두워지고 있었다.

"저도 아직 실감이 나질 않아요."

"두 사람, 사귀고 있었다고 들었습니다."

진욱은 말없이 고개를 끄덕였다.

"은희가 새벽에 산으로 오른 이율 모르겠어요. 그 날 새벽엔 소나기까지 내렸습니다. 산으로 오르는 길은 온통 진흙 밭이었어요."

잠시 뜸을 들이던 진욱이 되물었다.

"뉴스를 봤는데…… 정말입니까? 은희의 목이 잘렸다는……."

진욱의 질문에 박 형사는 대답하지 않았다. 대신 시선을 건물 아래로 가져갔다. 산비둘기 한 마리가 전신주를 넘어 숲 속으로 날아가고 있었다.

"맞군요. 빌어먹을!"

진욱은 주먹으로 지붕 난간을 치면서 분해했다. 박 형사는 진욱의 그런 행동을 주의 깊게 살폈다. 울분을 토하고 있지만, 그는 이제껏 차분하게 학원을 다니고 있었다. 그 나이 또래라면 애인이 살해당했다는 사실만으로도 심한 충격을 받았을 것이다. 박 형사가 그에게 다시 질문을 던졌다.

"피해자를 마지막으로 만난 게 언제였습니까?"

"삼 일 전이었어요."

"어디서요?"

"학교에서……."

"평소와 다른 점은 없었습니까?"

"모르겠어요. 우린 선배가 운영하는 카페에 들어가 커피를 마시고 영화구경을 했거든요. 평소처럼 졸업한 뒤의 진로에 대해 이야길 나눴을 뿐이에요."

진욱은 심호흡을 하고 나서 박 형사를 바라보았다. 그는 여전히 흥분해 있는 것 같았다.

"그럼, 그녀와 마지막으로 전화통화를 한 건 언제였습니까?"

진욱의 눈동자가 잠시 흔들렸다. 박 형사의 눈썹이 씰룩거렸다.

"은희가 살해당하기 전날이었어요."

"마지막 통화에서도 별다른 느낌이 없었나요?"

"……."

진욱은 침묵했다. 박 형사는 인내심을 가지고 진욱의 대답을 기다렸다.

"특별히 생각나는 건 없습니다."

"구체적이지 않아도 좋아요."

"기억이……."

진욱은 뒷말을 흐린 채 담배를 입으로 가져갔다. 그는 불안한 시선으로 건물 아래를 내려다보았다.

"분명히 사인이 있었을 거예요. 진욱 씨의 기억이 범인을 잡는데 많은 도움이 될 겁니다."

그러나 여전히 진욱은 침묵을 지켰다. 박 형사는 재촉하듯이 그에게 말을 이었다.

"현장 바로 옆에서 칼이 발견되었습니다. 길이가 삼십오 센티미터가 넘는 날카로운 일본 칼이에요. 사시미용이라고 하더군요. 범인은 그 칼로 은희 씨의 심장과 췌장을 정확히 찔렀어요……. 칼이 몸 안에 들어가면 대부분의 사람은 그 자리에 주저앉아 버립니다. 은희 씨도 마찬가지였어요. 힘없이 주저앉는 은희 씨의 공포와 고통에 일그러진 얼굴을 보면서 범인은 천천히 심장을 향해 마지막 칼질을 한 겁니다."

박 형사는 진욱에게 한 발짝 더 다가가며 다시 소리쳤다.

"그 다음 목을 잘랐지…… 이런 이야길 듣고도 느끼는 게 없어요? 피해자와의 마지막 통화에서 무슨 이야길 들은 겁니까?"

진욱과 박 형사의 눈이 마주쳤다. 진욱의 눈동자는 흔들리고 있었다. 도대체, 뭘 두려워하는 거지? 박 형사는 진욱의 코앞까지 다가섰다.

"선생님……, 선생님 이야기를 잠시 했었던 것 같아요."

진욱의 시선이 다시 바닥으로 향했다. 힘들게 내뱉은 그의 말 속에서 박 형사는 사건의 단서를 찾을 수 있을 거란 예감이 들었다.

"선생님?"

"중학교 때 그룹과외를 하던 선생님이 있었어요."

"아직까지 은희 씨와 연락을 하고 지냈단 말입니까?"

박 형사의 말투가 어느새 차분해졌다. 진욱은 여전히 불안한 표정으로 고개를 끄덕였다.

"삼 년 전까진 은희뿐 아니라 저희들과도 연락을 했으니까요."

"그럼, 그룹과외를 받았던 사람 중에 진욱 씨도 포함이 된단 소리군요."

박 형사는 동아리 M에서 만났던 회장의 말을 떠올렸다. 진욱과 동아리 회장, 이은희 외에도 중학교 때 친구들은 영재와 소연이 있었고 그들은 모두 같은 학교, 같은 동아리에서 만나고 있었다. 우연으로만 여기기엔 석연치 않은 구석이 많았다.

"하지만, 선생님은…… 삼 년 전 갑자기 사라졌어요."

"사라져요?"

옥상 위로 돌풍이 불었다. 박 형사는 왼쪽 눈에 먼지가 들어갔는지 따끔거렸다. 그는 눈을 비벼대면서 휴대폰을 꺼내 들었다.

"그 선생이라는 사람에 대해선 얼마나 알고 있어요?"

"신학대학에 다녔다는 사실 외엔 아는 게 없어요."

"무슨 일을 하고, 어디에 사는지 전혀 모른단 말입니까? 그렇다면, 은희 씨에겐 왜 연락을 한 거죠? 그녀는 뭐라고 하던가요?"

"그냥, 선생님에 대해 잠시 이야길 나눈 것뿐이에요…… 그뿐입니다."

박 형사의 눈썹이 다시 씰룩거렸다. 그 선생이라는 작자와 피해자, 앞에 서 있는 진욱 사이가 미심쩍어 보였다. 조금 전까지만 해도 울분을 삼키던 진욱이 갑자기 불안한 모습을 보이는 것만으로도 짐작할 수 있는 일이었다. 박 형사는 과외선생의 이름과 나이를 메모했다. 그때 수업을 알리는 벨소리가 아래층에서 들려왔다. 진욱이 손목시계를 슬쩍 내려다보았다.

"혹시, 그 선생이라는 사람에게 그룹과외를 받았던 사람이 은희 씨와 진욱 씨 외에도 동아리 회장이나 영재, 소연 씨도 포함되는 겁니까?"

진욱은 말없이 고개를 끄덕였다.

"그런데, 왜죠? 왜 모두 같은 학교, 같은 동아리에서 모이게 되었는지……."

"서로들 친하니까요……."

"그 선생이라는 사람하고 관계가 있는 건 아니고요?"

"억측이에요."

"동아리에선 주로 어떤 활동을 한 겁니까?"

"회장이 이야기하지 않았나요?"

"물론……. 하지만, 구체적이진 않았어요."

"도대체, 알고 싶은 게 뭡니까?"

"프레이저의 『황금가지』는 어때요?"

진욱의 시선이 날카롭게 변했다. 박 형사는 피해자의 책상 위에 있던 프레이저의 『황금가지』라는 책을 떠올렸다. 형광펜으로 덧칠이 된 맥콜리의 시가 여전히 강한 인상으로 남아 있었다. '거울처럼 고요한 호수가 잠이 든다. 아리키아의 숲 속, 그 어슴푸레한 나무 그늘에서 숲을 지키는 사제, 죽이려고 덤벼드는 사람을 죽이고 언젠가는 그 자신도 죽임을 당한다…….' 왜 현장에서 두 자루의 칼이 발견되었던 것일까?

"제 알리바이가 궁금했던 건 아니었고요?"

떨리는 목소리로 진욱이 되물었다. 박 형사는 담담한 표정으로 진욱을 향해 미소를 지었다.

"알리바이요? 맞아요. 사실은 그것 때문에 찾아온 겁니다."

진욱은 박 형사의 반문에 곧바로 대꾸했다.

"은희가 살해당하던 날 전 집에 있었습니다. 전날 저녁엔 학원 회식이 있었고요."

"그 이야긴 이미 원장 선생님에게 들었어요. 새벽 한 시까지 술을 마셨다고."

"그럼, 끝난 것 아닌가요?"

"끝난 건 아니죠. 사랑하는 사람이 살해를 당했으니까……. 그렇지 않아요?"

"아픈 마음까지 보여줘야 하는 겁니까?"

"피해자는 인기가 많았다고 들었어요. 사귀는 남자친구도 여럿 있었겠지. 어쩌면, 그 그룹과외 선생이란 사람도 그 중 한 명일 수 있을 테고…….”

“수업이 있어요!”

“아, 그렇군요…….”

박 형사는 진욱의 앞을 비켜서며 말을 이었다.

“언제 시간 있을 때 경찰서로 한 번 왔으면 좋겠는데, 괜찮겠죠?”

“경찰서에도 가야 합니까?”

“참고인 자격이니까 부담을 가질 필요는 없어요.”

“아뇨, 은희의 살인범을 잡을 수 있다면 전 상관하지 않겠어요.”

“그래야죠. 범인을 꼭 잡아야 하니까……. 그럼, 제가 다시 연락드리겠습니다.”

진욱은 박 형사에게 눈인사를 건네고 빠른 걸음으로 옥상 계단을 내려갔다. 박 형사는 진욱의 뒷모습을 바라보며 꽁초가 된 담배를 바닥에 짓눌러 껐다. 다시 한 번 뿌연 먼지바람이 옥상 위를 스쳐 지나갔다. 바닥에 고여 있던 빗물이 출렁였다. 박 형사는 팔등으로 눈 주위를 감싸며 혼잣말처럼 내뱉었다. ‘날씨 하고는…….’

10

올해로 25회를 맞는 작가상의 스폰서가 I그룹이라는 사실은 잘 알려져 있었다. I그룹의 명예 회장이자 원로 시인의 성을 딴 Kang & Kang 출판사에서 계절마다 내는 계간지와 ‘작가상’은 문단 내외적으로 전통과 권위를 가지고 있었다. 매년 12월이 되면 작가상시상식이 열렸고 휴대폰이나 메일로 시상식 장소와 날짜를 알려왔다. 애석하게도 민성은 (민성이 상을 탔던 2001년을 제외하고) 그 시상식에 참석한 적이 없었다. 2003년부터 인터넷상에 당선 작가들의 모임 카페가 만들어졌지만, 역시 그곳에도 한 해 동안만 잠시 카페 주변을 기웃거렸을 뿐이다.

평소보다 이른 아침 겸 점심식사를 끝낸 민성은 곧장 컴퓨터 모니터 앞에 앉았다. 다음 카페에 있는 작가상 당선자들의 모임 주소가 기억나지 않아 출판사 홈페이지에 들어가, 그곳에서 다시 당선자 모임 카페에 접속했다. 다행히 민성의 아이디가 아직 살아있어 접속에는 어려움이 없었다. 먼저, 회원 주소록에 들어가 역대 수상자들의 거주지와 연락처를 한글 파일로 다운받았다. 하지만 기재된 거주지 주소와 연락처가 정확한지는 확인할 수 없었다. 혹시나 하는 생각에 주소록에서 자신의 이름을 찾아봤는데 연락처와 거주지 모두 7년 전의 것을 그대로 사용하고 있었기 때문이다. 민성은 잠시 팔짱을 낀 채 모니터를 주시했다. 회원 주소록에서 H, G…… 아니, 현길이라는 이름을 찾을 수 없었다. 그가 가명을 사용하지 않았다면 수상자가 아닐 가능성도 있었다. 그렇다면, 왜 작가상 이야기를 꺼낸 것일까? 연쇄살인범이 작가상과 관계가 있다면 그 이유는 뭘까? 담배를 찾아 책상 서랍을 열었다. 버지니아 슬림이 아니라 던힐 라이트가 들어 있었다. 이제껏 던힐 라이트를 피운 적이 없었기 때문에 민성은 잠시 혼란에 빠졌다. 원룸을 자유롭게 들락거리는 친구들 중에서 던힐 라이트를 피우는 녀석들이 있었는지 고개를 갸우뚱거렸다. 그러다 문득, 13회 수상자의 이름이 없다는 사실을 깨닫고 피우려던 담배를 슬며시 책상 위에 올려놓았다. 주소록의 연도별 당선작가들 중에서 1999년 당선작가의 이름과 연락처가 누락되어 있었다. 그해에 당선작이 없었는지 민성은 인터넷으로 검색을 시작했다. 하지만 당시의 상황을 알 수 있는 기사나 글을 찾을 수 없었다.

실타래는 한 번 꼬이기 시작하면 뒤에는 걷잡을 수 없을 만큼 뒤엉키기 마련이다. 민성은 두 번, 세 번, 연이어 꼬이기 시작하는 실타래의 끝을 잡고 어떻게 해야 할지 몰라 바둥거리는 꼴이 되고 말았다. 처음에는 현길의 말을 믿을 수 없었다. 그가 말하는 일련의 실종사건과 얼굴 없는 연쇄살인범 이야기는 전혀 설득력이 없었다. 더구나 자신의 소설 속에서 연쇄살인범의 흔적을 찾을 수 있다는 그의 주장은 터무니없어 보였다. 하지만 지금은 너무 깊숙이 발을 들여놓은 건 아닐까 하는 의구심이 들 만큼 그의 말에 빠져들고 있었다. 그녀에게 현길과 거리를 두는 게 좋겠다고 조언을 늘어놓던 자신이 말이다.

민성은 먼저, 실종사건 사이의 연관성을 어느 정도 유추할 수 있었다. 영문자로 트윈이라는 단어를 발견한 것은 우연에 가까웠지만, 그 우연을 만든 것은 필연적으로 얼굴 없는 연쇄살인범의 행동이었다. 민성은 점점 더 현길의 말에 긍정도 부정도 할 수 없는 애매한 태도를 가질 수밖에 없었다.

민성은 기지개를 켜면서 다시 모니터를 주시했다. 작가상 수상자들 중에서 현길이라는 이름을 찾을 수 없다는 게 마음에 걸렸다. 그녀의 말대로라면 현길은 직간접적으로 작가상과 관계가 있어야만 했다. 거기다, 비 오는 날 어둡고 습한 지하 보일러실에서 그는 분명히 작가상 수상자 중에서 연쇄살인범에 관한 정보를 발견할 수 있을 거라고 암시했다. 민성은 습관적으로 책상 위를 손가락으로 두드리기 시작했다. 해답을 찾기 위해서는 13회 작가상 수상자가 누구인지부터 밝혀야만 했다. 민성은 휴대폰에서 Kang & Kang의 편집부장 전화번호를 찾아냈다. 그쪽 출판사에서 아직까지 연락을 주고받는 유일한 사람이었다. 편집부장이라면 13회 수상자에 대해서 알고 있을지도 몰랐다.

"어이, 김 작가 오랜만이야. 어떻게…… 서울에 올라올 계획은 아직 없나?"

특유의 호탕하고 부드러운 서울 말씨가 수화기 속에서 흘러나왔다. 민성은 간단한 인사말과 근황을 이야기한 후 작가상 수상자에 대해 질문을 던졌다.

"작가상 수상자 명단에 십삼 회 수상자의 이름과 주소가 빠져 있더군요."

잠시 침묵이 지나간 뒤에 편집부장이 대답했다.

"간만에 전화 걸어서 하는 말이, 정말이지 마음에 드는군……. 작가상 수상자에 대해 언제부터 그렇게 관심을 가지게 되었나?"

"반갑다는 뜻으로 받아들이겠습니다……. 이유가 뭐죠?"

"글쎄……, 나도 확인을 해봐야 할 것 같은데……."

민성은 편집부장이 2001년에 입사했었다는 사실을 문득 깨달았다. 잠시 침묵이 흐른 뒤 다시 편집부장의 목소리가 들려왔다.

"작가상 당선자가 없던 해는 모두 세 번이야. 십삼 회도 당연히 그럴 거라고 생각했는데……. 그 해엔 좀 달랐던 모양이군."

"무슨 뜻이죠?"

"당선자를 뽑았다가 곧바로 취소를 한 것 같거든. 다른 작품을 표절했거나 중복 투고였을 가능성이 많겠지. 뭐, 급한 일이 아니라면 시간을 두고 기다릴 순 없을까? 그 사이 내가 좀 더 자세히 알아볼 테니까……."

"얼마나 걸릴까요?"

"그건 자네하기 나름이지. 최근에 새로운 장편을 마무리하고 있단 소릴 들었거든. 원고를 보여준다면 만사를 제쳐놓고 알아보지."

편집부장의 웃음소리가 수화기를 통해 터져 나왔다. 회전의자에 깊숙이 등을 파묻은 채 45도 각도로 의자를 흔들고 있을 그의 모습이 떠올랐다. 민성은 편집부장의 웃음소리를 들으며 용호농장에서 일어난 마지막 실종사건의 기사로 눈길을 돌렸다. 그리고 현길이 쓴 「연쇄살인사건에 대한 보고서」의 내용을 기억해냈다. 잔 다르크, 오를레앙, 샤를 7세…….

"천사백이십구 년 오를레앙은 영국군과 그에 협력하는 부르기뇽파 군대의 포위 속에서 처절하게 저항을 하고 있었죠. 잔 다르크가 아니었다면 오를레앙은 폐허가 되고 사람들은 영국군에게 죄 없이 학살당했을 겁니다."

"갑자기 무슨 소리야?"

"왜 하필이면 십삼 회……. 아니, 천구백구십구 년이었을까요?"

"누군들 알겠나?"

그의 웃음소리가 다시 흘러나왔다.

"하지만 제게 구십구 년은 잊을 수 없는 햅니다."

"김 작가답지 않게 오늘은 너무 진지한 것 같군."

"정말이지 저도 그렇게 생각하고 있어요. 전혀…… 저답지 못한 행동을 하는 거니까."

"혹, 무슨 고민 같은 게 있는 건 아니겠지?"

"그보단 십삼 회 수상자에 대해 알고 싶습니다."

"십삼 회 수상자에 대해 집착하는 이유 모르겠지만 아무튼 시간이 필요해……. 그런데 갑자기 잔 다르크 이야긴 또 뭔가……?"

민성은 그의 질문에 대답할 수 없었다. 현길의 주장을 어떻게 편집부장에게 이해시킬 수 있을까? 연쇄살인범을 찾고 있다고 털어놓는다면, 그는 민성을 정신 나간 사람으로 치부할지도 몰랐다. 잠시 두 사람 사이에 침묵이 지나갔다.

"엄밀히 말하면, 이것도 개인의 프라이버시야. 내가 김 작가에게 십삼 회 수상자의 정보를 제공하지 않더라도 도덕적으로 문제될 건 없으니까."

"십삼 회 수상자의 정보를 요구하는 이유가 듣고 싶은 거군요."

"약간의 호기심이라고 하면 어떨까?"

"그렇다면, 제 대답은 이미 나와 있어요. 저 역시 호기심 때문이니까."

"이런……, 한방 먹었는걸!"

편집부장은 유쾌한 듯 소리를 질렀다.

"할 수 없지. 최대한 빨리 알아보고 연락 주겠네…… 작년 겨울에 불러줬던 핸드폰 번호가 죽지 않았다면 말이야."

"핸드폰 번호도 저도 건강하게 살아 있어요."

전화를 끊고 나서 민성은 책상 위에 흩어진 실종자들의 사진과 기사를 다시 한 번 살펴봤다. 98년에 일어난 여자 재수생의 첫 실종사건에서부터 3일 전에 일어난 그녀 여동생의 실종사건까지……. 이상한 건 그녀의 여동생이 실종되었던 날을 빼고는 모두가 98년과 99년 사이에 사건이 집중되어 있다는 사실이었다. 민성은 현길이 건네준 박스 안을 꼼꼼하게 살폈다. 실종자들의 기사뿐 아니라 상자 안에는 낡은 표지의 노트와 책에서 찢은 종이와 메모들이 흩어져 있었다. 민성은 그중에서 낡은 표지의 붉은색 노트를 집어 들었다. 노트의 겉장을 넘기자 현길의 필체로 쓴 시와, 내용이 분명치 않은 문장들이 불규칙적으로 나열되어 있었다. 그밖에 신문기사를 스크랩해서 노트 사이에 끼워두었는데, 여성들의 실종사건과 관계가 없는 내용이었다. 세계 곳곳에서 일어난 지진에 관한 기사나 자료들이 많았고 국내에서 일어난 화재 사건에 대한 기사들도 있었다. 민성은 그 화재기사 중 하나를 집어 들었다. 색이 바랜 1999년 12월 자 신문이었다.

부산 용호농장에 있는 병원에서 12월 24일 저녁 화재가 발생했다. 불은 순식간에 건물 전체로 번지면서 서른한 명의 사상자를 낸 뒤 진화되었다. 경찰은 방화로 인한 화재로 보고 수사 중이다.

짧고 간략한 1보 기사였다. 민성은 기사를 읽는 동안 머릿속이 지끈거렸다. 도대체 그는 무슨 생각을 하고 있는 거지? 스크랩한 병원의 화재사건과 여성들의 실종사건 사이의 연관성을 찾을 수 없었다. 혹시나 해서 노트에 적힌 글들을 꼼꼼하게 읽어봤지만 결과는 마찬가지였다. 민성은 머리를 긁적이며 의자에서 일어났다. 가슴이 답답했다. 베란다로 걸어가 창문을 열었다. 비는 그쳤지만 여전히 어둡고 두터운 먹구름이 하늘을 뒤덮고 있었다. 민성은 감색 점퍼를 걸치고 가방을 챙겼다. 오늘은 강의가 있는 날이었다.

비 온 뒤의 거리는 축축하고 냉기가 돌았다. 바다에서 불어오는 바람은 코끝이 시릴 만큼 차가웠다. 민성은 사람이 뜸한 인도를 걸으며 몇 가지 단어들을 조합해 보았다. 오를레앙과 잔 다르크, 질 드레와 13회 작가상 수상자……. 하지만 여전히 의문은 남았다. 현길이 두서없이 말했던 미시마 유키오와 트윈이라는 단어의 의미, 그의 이름이 수상자 명단에 빠져 있는 이유 같은 거였다. 그러다 민성은 멈칫거렸다. 용호농장에서 일어난 화재사건 때문이었다.

11

남부경찰서의 주차장은 항상 차들로 붐볐다. 박 형사는 주차장 끝에 겨우 차를 세운 뒤 현관으로 들어섰다. 경찰서 앞 도로는 지하철 공사로 분주했고, 8차선이던 도로가 2차선으로 줄어들면서 차량의 정체가 눈에 띄게 많아졌다. 정문을 지키던 의경이 박 형사를 향해 거수경례를 붙였다. 제대가 며칠 남지 않은 그는 박 형사와 가끔 농담 섞인 대화를 나누기도 했다. 박 형사는 그에게 윙크를 하고 출입구에 설치된 바리케이드를 지나쳤다. 액자가 달린 초록색 바탕의 복도 벽을 중심으로 좌우로 사무실이 붙어 있었다. 박 형사는 2층, 우측 복도를 지나 강력 2계 사무실로 들어갔다.

반장 외에는 모두 외근을 나갔는지 사무실은 비어 있었다. 박 형사는 반장에게 눈인사를 건네고 나서 자신의 책상으로 걸어갔다. 평소 같으면 적잖이 잡담을 나누곤 했겠지만, 박 형사는 자리에 앉자마자 담배를 꺼내 피웠다. 쉽게 마무리될 줄 알았던 사건이 생각보다 골치를 썩이고 있었다.

"밥은 제때 먹고 다니는 거야?"

양란을 손질하던 반장이 물었다. 박 형사는 조금 전에 맥도날드에서 햄버거 두 개로 점심을 때우고 오는 길이었다.

"간단하게요······. 간 건 어떻게 됐어요?"

"건질만한 게 없었어. 현장에서 발견된 암국 사시미의 일련번호로 구매자를 찾을 순 있었지만 그는 일 년 전 일식집을 정리하면서 전세금과 함께 요리 기구까지 모두 팔아치웠다고 하더군."

반장은 미간을 찡그리며 말을 이었다.

"그건 그렇고, 신학대학에 신원조회를 한 적 있었어?"

"네."

"그랬군······. 이거, 좀 전에 팩스로 들어온 거야."

반장이 둥그렇게 말려 있는 종이 뭉치를 박 형사에게 내밀었다.

"학교에서 보내왔어. 대신, 사건을 빠른 시일 내에 해결해 달라는 메모도 함께야. 학교 이미지에 손상이 갈 수도 있다는 이야기겠지."

그는 조용히 팩스 종이를 펼쳤다. 진욱을 만나고 나서 박 형사는 곧장 신학대학을 방문했다. 진욱이 말했던 모임의 과외선생에 대해 알아보기 위해서였다. 교무과 여직원은 생뚱맞은 표정으로 박 형사의 신분을 확인했다. 그리고 주임이라는 사람과 이야기를 주고받은 뒤 돌아와 시간이 필요하다고 말했다. 연락처를 남기면 자료를 보내 주겠다는 말에 박 형사는 사무실의 팩스 번호를 알려주었다.

보내 온 서류에는 남자의 이름과 거주지 주소, 학번, 그리고 주민 등록 번호가 나와 있었다. 박 형사 또래의 그는 군복무를 하지 않았다. '여호와의 증인이라도 되는 건가?' 그는 늦은 나이에 입학을 했고, 졸업을 한 학기 남겨두고 자퇴를 했다.

박 형사는 그의 주민등록 번호로 신원조회에 들어갔다. 전과 기록은 없었고 3년 전 실종신고가 되어 있었다. 박 형사는 한동안 컴퓨터 모니터를 멍하니 바라보았다. 3년 전에 사라졌던 과외선생이 갑자기 피해자에게 연락을 한 이유가 궁금했다. 어쨌든 이번 사건과 관련이 있을 가능성이 많았다. 박 형사는 의자 등받이에 몸을 깊숙이 기대고 앉아 양손을 머리 위로 가져갔다. 복도에서 자판기 커피를 뽑아 온 반장이 컵 하나를 박 형사의 책상 위에 올려놓으며 물었다.

"뭐가 그렇게 심각해?"

"새로운 인물을 찾아냈어요. 그가 이번 사건과 관련 있을지 확실하진 않지만, 뭐랄까……."

"그게, 감이라는 거지. 형사의 직감이란 언제나 과학보다 앞서 있으니까……. 자네야 물론 과학수사를 신봉하겠지만……."

박 형사는 대답 대신 어깨를 으쓱거렸다. 반장은 커피를 한 모금 마시고 나서 다시 입을 열었다.

"수사라는 것도 결국엔 사람의 마음 아니겠어. 범인과의 감정이입이 잘 될수록 사건은 빨리 해결되기 마련이니까. 더구나, 새롭게 주목받는 사람은 더욱 경계할 필요가 있겠지. 본인의 감을 믿어 봐. 뭔가, 단서를 잡을 수도 있을 테니까."

박 형사는 김현의 마지막 주소지를 확인했다. 그리고 학원 옥상에서 봤던 진욱의 표정과 대화 내용을 떠올렸다. 미스터리 클럽 M과 『황금가지』, 숲에서 살해된 피해자와 중학교 시절의 그룹과외……. 박 형사는 길게 한숨을 내쉬며 의자에서 일어났다. 의혹이 커질수록 김현이라는 남자에 대한 호기심도 커졌다. 박 형사는 김현의 주소를 프린트로 출력했다.

그의 마지막 주소지로 김현의 행방을 찾을 수 있을 거란 기대는 하지 않았다. 하지만 그에 대한 흔적이라도 알고 싶었다. 어쩌면, 기대 이상으로 김현이라는 남자에 대해 알게 될지도 몰랐다. 다반사로 그런 일들이 일어났으니까.

낡고 초라한 건물이었다. 건물의 출입구를 찾는데도 많은 시간이 필요했다. 좁고 녹슨 대문을 지나자 요즘은 보기 힘든 재래식 변소가 나타났다. 그 옆으로 열 걸음 정도 거리에 햇볕이 들지 않는 건물 안이 보였다. 습하고 퀴퀴한 곰팡내가 서늘한 기운과 함께 박 형사의 코끝을 간질거렸다. 그는 잠시 주변을 두리번거리다 건물 현관 옆에 있는 문을 두드렸다. 주황색 페인트가 반쯤 벗겨진 나무문이었다. 하지만 인기척이 없었다. 박 형사는 다시 건물 안으로 들어갔다.

어두운 복도 천장엔 꼬마전구 하나가 작은 구슬처럼 매달려 있었다. 그는 제일 안쪽에 있는 문을 다시 두들기기 시작했다.

"누구세요?"

잠시 뒤 중학생으로 보이는 여자아이가 문을 열고 상체를 반쯤 내밀었다. 얼굴이 창백하고 초췌한 소녀였다. 박 형사는 소녀에게 다가가 김현이라는 이름을 말했다. 소녀의 얼굴에 옅은 미소가 일었다. 소녀의 파리한 입술이 가늘게 옆으로 흩어졌다.

"혹시, 알고 있니? 삼 년 전까지 여기서 살았을 텐데."

소녀의 작은 눈동자가 박 형사의 얼굴을 훑었다. 그다음 천천히 고개를 끄덕였다. 조심성이 많은 소녀 같았다. 기분이 언짢아질 만큼 어둡고 습한 다세대 주택과 허름한 문간방, 초췌하고 창백한 소녀의 모습에서 김현이라는 과외선생의 이미지를 떠올리는 건 생각보다 어렵지 않았다.

"여기서 오래 산 모양이구나."

"이곳에서 태어났어요."

소녀는 무표정하게 대답했다.

"그 아저씨는 항상 사탕이나 초콜릿을 사줬어요. 전 심장이 약해서 밖을 잘 나다니지 못하거든요. 그래서 아저씬 초콜릿 같은 걸 선물로 들고 와서는 제게 많은 이야길 해 주곤 했어요."

"지금도…… 찾아오니?"

"아뇨, 아저씬 이젠 여기서 살지 않아요. 멀리 간다고 했거든요. 아주 멀리……."

그때, 중년 남자의 목소리가 문안에서 들려왔다. 왜 계속 문 앞에서 얼쩡거리고 있냐고 술 취한 목소리로 소녀에게 말했다. 조금 뒤, 불그스름한 얼굴에 턱수염이 거친 사십대 후반의 건장한 남자가 모습을 나타냈다. 그는 눈을 게슴츠레 뜨고 박 형사를 노려보았다. 보통 사람의 두 배만 한 큰 손으로 소녀의 어깨를 밀치며 안으로 들어가라는 눈짓을 했다.

"누구쇼?"

소녀가 방안으로 들어가는 것을 확인한 턱수염이 퉁명스럽게 물었다.

"김현이라는 사람을 찾고 있어요. 따님과 친했던 모양입니다."

턱수염은 더욱 경계하는 눈빛으로 박 형사를 노려보았다.

"그 녀석은 여기 없어. 가타부타 말없이 사라진 게 벌써 삼 년이 넘었으니까."

턱수염의 목소리에도 긴장감이 스며 있었다. 어쩌면, 전에도 과외 선생을 찾는 사람이 있었는지도 모를 일이다. 박 형사는 1미터 85센티미터는 될 것 같은 큰 키의 남자와 그 주변의 어둡고 낡은 복도를 둘러봤다. 턱수염은 그런 박 형사의 태도가 눈에 거슬리는지 조금 전보다 더 무뚝뚝한 목소리로 말을 건넸다.

"그런데, 왜 그 사람을 찾는 거지. 보험회사에서라도 나온 거야?"

"아닙니다. 경찰이에요."

박 형사는 신분증을 턱수염에게 내밀었다. 그는 신분증에 붙어 있는 사진과 박 형사의 얼굴을 비교하듯 번갈아 바라보았다.

"그 녀석이 무슨 잘못이라도 저지른 거요?"

"그런 건 아닙니다. 단지 참고인 자격으로 만났으면 해서요."

"그렇다면 헛다리짚은 거요. 여기 살지 않으니까. 언제 사라졌는지 그림자조차 볼 수가 없으니…… 쳇."

"그가 살던 곳은 어떻습니까?"

"그건 또 왜 물어보쇼?"

"지푸라기라도 잡는 심정이죠."

턱수염은 소녀를 의식했는지 현관문을 조심스럽게 닫았다. 그리고 박 형사를 계단이 있는 곳으로 안내했다. 2층으로 향하는 계단 손잡이는 녹이 슬어 검붉은 피부가 그대로 드러나 있었고, 주변의 천장과 벽은 페인트가 벗겨져 을씨년스러웠다. 턱수염은 눈으로 2층을 가리키면서 박 형사에게 말했다.

"올라가 보겠소?"

박 형사는 말없이 고개를 끄덕였다. 턱수염은 박 형사에게 뒤따라오라는 눈짓을 보낸 뒤 계단을 올라갔다. 계단 사이의 간격이 높아 무릎을 바짝 세워야 했다. 어둡고 침침한 2층 복도를 가리키며 턱수염이 다시 입을 열었다.

"이 방이오……. 조용하지만 침울한 녀석이었수."

"아직 방이 그대로 있나요?"

박 형사는 복도 주변을 살피면서 물었다. 턱수염은 문 위쪽에 있는 두꺼비집으로 손을 가져갔다.

"요 앞으로 새로운 길이 생겼지. 호박이 넝쿨째 들어 온 격이고 말이야. 그동안 재개발구역에 묶여서 증축도, 세도 나가지 않았는데 말이오. 덕분에 그 녀석의 방도 지금까지 온전할 수 있었던 거요. 건물주가 아예 신경을 쓰지 않았으니까……. 아, 여기 있군."

턱수염이 두꺼비집 안에서 열쇠를 찾아 박 형사에게 내밀었다. 이 방의 열쇠인 것 같았다. 얼떨결에 열쇠를 받아 쥔 박 형사가 의뭉스러운 눈초리로 바라보자 턱수염의 얼굴이 더욱 붉게 변했다.

"그런 눈초리로 보지 마쇼. 이건 딸아이가 가르쳐 준 거니까. 뭐라고 해야 할까……. 아무튼 정이 가지 않는 녀석이었어."

"이 층엔, 그럼 사람이 살지 않습니까?"

"그렇소. 방 세 개가 모두 비어 있지. 그나마 일 층엔 점포가 있어서 사람 사는 냄새가 나는 것뿐이오."

턱수염은 어깨가 들썩일 만큼 한숨을 내쉬었다. 낡아빠진 다세대 주택에 사는 자신의 처지를 한탄하는 것처럼.

"여길 찾아오는 사람은 없었습니까?"

턱수염은 고개를 갸우뚱거리며 '글쎄'라고 짧게 대답했다.

"워낙 조용한 녀석이어서……. 언제 들어왔는지, 또 언제 나갔는지, 안에서 생활을 하는지, 도대체 짐작할 수가 없었소."

"들어가 봐도 될까요?"

"그건, 형사인 당신 마음 아뇨?"

턱수염이 박 형사에게 반문했다. 박 형사는 미소를 지으며 문손잡이에 열쇠를 끼워 넣었다. 뻑뻑해서 그런지 열쇠는 손잡이 중앙에 난 구멍과 아귀가 잘 맞지 않았다. 옆에서 그 모습을 지켜보던 턱수염이 대신 열쇠와 문의 손잡이를 양손으로 잡고 힘차게 돌렸다. '딸깍' 하는 소리와 함께 문이 열렸다. 현관 안으로 들어서자마자 눅눅한 실내 공기와 함께 방안 풍경이 박 형사의 눈에 들어왔다.

3년이라는 공백에도 불구하고 과외선생의 방이 그대로 존재한다는 사실은 일종의 행운이었다. 뜻하지 않은 행운은, 그러나 박 형사에게 또 다른 의구심을 불러일으켰다. 현관 옆으로 작은 입식 부엌이 있었다. 먼지가 뿌옇게 쌓인 싱크대와 한쪽 문이 어긋나 있는 찬장이 부엌 벽에 외따로 붙어 있었다. 현관 바로 맞은편에는 다섯 평 정도 되는 중간 크기의 방이 있었다. 반쯤 열려 있는 미닫이문으로 책상과 의자, 책으로 가득 찬 책장이 보였다. 턱수염은 박 형사의 시선을 의식했는지 작은 소리로 말했다.

"사람보다 책을 더 좋아한다고 딸아이가 말하던데. 사실 딸아인 지금도 가끔 이 방에 들어와 책을 읽곤 한다오……. 생활비와 학비를 벌어야 하는 고학생이라는 걸 알았지만 정이 가지 않았소. 뭐랄까, 침울하고 자신의 세계에만 빠져 있는 듯한 느낌이었거든……. 하지만 병약한 딸아이에게 잘하는 것 같아서 가끔 방으로 고기 같은 걸 넣어 준 적도 있지."

"외톨이 생활을 했나 보군요."

"누가 알겠소? 내 생각이긴 하지만 어디에도 녀석에 대해 아는 사람은 많지 않을 거요."

박 형사는 턱수염의 말을 들으며 조심스럽게 방안으로 들어갔다. 방은 부엌과 달리 먼지가 쌓여 있지 않았다. 턱수염의 딸이 가끔 여길 들른다는 말과 관계가 있을 것이다. 그는 천천히 방안을 둘러보았다. 책상 위에는 책과 메모지가 어지럽게 놓여 있었다. 밖에서는 보지 못했는데 벽 중앙에는 가로 세로 길이가 1미터가 넘는 거대한 피라미드 사진이 붙어 있었다. 기단부에 입을 벌린 뱀 모양의 석상으로 네층을 이룬 피라미드였다. 그리고 그 옆에는 해골 모양을 중심으로 뱀 두 마리가 감싸는 형태의 원형 석상 사진이 붙어 있었는데 M 동아리실에서 봤던 포스터를 떠올릴 수밖에 없었다.

박 형사의 시선이 이번엔 책꽂이로 향했다. 『요세푸스전집』과 『신학과 철학』, 『해방신학』, 『기독교강요』, 『바울신학개론』 같은 종교서적에서부터 미시마 유키오나 움베르토 에코, 마르틴 A, 넥쇠 같은 작가의 소설책과 『니체와 니힐리즘』, 베이컨의 『수상록』, 마르틴 하이데거의 철학서와 『히틀러 평전』, 바그너의 희극집이 눈에 들어왔다. 칼 융이나 조셉 캠벨, 자끄 라깡, 프로이드의 책은 책장 상단부에 꽂혀 있었다. 그가 다양한 종류의 책을 읽고 있었다는 걸 한눈에 알 수 있었다. 책장의 제일 위 칸에서 『악의 역사』와 푸코의 『광기의 역사』 사이에 꽂혀 있는 『황금가지』를 발견했다. 박 형사의 손이 자연스럽게 그 책으로 향했다. 낡고 색이 바랜 표지를 한동안 바라보다 책장을 조심스럽게 넘겼다.

"그가 언제부터 집으로 들어오지 않았던 거죠?"

"아마…… 삼 년 전 이맘때였을 거요. 실은 그 전부터 녀석이 사라졌는지도 모르지만. 수도세와 전기세가 밀려 다들 불만이었는데, 밑층 이불가게 뚱보년이 끈질기게 드나들며 그를 찾았었지. 그래서 그가 한 달 동안 집으로 돌아오지 않는다는 걸 알게 되었던 거요."

"그럼, 그가 언제 사라졌는지 정확히 알 수는 없겠군요?"

"그런 셈이지. 하지만, 삼 년 전 사 월 이후로 녀석이 모습을 나타내지 않았다는 건 자신 있게 말할 수 있소."

"삼 년 전 사 월요?"

박 형사는 혼잣말처럼 되뇌며 책장을 넘겼다. 진욱이 말했던 시기와 정확히 맞아 떨어졌다. 그렇다면, 김현이라는 남자는 3년 동안 어디서 뭘 하고 있었던 것일까?

책장을 넘기던 박 형사는 우연처럼 책갈피에서 사진 한 장을 발견했다. 나무가 우거진 숲 속의 빈 공간에, 어설프긴 하지만 돌무더기를 쌓아올린 단상 같은 것이 있었고 그 주변은 들꽃으로 장식되어 있었다. 제단처럼 보이는 사진을 박 형사는 멍하니 바라보았다. 사진 뒷면에는 '아리키아의 숲'이라는 글자가 적혀 있었다. 박 형사는 그 단어를 여러 번 되풀이해 읽으면서 맥콜리의 시를 떠올렸다.

"신고 같은 건 하지 않았습니까?"

"뭘 말요?"

박 형사는 사진을 휴대폰 케이스 사이에 끼워 넣고 책을 다시 책장에 꽂았다.

"말없이 사라졌다면, 혹 그의 신상에 나쁜 일이 생겼을지도 모르잖아요."

"밑층의 뚱보년이 했지. 하지만 신경을 써주는 짭새는 없다고 하더군."

말을 하면서 턱수염은 박 형사를 못마땅한 눈으로 흘겨봤다. '요즘 경찰이란 돈이나 쥐어주면 모를까 누가 그런 일까지 일일이 신경 써주겠나?'라고 말하는 것 같았다. 박 형사는 씁쓸한 미소를 지으며 책상 앞으로 걸어갔다. 책상 위에 어질러진 책들을 뒤적이며 메모지 같은 걸 찾았다.

"따님 얼굴이 창백하던데…… 어디가 안 좋습니까?"

박 형사의 뒤를 따라 방안을 둘러보던 턱수염이 시선을 박 형사에게 돌렸다. 그의 얼굴은 조금 전과 달리 침울해졌다.

"심장병이오. 수술을 해야 하는데, 글쎄, 돈이……. 씨펄! 가난이 문제가 아니겠소?"

반문을 하던 턱수염의 자조 섞인 웃음소리가 흘러나왔다. 뒤이어 가라앉은 목소리로 그는 덧붙였다.

"푸르탱탱한 아이의 입술을 보는 것만큼 가슴 아픈 일도 없수다."

한동안 침묵이 흘렀다. 박 형사는 말없이 창밖을 보고 있었고 턱수염은 바닥을 응시한 채 깊은 한숨을 내쉬었다. 창밖으로 낡은 슬래브 지붕과 진열대와 사람들로 북적이는 시장골목이 내려다보였다. 단지, 화제를 바꿀 생각으로 던진 한마디가 턱수염의 상처를 건드린 것 같았다. 박 형사는 습관적으로 담배를 찾기 위해 손을 호주머니 속으로 집어넣었다.

"그런데, 그 녀석이……."

턱수염이 갑자기 과외선생 이야기를 꺼냈다. 그의 어두운 눈동자가 바닥을 지나 박 형사가 있는 책상 쪽으로 향했다. 그것은 느리고 절제된 동작이었다.

"녀석이 사라지기 몇 달 전이었소. 퇴근을 하고 돌아왔을 때였지. 딸아이가 흥분한 목소리로 내게 말하더군. 죽음이라는 것이 그렇게 아름다운 줄 몰랐다고 말요. 그 순간 위층에 사는 녀석이 생각났소. 녀석이 무슨 소릴 지껄였는지 짐작할 수 있었으니까……. 그래서 더더욱 화를 참을 수가 없었단 말요."

턱수염이 담배를 찾았다. 박 형사는 자신이 피려던 담배와 라이터를 그에게 내밀었다.

"아이 상태가 급속히 나빠지던 때라 아마 더 민감하게 반응했을 거요……. 흥분한 나는 앞 뒤 가릴 것 없이 이 방으로 들어와 녀석을 만났수. 아이에게 무슨 개소릴 했냐고 화를 냈더니 녀석은 오히려 실실 거리며 말하더군. '시들고 있는 꽃은 아름다워요. 그 생명이 끝나는 건 가슴 아프지만. 그러나 그건 운명이에요. 아이는 곧 시들겠지만, 그 향기는 영원히 남을 겁니다……. 전 단지 그 말을 해 주고 싶었을 뿐이었어요……' 그 말을 듣는 순간 뚜껑이 열려버린 거지. 그래서 녀석의 면상을 사정없이 후려쳤수다."

턱수염은 고개를 떨어뜨린 채 꼼짝하지 않았다. 커다란 주먹을 무릎에 올려놓고 담배를 피웠다.

"그런데 녀석은 터진 입술을 손등으로 닦으며 미소를 지었소. '딸아이를 진정으로 사랑하시는군요?' 라고 담담하게 반문하면서 말요. 정말 재수 없는 놈이지……. 그때부터 난 딸아이가 녀석을 만나지 못하게 혼을 내줬소. 아이에게 운명이니 하는 쓸데없는 말을 알려주고 싶진 않았거든……. 기생오라비 같은 녀석에게선 죽은 자의 냄새만 진동할 뿐이었소. 더럽고 습기 찬 이 건물처럼 말요."

박 형사는 창문을 열었다. 시장골목에서 쏟아지는 사람들의 웅성거림이 여과 없이 흘러 들어왔다. 이 생동감을 그는 어떻게 받아들였을까.

다세대 주택을 빠져나오면서 박 형사는 다시 한 번 남자에 대해 분석했다. 턱수염의 말이 모두 사실이라면, 그는 운명론적인 사고에 빠져 있는 페시미스트 정도가 될 것이다. 혹은, 『황금가지』나 아스텍 같은 원시종교에 심취한, 아니, 어쩌면 현실과 유리된 또 다른 세계에 빠져버린 나약한 이상가일지도 몰랐다. 그런 그가 한참 감수성이 예민한 열네 살에서 열다섯 살 정도의 아이들을 가르쳤다면 어떤 일이 벌어질 수 있을까? 그래서 모임회장과 진욱도 그를 어려워하고 있는지도 모른다고 박 형사는 생각했다.

12

문학을 통해 다양한 분야에서 활동하는 사람들을 만날 수 있었다. 그중에 닥터라는 직업을 가지고 있으면서도 머릿속으로는 온통 헨리 밀러의 『북회귀선』 같은 에로틱한 소설을 쓰고 싶어 안달하는 친구가 있었다. 민성은 그 친구가 파리에서 유학생활을 했을 만큼 프랑스 문학에도 조예가 깊다는 사실을 떠올렸다. 민성은 그에게 만나고 싶다는 문자 메시지를 보내고 나서 문학관 4층으로 올라갔다. 나선형의 계단을 돌아 로비로 들어서자 유리 난간에 걸터앉은 그녀의 모습이 나타났다. 바다를 내려다보던 그녀가 먼저 민성에게 눈인사를 건넸다. 그녀의 얼굴은 초췌하고 창백해 보였다. 입술은 부르텄고 눈 주위가 움푹 패여 있었다.

"수업이 시작되려면 아직 두 시간이나 남아 있어."

민성은 계단 앞 출입구에 있던 화이트보드를 책상 앞으로 끌고 가면서 말했다.

"알고 있어요."

"일부러 일찍 나왔단 소리야?"

"할 이야기가 있어요."

"뭐지?"

"그전에, 일 층에 내려가서 커피를 가져올게요. 잠을 설쳐서인지 정신이 몽롱해요……. 선생님도 드실 거죠?"

민성은 말없이 고개를 끄덕였다. 그녀는 잠시 어깨를 들썩이고는 4층 출입구로 사라졌다. 민성은 화이트보드를 강의실 앞자리에 고 정시키고 매직과 지우개를 준비했다. 집에서 준비해 온 프린트 물을 책상 위에 올려놓았다. 그 사이 그녀가 다시 모습을 나타냈다. 커피 와 설탕, 딸기잼을 바른 샌드위치가 3단 높이로 쌓여 있는 플라스틱 쟁반을 들고 있었다. 그녀는 민성이 앉아있는 철제 테이블로 다가와 쟁반을 내려놓았다.

"점심을 먹지 못했나 보군."

쟁반 가득 담겨있는 샌드위치를 내려다보며 민성이 말했다.

"별생각이 없었는데 커피 냄새를 맡으니까……."

그녀는 민성에게 슬며시 미소를 지었다.

"그래, 이번엔 무슨 일이지? 또 다른 동화 이야기를 하려는 건 아 니겠지?"

"그런 투로 말하지 마세요."

"기분 나빴다면 사과하지. 별다른 뜻이 있었던 건 아니니까……."

"오전에 용호농장에서 사람의 것으로 보이는 뼛조각이 무더기로 발견되었어요."

민성은 커피에 설탕을 넣다 말고 멈칫거렸다. 그녀는 담담한 표정으로 민성을 바라보았다. 용호농장이라면 과거에 한센씨병에 걸린 사람들이 집단으로 거주하던 지역이었다. 몇 년 전 재개발에 들어가 면서 아파트 단지가 들어서고 있었다.

"측량작업을 하던 건축기사가 우연히 발견한 모양이에요."

"정보가 빠르군."

"늘 관심을 가지고 있으니까요."

민성은 커피 잔을 입으로 가져갔다. 설탕과 크림이 듬뿍 들어간 인스턴트커피를 선호하지만, 식도를 타고 넘어가는 부드럽고 연한 원두커피의 감촉도 괜찮았다. 그녀는 다시 창가 쪽으로 시선을 돌렸다. 맑은 날에는 대마도에 있는 송전탑이 보일 정도로 일본과 가까운 거리에 문학관이 있었다.

"옛 무덤 터일 수도 있겠지."

"한센씨병으로 죽은 사람들 말인가요?"

"그곳의 역사를 안다면 충분히 그럴 개연성이 많다고 느낄 거야……. 설마, 그 뼛조각 중에 실종된 동생이 있을 거라고 생각하는 건 아니겠지?"

민성이 다소 조심스러운 말투로 물었다. 그녀는 대꾸하는 대신 길게 한숨을 내쉬었다.

"저보단 할아버지가 그런 걱정을 하시는 것 같아요. 디엔에이 지문 감식을 통해서라도 신원을 알고 싶어 하니까."

"그쪽은 언제?"

"경찰의 말로는 그럴 가능성은 없을 거라고 하더군요."

대화가 끊긴 사이 그녀는 샌드위치 조각 하나를 집어 들었다. 민

성은 그녀가 샌드위치를 먹는 동안 현길이 수상자 주소록에 없었다
는 사실을 말해야 할지 말아야 할지 잠시 고민에 빠졌다.

"그 사람을 다시 만나고 싶은데…… 그가 오늘 수업에도 참석을
할까?"

"그가 주장하는 연쇄살인사건에 대해선 어떤 결론을 내리셨어
요?"

민성은 머뭇거리다 입을 열었다.

"몇 가지 이해할 수 없는 부분을 발견했어. 그렇다고, 그의 말에
전적으로 수긍한다는 뜻은 아니지만……. 실종사건 사이에 연관성
이 있을지도 모른단 생각이 들더군."

"자세히 말해 주세요."

"처음엔 전혀 감을 잡을 수가 없었어. 실종된 여자들 사이에서 연
관성을 찾는다는 건 더더욱 어려운 일이었지. 그러니까, 불특정 다
수를 대상으로 범죄를 저질렀다는 말이야. 물론, 연쇄살인사건이 실
제로 일어났다는 가정 하에서……. 그러다 신문기사를 바탕으로 여
자들의 실종 장소를 지도에 표시해 봤어. 구별로 나누어서 연결을
시켰는데 우연의 일치인진 모르지만, 놀랍게도 한 단어가 만들어지
더군."

"어떤 단어가요?"

"영문자로 티, 더블유, 아이, 앤……."

"쌍둥이?"

그녀의 목소리가 떨렸다. 민성은 고개를 끄덕이면서 커피를 한 모
금 마셨다.

"현길이란 사람이 '푸른 수염'의 작가에 대해 말한 적이 있어요."

"샤를 페로에 대해서?"

"이곳에서 그를 처음 만났을 때, 그는 범인이 샤를 페로의 작품을 좋아한다고 말했죠."

"블루 비어드의 작가로서, 아님…….."

"그가 일란성 쌍둥이였다는 건 어떻게 생각하세요?"

사레가 걸린 것처럼 민성은 기침을 해댔다. 현길이라는 남자가 주장하는 연쇄살인사건에 대해 발을 들여놓을수록 민성은 더욱 견고하고 튼튼한 벽 앞에 내몰리는 자신을 느꼈다.

"전혀 몰랐어. 설마, 샤를 페로가 연쇄살인사건과 관계 있을 거란 말을 하려는 건 아니겠지?"

"작가로서의 샤를 페로는 사람들에게 잊힌 존재였어요……. 하지만, 선생님이 트윈이라는 단어에 대해 이야기했을 땐 왠지 섬뜩한 생각이 들었어요."

"그렇게 느낀 이유를 물어봐도 될까?"

"막연한 불안감 같은 거요."

"나처럼 그를 만나고 싶은 거군."

"선생님은…… 작가상 때문인가요?"

"그를 수상자 주소록에서 찾을 수 없었어. 그렇다고, 거짓말을 했을 거라곤 생각하지 않아. 단지……, 지금 내가 해 줄 수 있는 말은 수상자 주소록에서 빠진 사람이 있다는 거야."

"그 외엔…….."

"물론, 할 이야기는 많아. 하지만, 산만해지고 화가 나는 것도 사실이거든. 빌어먹게도 샤를 페로까지 이젠 날 엿 먹이고 있는 거니까."

민성은 신경질적으로 의자를 박차고 일어났다. 그리고 조금 전까지 그녀가 앉아있던 창가 난간으로 걸어갔다. 멀리 검푸른 바다 사이로 하얀 포말이 일었다. '절대 흥분해서는 안 된다'라는 말이 갑자기 떠올랐다. 현길이 지하 보일러실에서 그녀에게 했던 말이었고, 지금은 자신에게 필요한 말이었다. 민성은 어깨를 들썩이면서 다시 시선을 그녀에게 향했다.

"안개 속을 헤매는 기분이야. 하나를 알면 두 가지, 세 가지 의문점이 생기기 시작하니까……. 웃기는 건, 자의든 타의든 13회 수상자가 주소록에서 빠져 있다는 것 외엔 전혀 문제가 없다는 사실이지. 자연스럽게 현길이라는 인물에 대해서도 의구심을 가지게 되었어. 어떻게 그 사람은 모든 걸 꿰뚫고 있는 걸까? 거기다 13회 수상자에 대해서 알아봐야지, 생각을 하고 있으면……. 그 다음엔 또 어떤 퍼즐 같은 일이 기다리고 있는지 알 수가 없거든."

"선생님이 선택한 일이에요."

"부정하진 않겠어."

"동생의 실종 이후, 저 역시 판단력이 흐려진 것 같아요. 선생님이 이 정도로 혼란스러워 할 줄은 미처 몰랐으니까."

카페 겸 강의실로 사용하는 문학관은 하얀 페인트가 칠해진 철재 테이블과 의자로 가득 차 있었다. 벽은 창을 제외하고 모두 책장으로 사용하고 있었고, 책꽂이에는 오래된 고서에서부터 최근의 소설까지 수만 종의 책들이 꽂혀 있었다. 두 사람 사이에 긴 침묵이 이어졌다. 수업시간이 다가올수록 창밖은 어둠에 묻혔다. 해안선을 따라 가로등 불빛이 발갛게 타올랐다. 보슬비와 함께 짙은 안개가 서서히 언덕 아래에서부터 차 올라오는 것 같았다.

수강생들이 하나 둘 얼굴을 내밀었다. 민성은 현관으로 들어오는 수강생들에게 프린트 물을 나눠주면서 인사말을 건넸다. 그 동안 그녀는 멀찍이 떨어져 앉아 쓸쓸한 표정으로 창밖을 응시하고 있었다.

결국, 현길은 수업 시간에 얼굴을 내밀지 않았다. 그녀는 수업 중에도 자주 현관 쪽을 흘깃거렸다. 수업 뒤에 간단한 술자리가 있었지만, 그녀는 피곤하다는 이유로 살며시 자리를 피했다. 민성 또한 머리가 복잡했지만 수강생들의 호의를 거절할 수는 없었다. 호프집에서 그들과 대화를 나누는 중에도 그는 온통 현길의 생각으로 가득 차 있었다.

13

소녀는 락카페 구석진 자리에 앉아 버드와이저를 마셨다. 음악소리와 사이키델릭의 현란한 조명이, 플로어에서 춤을 추는 아이들의 몸을 더욱 율동감 있게 만들었다. 소녀는 이마에서 흐르는 땀을 닦으며 테이블 위에 양팔을 올려놓았다. 음악소리에 맞춰 어깨를 들썩이며 홀 위에서 춤을 추는 과 아이들을 바라보았다. 알 수 없는 해방감이 그녀를 충동질했다. 어제 있었던 필기시험에서 그녀는 생각보다 많은 문제를 맞혔기 때문이다. 자신이 만든 예상문제에서 비슷한

유형이 3개나 나왔던 것이다. '난 천재야' 속으로 그녀는 흡족한 듯
외쳤다. 소녀는 버드와이저를 다시 입으로 가져갔다. 쌉쌀한 맛과
함께 차고 탁한 액체가 목구멍 속으로 빨려 들어갔다. 춤을 추고 있
는 과 아이들 중 하나가 소녀를 향해 손짓하고 있었다. 소녀는 피식
하고 웃으며 딴청을 부렸다. 그때였다. 문득 카페 입구 쪽에서 누군
가 자신을 노려보고 있다는 느낌이 들었다. 피부가 오돌토돌 일어날
정도로 싸늘한 촉감이었다. 소녀는 짜증스런 시선으로 입구 주변의
테이블을 하나씩 살펴봤다. 그러다 검은 외투에 짙은 감색의 벙거지
모자를 눈썹 바로 위까지 눌러쓴 남자에게 시선을 고정시켰다. '언
제부터 나를 보고 있었던 거야?' 소녀는 오싹한 느낌과 함께 약간
의 설렘이 생겼다. 남자의 입가에 잔잔한 미소가 일었다. 소녀는 자
리에서 일어나 아이들이 춤추고 있는 홀로 천천히 걸어갔다. 춤추던
여자아이 하나가 소녀를 위해 빈 공간을 만들어 주었다. 그러나 소
녀는 자리에 끼는 대신 여자아이의 손을 잡아끌었다. 아이가 소녀의
돌연한 행동에 눈을 동그랗게 뜨며 소리쳤다.

"왜 그래?"

"화장실."

"뭐?"

"화장실!"

소녀는 여자아이의 손목을 잡고 출입구 반대편에 있는 화장실로
걸어갔다. 경쾌한 음악소리가 클럽 안을 가득 메웠다. 두 명의 젊은
여자가 긴 머리카락을 흔들며 미친 듯이 춤을 추고 있었다. 엠프에
서 터져 나오는 프로그레시브락이 절정에 달하자 춤을 추는 아이들

의 헤드뱅도 음악과 같이 끝을 치닫고 있었다. 그 혼잡함을 비집고 여자 화장실로 들어온 소녀는 숨 돌릴 틈 없이 담배를 꺼내 들었다. 그 모습을 멍하니 바라보던 여자아이가 어이가 없다는 듯 입을 열었다.

"담배 피려고 날 여기까지 끌고 온 거니?"

"웬 변태 같은 자식이 노려보잖아."

"어디서?"

여자아이가 호기심 어린 눈으로 화장실 밖을 기웃거리며 물었다.

"입구 쪽에 벙거지 모자를 눌러 쓴 기분 나쁜 놈팡이야."

"어디…… 안 보이는데?"

소녀는 여자아이의 뒤를 따라 락카페 안을 기웃거렸다. 그녀의 말대로 검은 외투에 벙거지 모자를 눌러 쓴 남자의 모습은 보이지 않았다. 그가 있던 자리엔 머리카락을 빨갛게 물들인 커플이 앉아 이야기를 나누고 있었다.

"그 자식 어디로 사라졌지. 아주 기분 나쁜 눈빛이었어. 정말이지 재수 옴 붙었다. 그렇잖아도 그날이라…… 기분이 엿 같았는데."

"그런데 하나도 기분 나쁜 표정이 아니잖아? 그 녀석 꽤 핸섬했구나."

"무슨 소리야!"

소녀가 소리쳤다.

"그나저나 한참 신나는 타임이었는데."

"어쨌든 지금은 배가 아프니까……. 나올 때까지 잠시 기다려 줘."

"화장실 들어가게?"

소녀는 미소를 지으며 화장실 제일 끝 칸으로 들어갔다. 여자아이는 세면기 위 거울 앞에 서서 화장을 고쳤다. 그때 그녀의 바지 주머니에서 휴대폰이 부르르하고 진동을 했다. 카페 홀은 음악이 꺼지고 춤추던 아이들은 목을 축이기 위해 각자의 테이블로 돌아가고 있었다. 춤추다 말고 어디로 사라졌냐는 남자친구의 전화였다. 그녀는 입술에 립스틱을 칠하다 슬쩍 화장실부스 쪽을 바라보았다.

"알았어. 지금 갈게. 계집애가 무섭다면서……. 그래, 그래서 같이 화장실 들어왔어."

휴대폰에서 웃음소리가 터져 나왔다. '어린애도 아니고 왜 그런데?' 뒤이어 이어지는 남자친구의 말에 여자아이는 맞장구를 치고 나서 화장실 쪽을 향해 소리쳤다.

"난 이만 가볼래. 남친이 찾아서 안달이다. 천천히 볼일 보고 와."

"야!"

소녀가 볼멘소리로 친구를 불렀지만, 이미 여자아이는 화장실 밖을 나간 뒤였다. 카페 홀에서는 다시 요란한 음악이 울려 퍼지기 시작했다. 이번에는 레이디 가가의 노래가 흘러나왔다. 그녀의 낮고 시니컬한 목소리에 아이들은 열광하기 시작했다.

소녀는 담배 한 개비를 다 피운 뒤에 변기에서 일어났다. '오늘 끝난 줄 알았는데' 생리대를 쓰레기통에 던져 넣고 소녀는 바지의 지퍼를 올렸다. 이번엔 자신도 홀에 나가 신나게 흔들어 댈 작정이었다. 그 다음엔 마음에 드는 녀석과 외박을 하는 거지. 그녀의 가방 속에는 엑스터시가 들어 있었다. 변기 레버를 내리고 화장실 문을 열었다. 그런데 화장실 앞에 그 녀석이 서 있었다. 소녀는 말뚝을 박아놓은 것처럼 몸을 움직일 수가 없었다. 겁에 질려 아무런 생각도 나지 않았다. 검은 외투에 벙거지 모자를 눌러 쓴 남자의 입술이 가늘게 찢어졌다. 소녀는 살려달라고 외치고 싶었지만 입술이 움직이지 않았다. 남자는 외투 속에서 길고 날카로운 칼을 천천히 꺼내들었다. 소녀는 흠칫거리며 화장실 문을 닫으려고 손잡이를 잡았다. 그 순간 남자의 칼이 소녀의 목을 향해 날아들었다. 칼끝을 피해 소녀는 본능적으로 화장실 부스 안으로 몸을 피했다. 힘없이 변기에 주저앉는 그녀 앞으로 남자가 다가갔다. 그녀의 눈에서 눈물이 흘러내렸다. '살려주세요' 겨우 입 밖으로 새어나온 말이었다.

"살려…… 주세요……."

소녀의 울부짖는 목소리는 홀에서 울리는 음악소리에 묻혀 버렸다. 남자의 붉게 충혈된 눈동자가 소녀를 내려다보고 있었다.

"겁먹지 마라. 우리 아기. 금방 끝날 테니까."

남자의 얇은 입술이 그렇게 말하고 있었다. 그제야 소녀는 발버둥치기 시작했다. 남자는 한동안 그런 소녀의 모습을 즐기듯 바라보았다. 그리고 소녀의 목을 향해 칼날을 세웠다. 소녀는 눈을 감았다. 한달 뒤에 시험발표가 있었고 면접 준비를 해야 했다. 시험이 끝나면아버지가 유럽여행을 시켜준다고 그랬는데……. 빌어먹게도 할 일도 하고 싶은 일도 너무 많았다. 하나님이 있다면 이 순간을 벗어날수 있게 도와달라고 외치고 싶었다. 다가오는 남자의 몸에서 시큼하고 비린 냄새가 났다. 소녀는 그 냄새가 사람의 피 냄새라는 걸 깨달았다. 차가운 금속성의 감촉이 느껴졌다. 숨을 쉴 수 없었다. 소녀가다시 눈을 떴을 때 남자의 얼굴은 희열로 가득 차 있었다. 소녀는 마지막 순간까지 남자의 눈빛을 잊어버릴 수 없었다.

남자의 칼이 소녀의 몸을 난도질하기 전에 소녀는 이미 숨이 끊어진 상태였다. 그녀의 눈동자가 두려움에 파르르 떨리다 감겼다. 홀 밖에서 흘러나오는 음악소리는 다시 절정으로 치달았다. 아이들의 고함 소리가 힘차게 울려 퍼지고 있었다.

14

사무실로 돌아온 박 형사는 책상 서랍에서 이은희가 살해된 현장사진을 끄집어냈다. 서른 장이 넘는 사진 중에서 김현의 방에서 발견한 사진과 비슷한 풍경이 있는지 살폈다. 시경에서 나온 감식반과 별도로 박 형사는 현장사진을 여러 각도와 거리에서 찍어 보관하고 있었다. 하지만 어디에서도 비슷한 풍경사진을 찾을 수 없었다. 그는 한동안 책상 위에 흩어진 사진들을 바라보며 담배를 피웠다.

피해자의 살해된 장소가 아리키아의 숲이라면 과외선생은 유력한 용의자가 되는 것이다. 박 형사는 김현의 방에서 발견한 낡은 사진을 얼굴 가까이 가져갔다. 사진 속 풍경은 피해자가 살해된 장소의 10년 전 사진이라는 가정을 하기엔 부족함이 많았다. 무엇보다 어른 주먹만 한 크기의 돌을 쌓아놓은 제단의 흔적을 찾을 수 없었다. 주변 지형이나 나무의 종류도 달랐다. 담배를 재떨이에 쑤셔 넣고 자리에서 일어났다. '아직 포기하기엔 일러' 뒤이어 그는 김현의 방에 붙어 있던 테노치티틀란시의 피라미드와 토나이투의 책력을 떠올렸다.

프레이저의 『황금가지』는 인신공회에 대한 일종의 역사서였다. 맥콜리의 시부터 아리키아의 숲과 토나이투의 책력까지. 이상하게 이번 사건과 관련이 있을 거란 생각을 떨쳐버릴 수 없었다. 더구나 M이라는 동아리와 김현의 자취방을 방문한 뒤부터 박 형사는 더더욱 그런 의구심에서 벗어나지 못했다.

그는 창문을 열고 철망 사이로 흘러 들어오는 차가운 공기를 마셨다. 지하철 공사 때문인지 거대한 기중기가 도로 한가운데에 서 있었다. 박 형사의 시선이 기중기에서 도로가의 가로수로 향했다. 가지치기를 끝낸 나무는 미니어처 같은 느낌이었다. 그의 시선이 다시 가로수에서 화원으로 향했다. 두 면이 유리벽으로 된 상점은 안이 훤히 들여다보였다. 행운목과 알스트로메리아 같은 관상식물, 난과 장미, 튤립, 국화 같은 꽃이 진열되어 있었다.

박 형사는 붉은색 장미다발을 멍하니 바라보다가 휴대폰을 집어 들었다. 문득 한 사람의 얼굴이 기억났다. 식물과 고대문화에 조예가 깊은 남 교수. 그라면, 사진 속의 숲에 대해서 새로운 해답을 던져줄지도 몰랐다.

"흔하게 볼 수 있는 소나무 숲이군."

"다른 특징 같은 건 찾을 수 없을까요?"

"글쎄, 요 앞산만 가도 볼 수 있는 전경이니까."

테이블 위의 사진을 보며 남 교수가 말했다. 그는 막 점심 식사를 하고 온 터라 커피 생각이 간절했다. 편의점에서 따뜻한 인스턴트커피를 마시고 싶었다. 그런데 박 형사가 들이닥치는 바람에 커피 마실 시간을 빼앗기고 말았다. 남 교수는 에이프런을 풀고 비닐하우스 문을 조금 열었다.

"그럼, 이 사진은 어떻습니까?"

김현의 자취방에서 발견한 사진을 내밀었다. 남 교수는 주름진 손으로 사진을 받아들었다. 그는 사진 속의 숲이 참나무 과에 속하는 떡갈나무의 서식지라는 사실을 밀해 주었다. 침엽수를 대표하는 소나무와 활엽수를 대표하는 참나무는 잎의 모양만으로도 누구나 쉽게 구분할 수가 있다고 덧붙였다.

"그럼, 앞에 본 사진들과는 전혀 다른 장소란 말인가요?"

"그렇다고 확신할 순 없지……. 떡갈나무 역시 어디에서나 볼 수가 있으니까."

박 형사의 표정이 어둡게 변했다. 남 교수는 박 형사의 표정을 살피면서 다시 입을 열었다.

"그런데, 무슨 일인가? 뜬금없이 찾아와선 사진부터 들이미는 이유가?"

"관할구역에서 살인사건이 발생했습니다. 스물네 살의 여대생인데 조금 전, 교수님이 봤던 사진 속의 숲에서 살해를 당했어요. 사건이 발생한 지 삼 일이 지났지만 아직 단서를 찾지 못했습니다……. 살해된 여대생이 새벽에, 더구나, 집에서 육 킬로미터나 떨어진 숲속에서 발견된 이유를 모르겠어요."

"그럼, 이 낡은 사진은 뭔가?"

"피해자의 중학교 과외선생이었던 남자 방에서 우연히 발견한 겁니다. 사진에 관심을 가진 건 뒷면에 있는 글자 때문이에요."

남 교수는 호기심 어린 시선으로 사진의 뒷면을 펼쳤다.

"아리… 키아의 숲……. 혹, 디아나의 성스러운 숲을 말하는 건가?"

"저도 그렇게 생각하고 있습니다."

"하지만, 여기가 북부 이태리란 생각은 들지 않는군."

남 교수는 진지한 표정의 박 형사와는 달리 얼굴에 미소를 지으며 말했다.

"피해자와 모임을 가지던 아이들은 중학교 시절부터 프레이저의 『황금가지』 같은 책들을 탐독한 모양이에요. 그 사진도 『황금가지』의 책갈피 속에서 나온 겁니다. 우연이라고 치부하기엔 뭔가 석연치 않은 구석이 많은 것 같았어요. 우습게 들릴진 모르겠지만, 전 피해자가 이른 새벽에 집에서 한 시간 거리에 있는 야산에, 그것도 혼자서 올라간 이유가 『황금가지』라는 책 속에 나오는 시와 관계있을지 모른다는 생각을 하고 있습니다."

"맥콜리의 시말인가?"

"네."

"늙은이의 말이라고 무시하지 않는다면, 자네 이야긴 터무니없어 보이는군."

"모두들 그렇게 생각하겠죠. 사실을 말하자면, 저 또한 확신이 서지 않으니까요. 하지만, 살해된 피해자의 중학교 과외선생이었다는 사람에 대해 탐문수사를 했었습니다. 그때의 느낌이라는 것은 뭐랄까…… 색다른 것이었어요. 그동안 제가 겪어왔던 사람들과는 전혀 다른 느낌말입니다."

"프레이저가 고대 종교에 관심을 가진 건 퍼즐게임 같은 매력 때문이지. 그 시작이 바로 아리키아의 숲이었어. 로마시대 때부터 여신 디아나의 성소로 유명했던 바로 그곳에서 처음 인신공양이 이루어졌을 거라고 프레이저는 확신했거든. 물론, 그가 고대 이탈리아의 사제직에 관심이 많았다는 것도 중요할 거야. 더구나, 켈트족의 수목 숭배에 있어서 사진 속의 참나무는 의미가 있으니까. 참나무에 기생하는 겨우살이가 바로 황금가지의 수수께끼를 푸는 열쇠이기도 하거든."

"그 이야길 좀 더 자세히 듣고 싶습니다."

"기억이 맞는다면, 재학 중에 자네만큼 내 수업을 지루하게 생각하는 학생은 없었지⋯⋯. 자넨, 이제 구질구질한 중저가 점퍼를 입고 다니는 강력계 형사가 되었고, 난 보시다시피 학교에서 쫓겨나 이런 곳에서 토마토 재배나 하는 신세가 되었네. 그런데 일 년 만에 찾아온 제자가 프레이저의 『황금가지』에 대해 이야길 해달라고 하다니 여기 있는 토마토가 웃을 일이군."

남 교수는 자신의 키보다 높은 지지목 위로 말려 올라간 줄기에서 발갛게 익은 토마토를 골라 손 가위로 잘랐다. 크기가 어린아이 주먹만 한 토마토의 짙은 분홍색이 먹음직해 보였다.

"농약 같은 걸 치지 않았어. 수중재배의 가장 큰 장점이기도 하지. 맛을 좀 보겠나?"

박 형사는 남 교수가 내미는 토마토를 입으로 가져갔다. 냉장고에서 갓 꺼내온 것 같은 시원함과 아삭하게 씹히는 맛이 좋았다. 박 형사가 토마토를 음미하는 동안 남 교수는 책상 앞으로 걸어가 음악을 틀었다. 모차르트 교향곡 사십일 번 다장조, 케이 오백오십일 「주피터」였다. 모차르트의 교향곡은 곳곳에 설치된 스피커를 통해 비닐하우스 전체로 퍼져나갔다.

"여기 있는 토마토들은 모차르트의 음악을 좋아한다네. 하루에 두 번은 꼭 모차르트의 곡을 틀어주지. 녀석들은 이 곡이 나올 때만큼은 결코, 짜증을 내지 않아. 인간이 단식을 하듯 토마토란 녀석들도 스트레스를 받으면 양분을 잘 흡수하지 않거든. 자신들의 의지에 따라서 말이야……. 신기하지 않나?"

"교수님은 언제나 그러셨죠. 식물과 교감하는 민족은 결코 호전적이지 않다고 말입니다."

"하지만 언제부턴가 우리 인간들은 말이야. 그런 사실을 잊어버렸어. 식물의 정령에 더 이상 공경심도 관심도 가지지 않지."

남 교수는 하우스 출구 쪽에 있는 소파에 앉다 말고 박 형사를 향해 소리쳤다.

"우리 민족 역시 단군이란 호칭에서 알 수 있듯이 박달나무를 숭배하던 민족이었는데 말이야……. 바로 이 부분이야! 이 악장, 안단테 칸타빌레 바장조, 사 분의 삼박자로 현악기의 조용한 울림과 이탈리아 풍의 풍부한 선율이 일품이지. 여기 있는 녀석들은 특히, 이 부분을 좋아한다네."

그리고 그는 김현의 방에서 우연히 발견한 낡은 사진을 천천히 들여다보았다.

"인도 유럽어족의 일파인 켈트족이 갈리아와 브리타니아를 거쳐 로마까지 진출한 것은 비시 사 세기 초라고 볼 수 있지. 호전적이고

용맹했던 그들은 영혼 불멸과 윤회, 전생을 믿는 드루이드교를 가지고 있었어. 그리고 드루이드교의 사제계급을 드루이드라고 불렀지."

"켈트족의 드루이드가 『황금가지』와 관계가 있습니까?"

문 쪽에 서 있던 박 형사는 남 교수가 앉아 있는 소파 가까이 다가갔다. 책상 위에 있는 휴지를 뜯어 손과 입을 닦고 외따로 떨어져 있는 나무의자를 들고 와 앉았다. 오래된 나무의자는 박 형사가 앉자 비명처럼 삐걱거리는 소리를 냈다.

"드루이드는 스스로를 인간과 신 사이에 중개역할을 한다고 믿었어. 그들은 재판을 주관하기도 하고 병든 사람을 고치거나 예언을 했지. 하지만 프레이저는 그 이상의 것에 관심을 가지기 시작했을 거야. 예를 들어서, 그들이 행한 인신공희 같은 것에 대해서……."

"인신공희요?"

"비시 일 세기 무렵까지도 드루이드는 산림 속에서 인간을 신에게 바치는 인신공희의 의식을 행하고 있었지."

"여신 디아나의 신전이 있는 아리키아의 숲에서 행해진 의식과도 깊은 연관성이 있었군요."

"어떤 면에선……. 대지의 번식력과 추대한 왕의 활동력이 서로 비례한다는 믿음에서부터 시작되었겠지."

"인신공양의 한 형태로 말이죠."

"태양을 숭배한 켈트족이었으니까. 물론, 태양을 숭배하고 영혼불멸과 환생을 믿었던 것은 켈트족뿐만이 아니었어. 따지고 보면, 페루, 멕시코, 고대이집트, 메소포타미아, 팔레스타인, 이란, 인도……심지어는 그리스, 로마, 중국까지도 대부분 인신공희가 있었던 것으로 알려져 있으니까."

"페루나 멕시코라면……. 테노치티틀란시의 피라미드나 토나이투의 책력과도 관계가 있을까요?"

"테노치티틀란시의 피라미드라면 그렇겠지. 거기선 정신병적일 만큼 인신공회가 유행을 했으니까."

"토나이투의 책력은 어떻습니까?"

"자넨 말세론을 믿나?"

"이천십이 년을 말씀하시는 거군요."

남 교수는 가벼운 웃음을 터뜨리면서 박 형사에게 말했다.

"토나이투의 책력이라면 지구 최후의 날을 기록한 달력 정도로 생각하면 어떨까……. 다섯 번째 태양이 지는 날 지진에 의해 세상은 멸망할 거라고 믿었던 그들의 두려움을……."

"과외선생의 방에서도 그 사진이 붙어 있더군요. 도대체, 그 친구가 무슨 생각을 하고 있었는지 모르겠습니다."

"그게 자네가 알아내야 할 일인 것 같군."

박 형사는 힘없이 고개를 끄덕였다.

"그렇다면, 『황금가지』가 지닌 상징적인 의미는 뭘까요?"

"왜 제사장이 되기 위해서 살인을 하지 않으면 안 되는지, 왜 숲속의 황금가지를 꺾어야만 하는지…… 프레이저 역시 궁금해 했지. 그렇게 해서 『황금가지』라는 책이 나온 거네. 그러나 그 책에서 의문에 대한 진실을 찾을 순 없을 거야."

"맥콜리의 시가 사건을 푸는 열쇠가 될 수 없을 거란 말씀이세요?"

"우리 인간들은 언제나 가까운 현실보단 먼 과거의 이야기나 신화에서 해답을 얻으려는 습성이 있거든……. 사진을 자세히 들여다보겠나?"

남 교수가 사진을 박 형사에게 내밀었다.

"아무리 생각을 해도, 사진 속의 신전이라는 것은 터무니없이 조잡한 느낌이 들어. 아이들이 장난삼아 만든 것 같은 조그만 돌무더기와 들꽃들……. 그것이 전부니까."

"참나무는 어떻게 설명하실 겁니까?"

"자넨, 사진 속의 숲이 현장부근이라고 생각하고 싶겠지?"

"살해현장을 샅샅이 뒤질 계획이었습니다."

"조잡하기 그지없는 돌무더기가 자네에게 그렇게 중요한 이유는 뭔가?"

"오히려 조잡하다는 것이 제겐 중요한 단서가 되었어요. 가령, 『황금가지』에 대해 알고 있는 중학생 정도의 아이들이 인신공회와 같은 고대 주술에 탐닉하게 되었다고 가정을 해보는 겁니다."

"그렇게 해서, 그 아이들이 네미의 신전을 모방해 제단을 만들고, 그것을 기념하기 위해 사진을 찍었다고 생각하는 건가?"

남 교수의 질문에 박 형사는 멈칫거렸다.

"단정적으로 말할 순 없지만…… 지금부터 중요해지는 겁니다."

남 교수는 커피 생각이 다시 간절해졌다. 박 형사가 말하는 살인사건에 대한 호기심도 마찬가지였다. 그는 소파에서 일어나 길 건너편에 있는 편의점을 눈으로 가리켰다.

"저 편의점에 한 달 전부터 새로운 아가씨가 아르바이트를 시작했네. 상냥한 미인이지. 하루에 세 번, 식사를 하고 난 뒤엔 항상 저 편의점에 들어가 커피를 마셨는데, 이젠 그것이 내 인생에 있어 아주 즐겁고 중요한 순간이 되어 버렸어."

"교수님은 여전히 로맨티스트군요. 커피는 제가 대접하겠습니다."

"커피보단 살인사건의 범인을 꼭 잡아 주게. 피해자는 저 편의점에서 아르바이트를 하는 아가씨와 비슷한 나이였을 텐데, 난 무엇보다 그 사실이 안타깝군."

"사실을 말하자면, 저도 비슷한 느낌이었어요. 신분 확인을 위해 피해자의 사진을 처음 본 순간부터."

"죽은 피해자에게 호감을 가지게 된 강력계 형사…… 자네 역시, 로맨티스트로군."

두 사람 사이에 잠시 웃음이 지나갔다.

하우스 문을 잠그고 도로가로 걸어가면서 남 교수는 조금 전과 달리 진지한 표정으로 박 형사에게 말했다.

"내가 자네를 도울 수 있는 방법은 뭔가?"

"상황 증거로 보면 치정에 의한 살인일 가능성도 있어 보입니다. 하지만 피해자의 시신이 너무 잔인하게 훼손되었다는 점과 발자국이나 정액을 거리낌 없이 남겼다는 사실 때문에 정신병자나 본드에 취한 주변 불량배들의 소행이라고 추측할 수도 있고요. 문젠 아직 뚜렷한 용의자가 없다는 사실과 살해동기가 명확하지 않다는 겁니다."

"그래서, 『황금가지』라는 책에 관심을 가지게 되었나?"

"모호함이라는 것은 사건현장에서 발견한 흉기에서도 나옵니다.

두 종류의 칼이 나왔는데, 피해자의 혈흔이 묻어 있는 칼 이외의 또 다른 칼은 수사상 의미가 없다는 겁니다."

"그래서, 숲의 왕에 대해 관심을 가지기 시작했군."

"네……."

"퍼즐의 한 조각을 푸는데 얼마의 시간이 필요할까? 조각과 조각 사이에 연관성이 멀수록 길어지겠지. 자네의 추론은, 그런 면에선 일단 성공을 하고 있군. 가설과 가설 사이에 충분한 설득력을 가지고 있으니까. 아무튼, 프레이저의 『황금가지』에서 뭔가를 얻을 수 있다면, 할 수 있는 한 모든 지식과 정보를 제공하겠네."

"감사합니다. 교수님."

"아니, 난 이제 교수가 아니네. 농장주인 할아버지라고 불러 주게."

박 형사가 다시 웃음을 터뜨렸다. 편의점 문을 열자 훈훈한 공기가 피부에 와 닿았다. 남 교수는 친근하게 카운터에 있는 여학생에게 인사말을 건네며 손가락 두 개를 치켜세웠다. 조금 전에, 남 교수가 입고 있던 것과 똑같은 에이프런을 걸친 여학생은 종이컵에 원두커피를 타서 두 사람에게 건네주었다. 박 형사와 남 교수는 편의점 중앙에 있는 식탁 위에서 커피를 홀짝거렸다.

"음, 기분이 한결 좋아지는군. 그럼…… 이제부터, 다시 프레이저나 토나이투에 대해서 이야길 해볼 텐가? 아니 그 전에 『황금가지』에 대해 먼저 말을 해야겠군."

흡족한 표정의 남 교수가 박 형사를 향해 말을 이었다.

"참나무에 붙어사는 겨우살이가 어떻게 해서 황금가지란 이름을 얻게 되었는지부터 알아야겠지. 그건 아주 단순한 사실에서부터 유래되었어. 잘린 겨우살이를 살펴보면 어느 순간 황금색으로 변하기 시작하니까. 고대의 켈트족은 그 황금가지로 태양 불을 다시 붙일 수 있다고 믿었던 것 같아. 태양의 불이 사라져서 춥고 궁핍한 겨울이 왔다고 생각을 했거든. 그들은 언제나 두려워했을 거야. 겨울이 끝없이 이어질 수 있다는 두려움 같은 것 말이야. 어쩌면 그건, 우리 인류의 무의식 속에 자리 잡고 있던 빙하시대를 떠올리게 만들었는지도 모를 일이지. 난 개인적으로 그레이엄 핸콕의 견해를 지지하는 편이거든. 인류의 문명이 첫 번째 꽃을 피웠던 건, 그의 저서에서 나오는 것처럼 그리스시대가 아닌 비시 만 오백 년 이전이었다, 라고. 그리고 마지막 빙하기 말 지구의 지축을 흔들었던 엄청난 지진과 해일로 그때의 문명이 흔적도 없이 사라졌다는 사실을……. 그런 전설 같은 이야기를 믿고 있었던 고대 멕시코인들이라면, 어느 정도는 그들의 두려움을 이해할 수도 있을 것 같아. 토나이투에게 인간의 심장과 피를 끊임없이 바쳐야했던 이유를."

"심장과 피를요?"

박 형사가 되물었다. 남 교수는 고개를 끄덕이면서 카운트에 서 있는 아르바이트생을 눈으로 가리켰다.

"저렇게 예쁜 여성들을, 그리고 젊은 청년들의 튼튼한 심장과 붉은 피를, 토나이투에게 바치면서 영원히 그 불꽃이 사그라지지 않기를 기원했던 거지."

"그렇다면 살해된 피해자의 심장이 사라진 이유도 설명이 가능하겠군요."

박 형사의 말에 남 교수의 표정이 굳어졌다. 그는 조금 전과는 달리 진지한 얼굴로 박 형사에게 질문을 던졌다.

"무슨 소릴 하는 건가?"

"피해자는 목이 잘리고 심장이 없어졌어요. 거기다 사방이 피로 얼룩져 있었죠……."

"저런!"

"한 가진 분명해지는군요. 과외선생을 찾아야 한다는 사실 말입니다."

15

사카이토지는 고물상으로 팔려나간 이후 추적이 불가능해졌다. 반장은 이틀 동안의 발품에도 살해흉기에 대한 아무런 단서도 얻어내지 못했다. 사건은 답보상태로 빠졌고 이은희의 살인사건은 장기화될 개연성을 가지게 되었다. 고물상 주인을 만나고 나오는 길에 동부서 반장으로부터 전화가 걸려왔다. 인사말도 꺼내기 전에 당장 동부서로 와달라는 목소리가 튀어나왔다. 반장은 피곤한 목소리로 동부서 반장에게 물었다.

"무슨 일인데?"

"우리 관할에서도 살인사건이 터졌어. 목이 잘렸단다."

자동차 문을 열다 말고 반장이 놀란 듯 되물었다.

"목이?"

"락카페 화장실에서……. 공조수사가 필요해질지도 모르니까 조치 취하고 그쪽 참고인도 만나보는 게 어때?"

"알겠네."

반장은 안전벨트를 매자마자 액셀러레이터를 힘차게 밟았다. 도로가 밀리지 않는다면 40분이면 도착할 수 있는 거리였다. 운전을 하는 동안 연쇄살인사건의 시작일지 모른다던 검시관의 말이 떠올랐다. '빌어먹을!' 반장의 입에서 자연스럽게 욕지기가 흘러나왔다.

동부경찰서에서 만난 형사와 함께 락카페에 도착한 반장은 먼저 폴리스라인 밖에 대기하고 있던 그쪽 담당 수사반장과 인사를 주고받았다. 현장 감식을 맡은 과학수사과에서 남부서사건과 유사한 점이 많다는 사실을 동부서 반장에게 보고했고, 공조수사 차원에서 남부경찰서로 연락이 갔던 것이다. 동부서 형사와 함께 카페 화장실로 들어선 반장은 비린 피 냄새 때문에 속이 울렁거렸다. 반평생 강력계 생활을 하고 있지만, 사람의 피 냄새엔 여전히 적응되지 않았다. 현장감식이 끝났는지 과수과 조끼를 입은 현장 책임자만이 동부서 형사와 반장을 기다리고 있었다. 시체는 4개의 화장실 중 마지막 부스에서 발견되었다. 반장이 먼저 다가가 현장을 자세히 들여다보았다. 변기 옆으로 20대 초반의 여자아이가 쓰러져 있었고 머리는 로탱크 위에 놓여 있었다. 피해자의 몸과 머리에서 흘러내린 피가 주변을 붉게 물들여 놓았다. 하의는 벗겨져 있었고 피에 젖은 바지와 팬티는 돌돌 말려서 한쪽 구석에 처박혀 있었다. 반장은 인상을 쓰면서 소녀의 음부와 가슴 부위를 살폈다. 국과수 남부지부에서 봤던 이은희와 마찬가지로 가슴 밑에 난 자절창은 흉골과 늑골의 일부가 보일 정도로 넓게 벌어져 있었다.

"그 사건과 유사하죠. 머리가 잘리고 복부와 심장에서 자창이 발견되었습니다. 물론, 피해자의 오른손 손목이 절단되었다는 것만 빼고는……. 추측컨대 이번엔 목을 먼저 잘랐을 겁니다."

과학수사과 경위가 말했다.

"살해될 당시에 카펜 어땠어?"

"춤추는 아이들로 만원이었어요."

옆에 있던 동부서형사가 대답했다.

"대담한 놈이군."

"덕분에 범인의 인상착의를 찾을 수 있었습니다."

"목격자들은 누군가?"

"살해된 피해자의 학과 동기라고 하더군요."

"서빙을 하던 웨이터도 있습니다."

동부서의 또 다른 형사가 끼어들었다.

"그들은 지금 어디에 있나?"

"일 차 조서 꾸미고 귀가를 시켰어요. 내일 동부서로 와 달라고 부탁했으니까 그때 미팅을 가지시면 될 겁니다."

"그런데, 살해흉기는 발견되지 않았습니까?"

과학수사과 경위에게 반장이 물었다.

"그게 남부서사건과 다른 점입니다."

반장은 굳은 표정으로 피해자의 상처부위를 다시 한 번 살폈다. 뒤에 서 있던 경위가 계속해서 말을 이었다.

"정밀부검을 해봐야겠지만, 아마 남부서사건 때와 비슷한 크기의 편인기(한쪽 날만 있는 칼)에 의한 살인인 것 같습니다. 절단면이 좀 더 매끄러워졌다는 사실이 우려스럽긴 하지만."

"이번이 끝이 아니란 말처럼 들리는군요."

"다음번엔 좀 더 능숙하게 일을 벌일 거예요. 어쩌면 다음번 피해 자를 벌써 찾았는지도 모르죠."

경위의 말을 듣던 반장과 동부경찰서의 형사들은 서로 눈을 마주 치며 담배를 꺼내들었다. 엎친 데 덮친 격이다. 반장은 담배에 불을 붙이면서 생각했다. 경위의 우려대로 연쇄살인사건의 시작이라면 제일 먼저 텔레비전과 신문에서 난리가 날 거였다. 화성연쇄살인사 건처럼 범인이 잡히지 않는다면 몇 명의 경찰이 옷을 벗게 될지 알 수가 없었다.

"곡소리 나게 생겼네."

동부서의 형사가 혼잣말처럼 내뱉었다. 락카페 현관 입구로 올라 온 반장이 남부서사건과 동일범의 소행이라는 판단이 설 경우를 대 비하는 게 좋을 거라고 말했다. 동부서 형사는 그의 말을 동부나 남 부경찰서 내에 합동수사본부가 설치될 거라는 뜻으로 받아들였다.

"참고인은 몇 시에 만나기로 했나?"

"오후 두 시쯤⋯⋯. 그쪽 자료도 정리해서 가져오시면 좋을 겁니 다."

"과수과에서 보내온 자료 외엔 별 다른 게 없어. 박 형사라고 그 친 구가 한 사람을 찍은 모양인데 그건 저녁에 들어가서 물어봐야지."

"박 형사라는 친구도 참석해야겠군요."

"물론."

경례를 하고 나서 반장은 골목 앞에 주차된 지프로 걸어갔다. 현장에 모인 구경꾼들 사이로 카메라를 든 기자의 모습이 보였다. 경광등을 번쩍이며 앰뷸런스가 골목으로 아슬아슬하게 올라오고 있었다. 반장은 박 형사에게 전화를 걸어 새로운 사건에 대해 설명했다. 휴대폰에서 박 형사의 우려 섞인 목소리가 자주 튀어나왔다.

16

작년 겨울 이후, 5개월 만에 다시 만나는 원은 초췌해 보였다. 그의 병원은 시내중심지에 위치해 있었다. 그는 침울한 표정으로 담배를 꺼내 입에 물었다. 간호사가 다가와 오렌지 주스를 테이블 위에 올려놓고 나갔다.

"날씨만큼 얼굴에 그늘이 가득하군."

원은 말없이 킥킥거렸다. 그리고 넥타이를 풀어헤치면서 목 아래쪽에 난 손톱자국을 보여주었다.

"어젯밤 싸웠거든…… 이혼하고 싶대."

"또, 무슨 잘못을 저지른 거야?"

"뻔하잖아."

어깨를 으쓱이던 원이 갑자기 자리에서 일어났다. 나이답지 않게 소년티가 얼굴 곳곳에 묻어 있는 그는 창가와 접한 자신의 책상으로 걸어가 양장본으로 된 샤를 페로의 동화전집을 들고 돌아왔다. 1960년 프랑스판으로 책표지에는 장화 신은 고양이 그림이 우스꽝스럽게 표현되어 있었다.

"잔소릴 늘어놓으려고 여기까지 찾아온 건 아닐 테고…… 갑자기 샤를 페로를 사랑하게 된 이유가 뭐지?"

"그냥 궁금해서야."

"여전히 수수께끼 같은 말을 즐기는군. 사실을 말하자면, 자네 전화 받고 부랴부랴 밤새워 자료를 뒤졌어…… 기억의 일부분이라도 찾았나 싶었거든."

"내 기억하고는 상관없어. 단지 샤를 페로가 정말 쌍둥이였는지 알고 싶은 것뿐이니까."

처음부터 원에게 묻고 싶은 말이었다. 원은 준비해 온 자료들을 뒤적이며 대답했다.

"우리나라에선 샤를 페로라는 이름보단 그가 쓴 동화책이 훨씬 더 유명해. 잠자는 숲 속의 미녀, 신데렐라, 푸른 수염, 여기 책표지의 모델인 장화 신은 고양이까지…… 그 외에도 수많은 작품들이 있지만……, 그가 왜 자신의 동화만큼 유명해지지 못했는지 생각해 본 적 있어? 프랑스 문학이 전공은 아니지만 유추를 한 번 해보시든지."

"글쎄, 표절시비라도 붙은 건가?"

"비슷하게는 갔네."

원은 고개를 끄덕이면서 입을 열었다.

"구전되던 프랑스 민담을 수집하고 그것을 편집해 동화형식으로 썼을 가능성이 높거든. 내용면에선 동화라는 표현이 부적절할지도 모르지만."

뒤이어 그는 장화 신은 고양이의 프랑스판을 펼쳐들었다.

"여기 『장화 신은 고양이』도 「고양이 선생」이라는 프랑스 민담을 바탕으로 만든 거야. 샤를 페로의 많은 작품들이 이런 방식으로 완성되었지. 그리고 그 이유는……, 십칠 세기 후반의 프랑스 출판시장과 밀접한 관계가 있어."

"십칠 세기 후반이라면……, 루이 십사 세 때군."

"절대왕권을 구가하던 시대였지. 당시엔 왕의 허락 없이는 어떠한 책도 세상에 나올 수 없었어. 지금으로 치면 일종의 검열이라고 해야 할까……. 아무튼, 살롱에서 산문이나 시로 된 원고를 나누어 읽는 것이 유행하던 시대기도 했으니까. 항간에 떠도는 구전민담에 살을 붙여 이야기를 만들다보니 작가에 대한 이미지가 약해진 것도 사실이야. 저자의 이름 없이 출판되는 경우가 많았던 이유이기도 하지."

"우리나라의 고전소설과 비슷하군."

"그럼에도 불구하고, 샤를 페로에 대해선 신기하게도 기록이 잘 보존되어 있어……. 그래서 샤를 페로에게 피에르 페로 다르망쿠르라는 아들이 있었다는 사실도 알게 된 거야. 스물두 살에 요절한 그 아들이……."

거기서 원은 들고 있던 낡은 동화책을 가리키면서 말을 이었다.

"……이야기의 대부분을 썼을 거라는 주장이 꽤 신빙성을 가지고 있어. 물론, 그 외에도 호기심을 자극할 만한 이야기들이 많지만."

"그가 쌍둥이냐는 나의 질문엔 아직 대답하지 않은 것 같은데?"

"이제부터 그 이야길 하려던 참이야……. 그전에 나도 자네에게 묻고 싶은 게 있어. 왜 쌍둥이라는 표현에 민감해 하는 거지?"

"아직은 말할 수 없어. 설사, 내가 입을 연다 해도 믿으려 하지 않을 테니까."

원은 어깨를 으쓱이며 '그렇다면 어쩔 수 없는 일이지.'라고 말했다.

"프랑스 문학계에선 샤를 페로와 관련된 연구논문이 더러 발표되고 있거든. 나도 논문 중 일부를 프랑스에 있을 때 읽을 기회가 있었지……. 결론부터 말하자면, 그는 쌍둥이였을 가능성이 높은 것 같아."

"……."

"샤를 페로는 천육백이십팔 년 파리에서 출생했어. 아버지인 피에르 페로는 당시 파리 고등법원 변호사였고 그는 다섯 형제 중 막내로 태어났지. 그리고 자네가 궁금해 하는 쌍둥이 형제에 대해서도……. 그보다 먼저 태어난 쌍둥이 형이 성인이 되기 전에 죽었다는 내용이 문헌에 분명히 남아 있거든."

"확실한 이야기야?"

"문헌상으로는……."

"젠장!"

샤를 페로의 쌍둥이 형이 어린 나이에 죽었다는 원의 말에, 민성은 미간을 찡그렸다. 트윈이라는 단어가 연쇄살인사건의 실마리를 풀 수 있을 거라는 기대감이 사라지는 순간이었다. 민성은 테이블 위에 있는 주스를 입으로 가져갔다. 의구심 가득한 얼굴로 민성을 바라보던 원이 되물었다.

"이젠 말해 줄 때도 된 것 같은데?"

"아직이야. 아직 머릿속에서 정리가 끝나지 않았어……. 그 외엔 나에게 해 줄 말이 없을까?"

"내 기억이 맞는다면, 쌍둥이형의 이름은 프랑수아 페로일 거야. 물론 두 사람이 일란성인지 이란성인지는 기록에 남아 있지 않지만……. 분명한 사실은 천칠백이십오 년 이후가 되어서야 그의 이름을 출판된 책에서 발견할 수 있었다는 점이지. 그런데 문제는 저자 이름이 샤를 페로와 프랑수아 페로, 그리고, 피에르 다르망쿠르로 섞여 있었다는 사실이야……. 다르망쿠르가 페로의 아들이라는 건 이미 알려진 사실이고, 그래서, 프랑수아 페로는 누구일까? 하는 의문이 생기기 시작한 거지."

"샤를 페로 사후에 출판된 책에서 프랑수아 페로라는 이름이 등장하는 이유 뭐지? 프랑수아 페로는 샤를 페로가 작가가 되기 전에 죽었다고 말했잖아. 그게 사실이라면, 쌍둥이형의 이름이 혼란스럽게 쓰일 이유가 없었을 테니까……."

"단순한 착오거나 편집자가 착각을 했을 수도 있겠지."

"쌍둥이 형이 기록관 달리 살아 있었을 가능성은 없을까?"

원은 고개를 절레절레 흔들며 말했다.

"정말이지, 자넨 좀 쉬어야 할 것 같군. 도대체, 무슨 생각으로 가득 차 있는 거야? 그런 의미에서 내가 한 가지 더 말해 주지. 샤를 페로의 형인 클로드 페로가 쌍둥이에 대한 여담을 자주 했었다는 기록이 남아 있어. 그의 말에 따르면 샤를 페로는 미숙아로 태어나서 몸무게가 위태로울 만큼 작았다고 하더군. 지금으로 치면 인큐베이터 속에서 자라야 할 운명이었던 거야. 먼저 태어난 프랑수아 페로가 지극히 정상적이었던 것하곤 달랐지. 하지만, 역설적이게도 체중이 덜 나갔던 샤를 페로는 살아남았고 그의 형인 프랑수아 페로는 어린 나이에 요절을 하고 말았어. 부모의 관심이 모두 샤를 페로에게 가 있는 동안 프랑수아 페로는 서서히 죽음을 맞이하게 되었던 거지."

"쌍둥이형의 죽음이 정신적으로 버거웠겠군. 샤를 페로는 말이야."

"그의 작품을 분석해 보면 논쟁거리를 만들 수는 있어. 물론, 다르망쿠르가 원작자라는 설이 있긴 하지만……. 어쨌든, 그의 작품 중에서 '요정들'이라는 동화가 있어. 그 동화를 심리학적으로 분석해 보면 샤를 페로의 잠재의식 속에 쌍둥이 콤플렉스가 유난히 크게 자리 잡고 있다는 사실을 깨달을 수 있지."

"사람은 자연스럽게 자신을 닮은 사람을 사랑한다?"

"비슷한 거야. 이야기의 결말은 정반대이긴 하지만."

"내가 알기론 '요정들'에서 요정은 하나야. 그런데, 왜 제목은 '요정들'이라는 복수의 의미를 썼을까?"

"글쎄, 번역상의 문제일 수도 있겠지……. 아니면 쌍둥이 형이었던 프랑수아 페로가 여전히 자신의 내면에 함께 살아가고 있다고 느꼈을지도."

"그게 가능하다고 생각하나?"

"내 생각엔."

"그럼, 난 어떨까?"

"무슨 뜻이야?"

"기억을 잃어버리기 전의 나와 지금의 내가 공존할 수 있는지……."

원이 어이없다는 듯 웃음을 터뜨렸다. 그러나 민성의 표정은 그와 달리 진지했다.

"십이 년 전으로 돌아가고 싶은 이유도 그 때문이야. 나의 잃어버린 과거에 대해서, 그리고 그 병원에서 무슨 일이 벌어졌는지."

"최면요법이라면 전부터 이야길 했을 텐데……. 자네에겐 오히려 해가 될 수 있다고 말이야. 과거의 봉인된 기억이, 그것도 자네가 감당하기 힘든 과거의 충격적인 사실들이 한꺼번에 풀리기 시작하면 분명히 큰 상처를 입을 거야."

"그런 위험성을 최소화하는 방법이 있어."

"최소화하는 방법이라니?"

"봉인된 기억 중에서 한 가지만 내 머릿속에서 끄집어내는 거야."

"한 가지만?"

잠시 생각에 잠겨 있던 원이 다시 민성에게 물었다.

"그 기억이란 건 뭔데?"

"고양이. 고양이에 대한 기억을 찾아줘."

민성의 말에 원은 소파에 등을 기대고 앉아 길게 한숨을 내쉬었다.

"실은 그 때문에 날 찾아온 거였군."

민성은 원을 친구가 아닌 의사로서도 신뢰하고 있었다. 그는 원에게 현길이라는 남자에 대해 말했다. 그가 민성의 소설을 읽고 분석하는 과정에서 자신의 잃어버린 과거까지 유추해 냈다는 사실까지. 특히 고양이 이야기에서 느꼈던 기시감을 털어놓았다. 민성의 말에 귀를 기울이던 원은 우연일 수 있다고 했다. 기억이란 불안정한 것이어서 쉽게 왜곡될 수 있다고. 그러나 민성은 동의하지 않았다. 고양이와 관련된 기억을 통해 새로운 단서를 찾게 될지도 모르기 때문이다.

"십이 년 전의 자네 모습이 생각보다 많이 다를 수 있다는 걸 각오해야 할 거야."

민성은 대답 대신 고개를 끄덕였다. 원은 어쩔 수 없다는 듯 허공으로 손을 몇 번 흔들더니 자리에서 일어났다.

원의 지시에 따라 민성은 널찍한 가죽소파에 편안한 자세로 앉았다. 원은 커튼을 쳐서 주변을 어둡게 만든 뒤 민성이 좋아하는 드보르작의 앨범을 틀었다. 한동안 민성과 원은 「현을 위한 세레나데」에 대해 이야기를 나누었다. 최대한 편안한 마음이 되었을 때 원이 다시 속삭이듯 말을 꺼냈다.

"이제부터 내 지시에 잘 따랐으면 좋겠어. 먼저 두 눈을 감고 깊이 숨을 들이 쉬고 마시는 거야. 긴장을 풀고……. 머리에서 발끝까지 이완되는 자신을 느껴봐."

뒤이어 원은 양손을 펼치라고 말했다.

"양손바닥에 있는 자석이 서로 당긴다고 생각하고……. 양팔이 원을 그리듯 점점 가까워지고 있어. 점점 더 가까워지고 있는 거야……. 그 다음엔 팔이 교차하기 시작해. 팔이 교차하기 시작해. 자 이제부터 셋을 세면 눈을 뜰 수가 없을 거야. 내 목소리에 집중을 하고. 내 목소리에 집중을 해. 하나, 둘, 셋!"

민성은 그 순간 몸과 마음이 분리되는 듯한 느낌을 받았다.

"이제부터 넌 아무도 없는 어둡고 조용한 영화관에 앉아 있어. 앞엔 커다란 스크린이 보일 거야. 그리고 그 스크린에는 시계의 바늘이 돌아가고 있어. 지금부터 넌 그 시계와 한몸이 되어야만 해. 시계는 시간여행을 위한 타임머신 같은 거니까. 자, 지금부터 시곗바늘이 거꾸로 움직일 때마다 너의 기억도 과거로 돌아가는 거야. 열, 아홉, 여덟, 일곱, 여섯……. 과거로 돌아가는 중이야. 곧 과거의 어느 한 지점에 도달하게 될 거고. 다섯, 넷, 셋, 둘, 하나……. 이제 어둠이 사라지기 시작해. 어둠이 사라진 자리에 빛이 들어올 거야. 점점 더 주변은 밝아지고 앞에 보이는 것에 집중을 해. 빛은 점점 더 뚜렷해지고……. 자…… 눈앞에 뭐가 보여?"

민성은 무늬가 없는 단화를 신고 있었다. 주위는 잘 꾸며진 정원처럼 느껴졌다. 푸른 잔디 위로 커다란 건물이 나타났다. 햇살이 민성의 몸으로 쏟아지고 있었다. 민성은 언덕 위의 건물을 향해 천천히 걸어갔다. 성처럼 크고 높은 건물이었다. 주위는 바다에 둘러싸여 있는지 파도소리와 함께 푸른 물결이 일렁거렸다. 그리고 건물 옆으로 높은 철탑이 보였다. 철탑 위에는 작은 종이 매달려 있었다. 눈앞에 펼쳐진 정경을 이야기하자 원은 다시 부드러운 목소리로 입을 열었다.

"이제부터는 고양이를 떠올려보자. 눈앞에 뭐가 보이지?"

원의 목소리와 함께 민성의 의식은 다시 시간여행을 떠났다. 어느 순간 바닥은 흙길로 변해있었다. 하늘은 먹구름으로 가득했고 가

끔 빗방울이 떨어졌다. 곧 많은 비가 쏟아질 것 같았다. 민성은 주위
를 두리번거렸다. 사방이 나무들로 빽빽했지만 작은 오솔길이 산 위
로 나있었다. 민성은 그 길을 따라 걸었다. 얼마 지나지 않아 재단처
럼 쌓아올린 돌무더기와 아이들이 보였다. 민성은 천천히 풀숲을 헤
치며 앞으로 나아갔다. 아이들은 재단 주위에서 모여서 검은고양이
의 머리를 자르고 있었다. 모두 하얀 망토를 걸치고 손에는 칼을 쥐
고 있었다. 민성이 아이들 곁으로 뛰어가며 소리쳤다. '안 돼! 그러
지 마!'하지만 그의 목소리는 입속에서만 맴돌 뿐이었다. 아이들은
여전히 무표정한 얼굴로 목이 잘린 고양이의 심장을 꺼내고 있었다.
민성은 필사적으로 아이들에게 다가가려고 노력했다. 하지만 그는
다시 시간과 공간을 초월해 전혀 새로운 장소로 이동을 했다. 몸과
마음이 분리된 듯한 느낌과 함께 그는 사방이 벽으로 막혀 있는 강
당 중앙에 서 있었다. 하늘은 여전히 검은색 먹구름으로 가득했다.
중앙에서 몇 미터 떨어지지 않은 곳에 붉은색 철판이 덮인 우물이 있
었다. 민성은 잠시 망설이다가 우물 앞으로 다가갔다. 두께가 2센티미
터는 될 것 같은 철판을 한쪽으로 밀어올리자 고양이의 울음소리와
함께 사람들의 비명소리가 또렷이 들려왔다. 놀란 민성이 우물 안으
로 시선을 던졌지만 뜨거운 열기 때문에 뒤로 물러설 수밖에 없었
다. 엉거주춤 민성이 뒷걸음질치는 사이 불에 그슬린 고양이 몇 마
리가 우물 밖으로 뛰쳐나와 고통스럽게 울부짖었다. 민성은 귀를 막
으며 그곳을 벗어나기 위해 몸을 움직였지만 다리가 움직이지 않았
다. 그때 폭발음과 함께 불꽃이 사방으로 퍼져나갔다. 매캐한 냄새
와 함께 열기가 강당 안을 메우기 시작했다. 어느새 고양이는 사라

지고 검은 연기와 사람들의 비명소리만 가득했다. 그 순간 우물 속에서 한 남자가 기어 올라왔다. 남자는 전신에 화상을 입었는지 물집이 생기고 피부가 붉게 변해 있었다. 타다만 머리카락에서는 냄새와 함께 하얀 연기가 피어올랐다. 우물 안을 힘겹게 빠져나온 남자는 숨을 헐떡이며 민성에게 다가왔다. 민성은 공포심 가득한 얼굴로 남자를 노려봤다. 민성과 남자의 시선이 마주치는 순간 모든 것이 암흑 속으로 빠져들었다.

가픈 숨을 내쉬며 눈을 떴을 때 원의 얼굴이 보였다. 그는 말없이 민성을 내려다보고 있었다.

"악몽이라도 꾼 것 같군."

"왜 날 깨운 거야?"

여전히 숨을 헐떡이며 민성이 물었다.

"최면을 걸기 전에 작은 암시를 줬을 뿐이야……. 자네의 안전을 위해서."

차분하게 원이 대답했다.

"인간의 뇌중에서 가장자리 계통에 속하는 편도라는 것이 있어. 그곳은 선천적이거나 경험의 영향을 받는 감정과 그 감정에 따라 행동했던 기억들이 머무는 곳이지. 그리고 브로드만 십 번 영역 같은 곳은 유인원에 비해 다섯 배 가까이 발달되어 있어. 다른 부위에 비해 월등한 차이라고 할 수 있는데, 그 부위가 손상된 사람은 더 이상 과거를 기억하지 못해."

원은 생수병을 민성에게 건네며 말을 이었다. 음악은 어느새 원이 좋아하는 비틀즈로 넘어가 있었다.

"인간의 뇌는 이처럼 상식적으로 설명할 수 없는 신기한 것들로 가득 차 있지. 프로이드가 말했듯이 무의식에 속해있는 부분이 많기 때문이야……. 경험이나 학습된 것이 아니라 우리 세대 이전의 까마득한 과거에서부터 축적되어 왔던 거니까……. 신기하지 않나?"

"내가 떠올린 기억들이 단순한 환상일 수도 있단 말인가?"

"과장을 덧붙이자면. 현길이라는 사람의 말 역시 논리적으로 맞지가 않거든. 그럼에도 불구하고 자넨 기시감을 느끼면서 괴로웠다고 했잖아. 그건 자네의 착각이라기보단 뇌의 습성 때문이라고 말하고 싶어. 우리의 의사와는 상관없이, 우리의 무의식은 이성적으로 설명하기 어려운 관점이나 체험도 쉽게 인정하고 동화되려는 경향이 있거든."

"하지만 난 화재사건에 단 한 발자국도 들어가지 못했어."

"자네의 기억을 의도적으로 가로막는 무언가가 있다면……. 그건 자네 마음이 아직 준비되지 않았다는 뜻이겠지."

"그렇다면 이전에 떠올랐던 영상들은 뭘까? 언덕 위의 커다란 건물과 높은 철탑, 손질이 잘된 정원들."

"그 역시 자네의 뇌가 만들어낸 일종의 환상 같은 것일 수도 있어."

민성은 소파에서 일어나 물을 마셨다. 그리고 길게 숨을 들이마셨다. 원의 말대로 무서운 꿈이라도 꾼 것처럼 마음이 진정되지 않았다.

"어때? 그래도 포기할 생각은 없는 거지?"

원의 질문에 민성은 고개를 끄덕였다. 책상 위에 걸터앉아 있던 원이 팔짱을 낀 채 '어련히' 하고 혼잣말처럼 내뱉었다.

그때 문이 열리면서 간호사가 들어왔다. 그녀는 원에게 메모지 한 장을 내밀었다. 원이 메모지를 읽는 동안 민성은 생수병을 다시 입으로 가져갔다.

"잠시 환자를 만나봐야 할 것 같은데, 어때 삼십 분 정도 기다려줄 수 있겠나?"

멍한 얼굴의 민성이 원에게 시선을 돌렸다.

"그만 일어나는 게 좋겠어. 샤를 페로에 대해선 고마웠어……. 그리고 내 부탁을 들어준 것도."

"뭐야! 난 아직 아무런 대답도 듣지 못했어."

원이 도리질을 치기 말했다.

"샤를 페로가 쌍둥이였다는 사실에 관심을 가진 건 단순한 추측 때문이었어. 아직 트윈이라는 단어의 의미가 무엇인지 확신할 수 없지만. 그러니까, 지금으로선 자네에게 해 줄 말이 없다는 거야. 나 역시 샤를 페로가 쌍둥이였다는 사실이 왜 중요한지 모르니까……. 샤를 페로의 동화가 유난히 친근감 있게 다가오는 이유 역시."

원의 얼굴에 체념의 빛이 흘렀다. 그는 거울 앞으로 걸어가 넥타이를 고쳐 매고 가운을 걸쳤다. 그리고 테이블 위에 있던 샤를 페로의 프랑스판 전집을 민성에게 건네주었다.

"이건 자네에게 주는 선물이야. 혹시, 이 책에서 해답을 찾을 수 있었으면 좋겠군."

민성은 두꺼운 양장본으로 된 동화책을 받아들며 그와 작별 인사를 나누었다.

17

반장으로부터 전화가 걸려왔을 때 박 형사는 학교 근처의 커피숍에서 소연과 영재를 만나고 있었다. 정문과 마주보는 셀프 커피전문점이었다. 박 형사는 그들과 이야기를 나누는 동안 한 가지 의구심에 빠져들었다. 도대체 김현은 어떤 인간이었을까? 박 형사가 김현의 동창들과 통화를 하면서 느꼈던 감정 역시 다르지 않았다. 친하게 지내는 친구도, 그에 대한 특별한 기억을 가진 동창도 없었다. 조용했지만 가까이 다가설 수 없는 특별한 친구였다고 모두들 말했다.

중학교 2학년 때의 기억이라고는 하지만, 소연과 영재가 말하는 김현 역시 터무니없이 경외시 되는 경향이 있었다. 참고인 조서를 받을 때부터 몇 시에 무엇을 했고, 어디서 누굴 만났고, 무슨 음식을 먹었는가 라는 사소한 질문에 이골이 난 상태여서 새삼 프레이저의 『황금가지』에 대해 질문을 던질 필요는 없었다. 동아리 회장과 진욱이 함께 그룹과외를 받았던 사실도 확인할 수 있었다. 그들은 박 형사의 질문에 순순히 고개를 끄덕이면서 답변해 주었다. 박 형사가 김현의 자취방에서 발견한 사진을 내밀었을 때에도 그들은 중학교 2학년 때의 기억을 떠올리려고 노력했다. 무더웠고, 여름방학이 시작된 지 일주일이 지난 금요일 정오 무렵이었다. 소연은 그곳에서 드루이드의 사제놀이를 했다고 말했다. 하지만 유년의 기억은 박 형사의 질문에 조금씩 변질되고 있었다. 토나이투에 대해 질문을 했을 때도 마찬가지였다. 그들 역시 동아리 회장과 진욱처럼 김현에 대해선 자유롭지 못했다. 소연과 영재 또한 말끝을 흐리거나 침묵을 지켰다. 그럴수록 박 형사는 과외선생에 대한 호기심이 더더욱 커져갔다.

반장과 통화를 끝낸 박 형사는 미간을 찡그리며 아메리카노를 입으로 가져갔다. 두 번째 살인사건이라니.

"신전이 있던 곳을 기억하고 있어요?"

"용호동에 있는 산이었어요."

"피해자가 살던 동네군요."

박 형사가 물었다.

소연과 영재는 서로의 눈을 마주친 뒤 대답했다.

"그랬던 것 같아요."

"신전을 만들자고 한 건 누구의 생각이었습니까?"

"선생님이었어요."

"그럼, 신전에 대해 아는 사람은 그룹과외를 받았던 학생들과 과외선생이 전부군요."

영재와 소연은 말없이 고개를 끄덕였다.

"은희 씨와 과외선생의 관곈 어땠죠?"

"무슨 뜻인지……."

영재가 굳은 표정으로 박 형사에게 되물었다.

"과외선생하고 나이 차이가 얼마 나지 않던데."

"은희에겐 진욱이 있어요."

박 형사의 말을 이해한 영재가 도리질을 치며 대답했다. 박 형사는 잠시 소연과 영재를 바라보았다. 그것을 모르는 사람은 없지. 하지만 피해자가 살해된 동기를 알 수 없단 말이야. 빌어먹을 연쇄살인사건이라면 이야긴 달라지겠지만……. 박 형사는 또 다른 사진을 테이블 앞으로 내밀었다.

"여기, 길고 날카로운 칼이 은희 씨를 살해할 때 사용되었던 겁니다. 그런데 그 옆에 보이는 레저용 나이프는……."

"오피넬이군요."

영재가 사진을 내려다보며 말했다.

"이 칼에 대해서 알고 있어요?"

"아버지 유품이라면서 은희가 아끼던 칼이었어요."

옆에 있던 소연이 맞장구치듯 응답했다.

"피해자의 아버지가?"

"네. 이 칼에 대해 모르는 아이들은 없으니까요."

"이유는?"

"사제놀이를 할 때마다 은희가 가지고 나왔거든요."

피해자의 아버지는 12년 전, 이은희가 중학교에 올라가던 해에 사망했다. 박 형사는 피해자의 가족사항에 대해 꼼꼼하게 기억하고 있었다. 그렇다면, 사건현장에서 발견된 두 자루의 칼 중에 오피넬은 은희가 가지고 있었던 게 분명해지는 것이다. 박 형사의 머릿속에는 다시 맥콜리의 시가 떠올랐다.

"사제놀이를 좀 더 구체적으로 설명해 줄 수 있어요?"

"저희들끼리 산속에 모여 악의로부터 희생당한 사람들을 위로하는 퍼포먼스를 했을 뿐이에요……."

"악으로부터 희생당한 사람들?"

"네. 하지만 그 사람들이 누구인지 선생님은 설명해 주지 않았어요. 단지 우리들은 그들을 위해 기도해야 할 의무가 있다고 했어요."

"드루이드의 사제놀이였다면 인신공회에 대해서도 알고 있었겠군요."

별생각 없이 물어본 말이었지만 소연과 영재는 당혹스러운 표정을 지었다.

"진학을 위해 우린 곧 시험공부에 열중했고, 모두들 여름방학 이후론 신전에 대해 가맣게 잊어버리고 있었어요."

"은희 씨가 칼을 가져갔던 이윤 그럼 뭐죠?"

"그건……."

영재는 뒷말을 흐린 채 고개를 숙였다. 소연도 마찬가지였다.

"두 사람의 말이 사실이라면, 은희 씨는 그때처럼 오피넬을 몸에 지닌 채 산길을 오른 거예요. 사제놀이를 할 때처럼……."

"……."

"사고 전날 은희 씨와 통화를 했었죠? 그때, 실종된 과외선생이나 사제놀이에 대해 이야기를 나누진 않았어요?"

긍정도 부정도 하지 않는 두 사람을 박 형사는 유심히 살폈다. 중학교 여름방학 이후, 그들은 김현을 단순한 과외선생이 아닌 특별한 대상으로 삼았다. 중학교 동창인 그들이 같은 대학, 같은 동아리에서 만나게 되었던 필연적이 이유가 존재하는 것이다.

"과외선생에 대해 이야길 나눴다고 진욱 씨가 말하더군요."

"선생님과 은희를 연관시키려는 이유를 모르겠어요."

영재가 굳은 얼굴로 되물었다.

"행방불명이던 사람이 갑자기 은희 씨와 연락하게 된 이윤 설명해줄 사람이 필요하니까. 그것도 은희 씨가 살해당하기 전날 밤에 말입니다……. 당연히, 우린 과외선생을 용의자로 보고 있어요."

"선생님은 절대로 그런 분이 아니에요……."

옆에서 이야기를 듣고 있던 소연이 소리쳤다. 박 형사는 참았던 담배를 꺼내 입에 물었다.

"선생님은 황금가지와의 연결고리를 수세기 뒤, 멕시코의 한 계곡에서 찾았다고 했어요. 아즈텍인들이 건설한 테노치티틀란에서 보다 완성된 형태로 황금가지는 사회를 지배하고 있었다고요."

"그게 과외선생의 실종과 관계가 있나요?"

"선생님은 테노치티틀란이 십육 세기 멕시코에서만 존재했던 도시가 아니라고 했어요. 자신에게 그러한 사실을 깨치게 한 사람이 나타났다고요. 그 이후 선생님은 저희들 앞에서 갑자기 사라져버렸어요."

휴대폰으로 메모를 하던 박 형사가 다시 질문을 던졌다.

"과외선생이 만났다는 사람과 그의 실종이 관계가 있다고 확신하는 이유는 뭐죠?"

"그 사람을 만나면서 선생님은 더더욱 침울해지고 말이 없어졌거든요."

"그렇다면, 과외선생이 토나이투의 책력이나 황금가지에 관심을 가졌던 이유 뭔가요? 특히 인신공회에 대해서."

"과거는 현재의 거울이라고 했어요. 역사는 되풀이될 수밖에 없다고 하셨죠. 인간이 불을 발견하면서부터 폭력과 파괴는 이미 시작되었다고요. 소유라는 의미를 알게 된 인간은 자연을 착취하는데 만족하지 못하고 같은 종(種)의 인간을 착취하기 시작했어요. 그러면서 문명은 발전해 왔고……. 오히려 진보와는 멀어진 거예요. 선생님은 그런 그릇된 역사인식 속에서 새로운 진리를 찾으려고 했어요. 인간이 떠올린 공상의 세계는 대부분 아주 사악할 뿐이니까. 절제와 두려움을 잃어버린 인간은 탐욕과 집착, 아집으로 똘똘 뭉쳐진 재앙일 뿐이라고요……. 불합리한 권력과 종교가 만났을 때의 끔찍한 교훈을 테노치티틀란에서 발견할 수 있었다고 선생님은 말했어요……."

박 형사는 담배 연기를 폐 깊숙이 들이마셨다. 형사 생활을 하면서 많은 범죄자들을 만났다. 그때 느꼈던 감정이란 영재가 말한 김현의 생각과 비슷했다. 친딸을 성폭행하고 하룻밤의 유흥비를 마련하기 위해 거리낌 없이 사람을 죽이는 일은 더 이상 놀라운 사건이 아니었으니까. 눈길을 마주쳤다고 해서 한 가정의 가장을 살해하는 일은, 인간만이 할 수 있는 잔인한 행동일 뿐이다.

"은희 씨와 그런 이야길 나눴습니까?"

"선생님한테서 전화가 걸려왔다는 소리만 들었어요. 하지만, 그뿐입니다."

"소연 씨도?"

"……네."

"왜 살해당하기 전날 밤 은희 씨는 모두에게 전화를 걸어 과외선생에 대해 말한 걸까요?"

"모르겠어요. 하지만 선생님이 결백하다는 사실은 말할 수 있어요."

"어떻게?"

"그건……."

하지만 영재와 소연은 더 이상 말을 잇지 못했다. 박 형사가 인내

심을 가지고 몇 번이나 되물은 뒤에야 '성자와 같은 분이였으니까
요.'라는 궁색한 변명을 늘어놓았다.

"그 스스로 모습을 나타내지 않는 한 우린 그를 은희 씨의 살해용
의자로 주목할 수밖에 없어요."

그러고 나서 박 형사는 아리키아의 숲이라고 적힌 사진을 다시 한
번 손으로 가리켰다.

"테노치티틀란이 십육 세기 멕시코에서만 존재했던 도시가 아니
라면……. 이 신전과도 관계가 있을까요? 악의로부터 희생당했던 사
람들을 위로하는 장소로 이곳을 선택했다면 분명히 그 이유가 있었
을 겁니다."

"신전에서 바라다 보이는 곳이었어요. 그곳에서 많은 사람들이 희
생당했다고 했어요."

"과외선생이요?"

소연과 영재는 고개를 끄덕였다.

"그곳이 어디죠?"

그때, 창밖에서 자동차 클랙슨 소리가 울려 퍼졌다. 초록 신호등
이 켜진 건널목 앞으로 비상 깜박이를 켠 덤프트럭이 급정거를 하던
순간이었다. 신호등 앞에 서 있던 어린 여자아이가 사래에 걸린 것
처럼 울어대고, 건널목에 서 있던 또 다른 사람들이 덤프트럭 기사
에게 거칠게 항의를 했다. 박 형사는 그런 광경을 담담하게 바라보
면서 영재와 소연에게 다시 물었다.

"그곳이 어디죠?"

"용호농장요……. 그곳에서 많은 사람들이 살해당했다고 했어요."

"용호농장?"

지금은 그 이름만 남아 있는, 남구에서도 가장 후미진 곳이었다. 하지만 아름다운 자연경관 덕분에 재개발이 한창이었다.

"용호농장에서 무슨 일이 있었는데요?"

"그 얘긴 듣지 못했어요. 우리들은 그 이야길 들을 자격이 없다고 했으니까."

"이유는요?"

"한 번도 그 이유에 대해 말해 준 적이 없었어요."

"은희 씨의 살인사건과도 관계가 있을까요?"

"모르겠어요……, 정말이지……."

소연과 영재는 테이블 앞에 나란히 앉아 침묵했다. 그들은 창밖을 바라보면서 아리키아의 신전과 살해된 이은희, 과외선생에 대해 생각하는 것 같았다. 박 형사는 무표정한 얼굴로 담배를 입으로 가져갔다.

18

현길로부터는 아직 아무런 소식이 없었다. 그녀가 지하 보일러실을 다시 찾아갔지만, 현길은 이미 잠적한 뒤였다. 그가 사라진 이유를 알 수 없었다. 다만, 지하 보일러실에서 그가 했던 마지막 말이 머릿속에서 떠나지 않았다.

'연쇄살인범에게 아주 가까이 다가선 느낌이에요……. 안전을 위해서 여길 그만둬야 할 때가 온 것 같아요…….'

새벽까지 원에게 받은 샤를 페로의 전집을 읽다가 잠이 든 민성은 커튼 사이로 비치는 아침 햇살에 눈을 떴다. 4일 만에 보는 햇볕의 따뜻한 기운에 나른함이 밀려왔다. 하지만 겨울과 여름 사이에 끼여 있는 봄이 해가 갈수록 짧아진다는 느낌을 받았다. 몸을 이리저리 뒤척이던 민성은 눅눅한 이불을 햇볕에 말리기 위해 겨우 상체를 일으켰다. 머리맡에는 원에게서 받은 장화 신은 고양이가 시체처럼 늘어져 있었다. 늘 그랬던 것처럼, 샤워 부스에 들어가 몸을 씻고 아침과 점심의 중간쯤 되는 식사를 하고 습관적으로 컴퓨터의 전원을 켰다. 베란다에 이불을 말리고 돌아와 Kang & Kang의 편집부장에게서 메일이 왔는지 확인을 했다. 인스턴트커피에 설탕을 듬뿍 넣고, 냉장고에서 꺼낸 얼음을 머그잔 가득 집어넣었다.

다시 책상으로 걸어가 인터넷 접속을 시작했을 때 전화가 울렸다. 이 시간에 휴대폰이 아닌 집 전화로 연락을 하는 사람은 수원에 있는 어머니거나 아르바이트 삼아 시작한 페터 회의 소설 번역을 독촉하는 눈치 없는 풋내기 출판사 직원뿐이었다. 민성은 기지개를 하고 나서 수화기를 집어 들었다. 그러나 수화기 속에서 흘러나오는 목소리는 민성의 예상과 달리 현길이었다.

"선생님이 절 찾고 있다는 소릴 들었어요."

민성은 현길이 먼저 그녀와 통화를 했을 거라고 생각했다. 그녀의 말대로라면, 그는 아직 그녀 동생의 실종사건에 대한 조언자로서 사례를 받고 있을 것이다. 민성은 호흡을 가다듬으며 최대한 침착한 목소리로 현길에게 말했다.

"강 앤 강 출판사에 전화를 했었습니다. 역대 작가상 수상자 주소록을 살펴봤지만, 이름을 찾을 수 없었어요……. 그래서 이야길 듣고 싶었습니다."

"곧 찾게 되겠죠."

"그 의미를…… 십삼 회 수상자였다는 말로 해석해도 되는 겁니까?"

"………."

"전화상으로 말고 만나서 이야길 하고 싶은데, 어때요? 물어보고 싶은 게 많습니다."

"지금 전 누구도 만나고 싶지 않아요. 그리고 선생님에게 드린 상자 안에 제가 알고 있는 모든 게 들어 있어요. 어제는 제 미니 라디오를 누군가 부서버렸어요."

"무슨 말이죠?"

"절 미행하고 있다는 느낌을 지울 수 없어요. 몸을 숨긴 것도 그런 이유 때문이었으니까. 서서히 조여 오는 두려움이라고 할까요……? 하지만 그가 생·각·했·던 사람이었는지는 모르겠어요. 어쨌든 라디오를 부순 건 저에게 겁을 주기 위해서겠죠."

"생·각·했·던 사람이 누군데요?"

"너무 가까이 있어서 숨소리조차 들을 수 있을 정도예요. 일주일째 잠을 자지 못했던 이유도 그 때문이었습니다. 그가 제 혈관 속에 흐르는 피 냄새를 맡고 있다는 상상을 하면 소름이 끼쳐요……."

"왜 그에게 쫓기고 있다고 생각하는 거죠?"

"질 드레가 잔 다르크를 사랑했을 거라는 생각이 들었어요. 때 묻지 않은 순수한 육체와 정신을 가진 여자라고 생각을 했겠죠. 하얗

142

다 못해 창백한 그녀의 피부와 갑옷 속에 숨겨진 작고 귀여운 가슴을, 중성적인 느낌의 매력조차 말이에요……. 두앙에서 마녀재판을 받고 화형 당했을 때, 질 드레는 배신감 같은 걸 느꼈을 거라고 그 친구는 말했어요."

"질 드레와 잔 다르크의 이야기를 했던 사람이라고요?"

"그 친구에게 전화가 걸려 왔어요. 정확히 십이 년 만에……."

민성은 12라는 숫자에 민감해질 수밖에 없었다. 12년 전이었다면, 1999년을 뜻하는 것이고 작가상 13회 수상자일 가능성도 있다는 말이었다. 민성은 그 친구라는 사람에 대해 좀 더 많은 것을 알고 싶었다.

"어떤 이야길 나눴습니까?"

"그와는 두 번의 만남이 전부였어요. 하지만 그에겐 보통 사람에 게서 느낄 수 없는 특별한 뭔가가 있었어요. 열정과 함께 분노가 숨겨져 있었거든요. 그가 저의 귀에 대고 속삭일 때에는 정말이지 너무나 중요한 일이어서 절대로 잊어 버려선 안 된다는 생각이 들 정도였어요."

"친구라는 그 사람이 왜 당신에게 질 드레 이야길 꺼낸 거죠? 그도 여성들의 실종사건에 대해 알고 있었나요?"

"헨리 육 세와 그의 군대에 의해 위기에 처했던 오를레앙을, 그 친구는 은유적으로 비유하곤 했어요. 잔 다르크를 메시아처럼 기다리면서……."

"혹시 그도 십삼 회 작가상과 관계가 있습니까?"

"선생님에게 그 사실을 알려야 할 것 같았어요. 왜 그의 존재가 까마득하게 저의 머릿속에서 지워져 있었는지 제 자신도 이해할 수가 없거든요."

"제 질문엔 아직⋯⋯."

"그 날의 끔찍했던 학살을 그 친구는 누구보다도 생생하게 기억하고 있었어요. 터지고 깨진⋯⋯ 도륙된 시체들 사이에서 그는 희열을 느꼈다고 했거든요."

"학살이라뇨?"

"공포와 분노의 공백에서 오는 카타르시스⋯⋯."

"도대체 무슨 소릴 하는 겁니까?"

"선생님은 저보다 훨씬 가까이 범인에게 접근하기 시작했어요. 선생님은, 선생님 자신도 모르는 사이에 범인과 마주치게 될지도 몰라요."

가끔, 그가 살인자를 동정하고 있다는 의구심이 들었다. 그때마다 민성은 냉소적으로 변했다. 잠시 침묵하던 현길이 작별인사를 건넸지만 불안해하는 모습이 수화기를 통해 느껴졌다. 민성은 그가 자살할지도 모른다는 불길한 생각이 문득 들었다.

"전화를 끊어야겠어요. 그가 왜 갑자기 절 만나자고 하는지 모르겠어요. 전 아직 자유롭지 못한데⋯⋯. 아직도, 범인은 제 주변, 가까운 어느 곳에서 게임을 벌이고 싶어 하는 것 같아요. 새로운 희생자를 찾으면서요⋯⋯. 녀석이 저에게 손을 내밀 때마다 전 심장이 멎는 것 같아요. 그런데, 그가 왜 절 다시 만나고 싶어 하는 걸까요?"

"언제, 어디서 만나기로 했죠?"

조급해진 민성이 큰소리로 외쳤다. 하지만 수화기 속에선 아무런 응답도 흘러나오지 않았다.

"정말…… 시간이 없어요. 전 이제 친구를 만나러 가야 해요. 그는 시간에 매우 민감해 하니까, 약속 시간을 지키지 않으면 화를 낼지도 몰라요……. 선생님은 그를 찾을 수 있을 거예요. 살인자는 분명히 선생님과 선생님의 소설에 대해 알고 있으니까."

"그렇게 확신하는 근거는요……."

하지만 말을 끝내기도 전에 전화는 끊겼다. 민성은 신경질적으로 수화기를 내려놓으며 소리쳤다.

"내 소설에 대해 알고 있다고? 젠장!"

19

경찰서 안은 시골장처럼 들뜬 분위기였다. 반장은 합동수사본부가 B동 지하 식당에 만들어질 거라고 박 형사에게 귀띔해 주었다. 이은희의 살인사건과 락카페 여대생 살인사건을 동일범의 소행으로 확신한다는 말이기도 했다. 데스크에서 내려온 신속한 결정은 연쇄살인사건이 사회에 불러일으킬 파장 때문이었다. 반장은 동부경찰서에서 건네받은 참고자료를 박 형사에게 내밀었다. 사건현장의 사진과 비디오테이프, 그리고, 살해된 피해 여성의 인적사항에 대한 서류였다. 박 형사는 현장사진을 확인하는 동안 이은희 사건과 유사하다는 생각을 지울 수 없었다.

"목격자 없습니까?"

"내일 동부서에서 미팅을 가지기로 했네."

"올라오다 보니까 기자실은 조용하던데요."

"그네들 모두 동부로 몰려갔어. 아마, 내일 아침엔 신문에 대문짝만 하게 실릴 거다. 이은희 사건과 함께 말이야."

반장이 심각한 표정으로 말했다. 도심지에서 미모의 여대생이 머리가 잘린 채 살해당하고 범인은 계속해서 살인을 저지르게 될 거라는 자극적인 기사가 쏟아진다면 사람들 반응이야 불을 보듯 뻔했다.

"어때? 그 과외선생이라는 녀석은……."

"조사가 필요할 것 같습니다."

"그 밖엔?"

"살해현장에서 발견된 오피넬 말입니다. 피해자의 아버지가 아끼던 칼이라는 증언을 확보했습니다."

"피해자의 아버지가?"

반장이 되물었다.

"그러니까. 오피넬은 이은희가 가지고 있었을 가능성이 많아요."

"뭣 때문에?"

반장의 질문에 박 형사는 맥콜리의 시에 대해 말하려다 말았다. 어차피 반장에게는 공허하게만 들릴 테니까. 대신 화제를 돌렸다.

"국과수에선 뭐래요?"

"아직까진……. 지금 정신없을 거야."

"연쇄살인사건이라면 어떻게 되는 거죠?"

"디엔에이 검사 결과가 나오기 전까진 단정할 수 없지만……. 지금으로선 그룹과외 선생이라는 녀석을 밀어붙이는 게 최선일 것 같아."

반장이 말했다.

"문젠, 그가 행방불명이란 사실입니다."

"수단과 방법을 가리지 말고 그의 흔적이라도 찾아봐야지. 녀석의 계좌, 전화, 친구, 녀석에게 그룹과외를 받았던 아이들, 다세대 주택의 사람들까지도……. 자네 말처럼 물고 늘어지는 수밖에 뾰족한 방법이 없잖아. 우리가 찾고 있는 건 단순한 살인범이 아니라는 걸 명심해."

반장이 다소 흥분된 목소리로 말했다. 박 형사도 같은 생각을 하고 있었다. 내일 오전에 있을 동부서와의 미팅도 문제지만 수사본부가 설치되고 사건을 맡을 형사부장이 내려오면 그동안 지지부진했던 이은희 사건에 대한 불호령이 떨어질지도 몰랐다.

"그리고 박 형사……. 김현이라는 녀석의 사진이 필요할 것 같은데, 구할 수 있겠나?"

"동부서에 가져가시게요."

"그래. 목격자들과 면담을 해봐야지."

"제 서랍에 증명사진이 있을 겁니다."

"오케이. 난 국과수 남부지부에 다녀와야겠어."

"그럼, 전 오피넬과 이은희 아버지에 대해 알아보죠."

반장의 말에 박 형사가 대꾸했다. 그가 사건파일을 들고 책상으로 돌아가는 동안 반장은 동부서 반장에게 전화를 걸었다.

20

Kang & Kang의 편집부장에게서 메일이 온 것은 오전 8시 40분이었다. 밤새 밀린 원고를 끝내고 한숨을 돌리고 있을 때 메일이 도착했다는 메시지가 컴퓨터 모니터에 떴다. 작가상 13회 수상자에 대해서 흥미로운 사실을 알아냈다면서, 직접 부산으로 내려가지 않고는 배겨낼 도리가 없다는 내용이었다. 오늘 오전에 떠나는 KTX를 예약했다는 추신이 있어서 민성은 메일을 확인하자마자 답신을 보냈다. 하지만 편집부장에게서 어떠한 연락도 없었다.

사흘 동안 내리던 비가 그치자 초여름 날씨처럼 기온이 올라갔다. 민성은 될 수 있으면 그늘진 곳으로 걸어 다녔다. 중간에 롯데리아에 들어가 콜라와 불고기버거를 아침 겸 점심으로 먹으면서 샤를 페로의 전집을 읽었다. 한 시간 가까이 구석진 자리에서 책을 읽으며 시간을 보냈다. 날밤을 새우다시피 했기 때문에 정신이 몽롱했다. 밀려오는 식곤증을 이겨내기 위해 연신 아메리카노를 홀짝거렸다. 편집부장의 도착예정시간을 40분 정도 남겨두고 민성은 배낭을 들고 자리에서 일어났다.

개축공사를 끝낸 역사는 철골과 통유리로 만들어진 전시장 같았다. 굵고 긴 파이프와 가공유리가 사면을 에워싸고 있었다. 주변 환경에도 신경을 쓰는지 역 광장 앞에는 분수대와 반지 모양의 조각상이 세워져 있었다. 민성은 2층으로 올라가서 서울발 KTX의 도착시간을 한 번 더 체크했다. 그가 보내 온 메일의 내용이 정확하다면 기차는 지금쯤 밀양 부근을 지나고 있을 것이다. 민성은 휴대폰으로 편집부장에게 전화를 걸었다. 하지만 전화를 받을 수 없다는 메시지만 흘러나왔다. 민성은 개찰구 근처에 있는 플라스틱 의자에 앉아 현재시간을 확인했다. 그리고 이어폰으로 비틀스의 「Let it be」를 들었다. 하지만 아침부터 들떠 있던 마음은 좀처럼 진정되지 않았다. 갑자기 잠적해 버린 현길의 석연치 않은 행동과 Kang & Kang의 편집부장이 작가상 13회 수상자에 대해서 무언가 알아냈다는 사실이 민성을 흥분 속으로 몰고 갔다.

노래가 「Norwegian wood」으로 바뀌기 시작했을 때, 사람들이 하나 둘 개찰구를 빠져나오기 시작했다. 자연스럽게 민성의 시선도 사람들 속에 꽂혔다. 편집부장과 마지막으로 대면을 한 게 작년 겨울이었다. 인사동에 있는 허름한 술집에서 밤새 술을 마셨다. 그사이 부장의 얼굴이 변할 리는 없었지만, 사람들 속에서 그를 찾아내지 못할까 봐 신경이 쓰였다. 다행히 평일 오후여서 개찰구를 빠져나오는 사람들은 많지 않았다.

편집부장은 한 살배기 아기를 안은 여자와 여행용 가방을 끌고 가는 남자 사이에서 걸어 나오고 있었다. 청바지에 재킷을 입은 그는 1년 전과 마찬가지로 활기찬 모습이었다. 개찰구 앞에서 이름을 부르자 부장은 손을 흔들며 민성에게 회답했다.

"전화 안 받더군요."

"급히 나오느라 배터리를 못 챙겼어. 미안해……. 그나저나 몸이 좀 분 것 같군."

악수를 나누면서 편집부장이 말했다. 그들은 로비를 가로질러 에스컬레이터로 걸어갔다.

"식사는요?"

"간단하게 열차에서 해결했어. 어디 가서 맥주나 한잔 하지."

"대낮부터요?"

"새삼스럽게 왜 그래?"

특유의 익살스러운 표정으로 편집부장이 말했다. 민성은 그와 함께 광장 오른편에 있는 택시 승강장으로 향했다.

이른 시간이어서 그런지 해변이 바라보이는 맥주 전문점은 한산했다. 초록색 에이프런을 걸친 40대 중반의 남자가 환한 얼굴로 메뉴판을 들고 다가왔다. 민성은 일부러 광안대교가 바라보이는 창가 테이블에 자리를 잡았다. 버드와이저 두 병과 치즈스틱을 시킨 뒤 민성이 입을 열었다.

"어떻게 여기까지 내려올 생각을 했습니까?"

"자네 꿍꿍이속을 알고 싶어서지. 출판할 작품이 있는지도 궁금하고."

"출판해 줄 생각은 있는 거예요?"

"내년 여름 시즌에……. 갈수록 작품을 구하기가 힘들어."

편집부장이 윙크를 하며 너스레를 떨었다. 뒤이어 광안대교와 바다를 바라보며 감탄사를 터뜨렸다. 기온이 올라가면서 바다색깔은 옅은 녹색을 띠고 있었다. 백사장에는 분홍색 카디건과 폴로셔츠를 입은 백발의 노부부가 덩치 큰 시베리안 허스키와 산책을 하고 있었다.

"역시 바단 멋지단 말이야. 정말 기분이 상쾌해지는군. 서울 가기 전에 광안대교에 한 번 올라가자."

"다리 중간에서 기념 촬영할 생각이라면 가망 없어요."

"딱지 끊기면 내가 책임지지."

"그래도 힘들 걸요."

에이프런이 맥주와 치즈스틱을 들고 다시 테이블로 걸어왔다. 턱수염이 꽤 멋있어 보였다. 계산서를 테이블 구석에 내려놓고 돌아가면서 '필요한 것이 있으면 언제든 벨을 눌러주세요'라고 공손히 말했다. 부장이 병뚜껑을 따면서 건배를 재촉했다.

"그건 그렇고……, 어떻게 됐습니까?"

병을 부딪치며 민성이 물었다.

"그전에……."

부장은 조금 전과는 달리 쌍꺼풀진 눈동자를 흘기며 민성을 바라보았다.

"정말이지 알고 싶어. 갑자기 십삼 회 수상자에 대해서 궁금해진 이유가 뭔지?"

"질문은 제가 먼저 했는데요. 부장님."

맥주병을 다시 입으로 가져가며 부장이 말했다.

"강 앤 강의 스폰서가 엘그룹이라는 건 알고 있겠지? 우리 회장님…… 아니, 시인 선생님은 요즘 우울증에 빠져 있거든."

"무슨 말을 하고 싶은 겁니까?"

"그냥 그렇다는 이야기야."

편집부장은 웃음을 터뜨리면서 민성에게 다시 건배를 청했다. 버드와이저 두 병을 추가로 주문하고 나서 부장은 진지하게 입을 열었다.

"분명히 구십구 년에도 수상자는 있었어. 하지만 곧 취소됐지. 그래서 그에 대해 아는 사람이 없었던 거야."

"취소 이유는요?"

"방화용의자로 경찰에 쫓기고 있었나봐. 당연히, 위에선 난리가 났지……. 아무튼, 수상은 취소되고 당선작 없음으로 수정보도가 들어갔어. 공식발표가 되기 전이어서 그나마 다행이었지."

"그런 일이 있었군요."

민성은 치즈스틱 하나를 입으로 가져갔다. 치즈향이 입안을 가득 메웠다.

"그 때문에 사소한 오해를 사기도 했지. 데스크에서 날 보는 눈초리가 영 찜찜했거든."

"데스크에서요?"

"우리 시인 선생님은 그 이야기가 나올 때마다 신경질을 부리더군. 심사를 맡았던 평론가들과 작가들, 작가상 관계자들까지 모두 곤혹을 치렀던 모양이야."

그는 다시 큰 소리로 웃음을 터뜨렸다.

"그럼, 방화용의자에 대해선 알아볼 방법이 없는 겁니까? 이름이나 출신 대학만이라도 알 수 있었으면 좋겠는데."

"그럴 줄 알고……."

부장은 손바닥만 한 메모장을 흔들어대며 말을 이었다.

"자료실을 뒤졌어. 혹시나 해서 말이야."

"뭔 갈 찾으셨군요?"

"그 전에 대답이 먼저야……. 왜 뒷조사를 하고 다니는 거지?"

긴장이 풀린 민성은 새로 주문한 버드와이저를 입으로 가져갔다. 차갑고 시큼한 맛이 식도를 타고 흘러내려갔다.

"일주일에 두 번씩 강의를 나가고 있어요."

"그건 작년 인사동에서 술 마실 때 말해 줬잖아."

"수업을 듣는 학생들 중에 관련된 사람이 있는 것 같습니다."

"정말인가?"

"확실한 건 아니지만요……. 실종사건과도 연관이 있는 것 같아요."

"실종사건이라니?"

부장의 여유 있던 표정이 금세 굳어졌다. 그는 몸을 앞으로 바짝 당겨 앉으며 민성의 코앞까지 얼굴을 들이밀었다.

"농담은 아니겠지?"

"부장님에게 장난칠 이윤 없잖아요?"

민성이 되물었다. 부장은 그제야 메모장을 펼쳐 들었다.

"십삼 회 수상자에 대해선 학교와 나이밖엔 알아낼 수 없었어. 자료실에서 당시 보내 온 육필원고를 찾을 순 있었지만……. 가명이더군. 연락처도 이미 사라진 상태였고."

"서울 소재의 학굡니까?"

"프로필에는 B대로 나와 있던데……. 의예과 학생으로 졸업을 앞두고 있었어."

민성은 배낭에서 갤럭시 노트를 꺼내 편집부장이 말한 작가상 수상자의 학교와 졸업연도를 메모했다.

"그런데 방화용의자라는 타이틀이 붙은 이유는 뭐죠?"

"구십구 년 십이 월 이십사 일, 부산에서 화재사건이 있었어."

"구십구 년 십이 월 이십사 일요?"

대답 대신 부장은 메모장을 민성에게 넘겨주었다.

"용호동에 위치한 병원이었는데……. 사망자가 많더군."

민성은 편집부장의 말을 들으며 1단짜리 화재사건의 기사를 떠올렸다.

"생존자 중에 그를 방화범으로 지목한 사람이 있었던 모양이야."

덧붙이듯 부장이 민성에게 말했다.

"내 기억엔, 자네 소설에서도 비슷한 사건이 있었던 것 같은데……."

그때 민성의 휴대폰이 드르륵 진동을 시작했다. 발신자 번호를 확인하면서 민성은 휴대폰을 집어 들었다.

"지금 어디죠?"

그녀의 목소리는 떨리고 있었다.

"광안리 근처. 누굴 좀 만나고 있어."

"거기 텔레비전 있어요?"

"여기?"

민성은 맥주 전문점 안을 빠른 시선으로 훑어봤다. 대형 LCD 텔레비전이 가게 안쪽 벽에 걸려있었다.

"있어……. 갑자기 텔레비전은 왜?"

"와이티엔을 틀어보세요. 당장!"

민성은 카운터에서 책을 읽고 있던 에이프런에게 텔레비전을 볼 수 있는지 물었다. 그는 말없이 리모컨을 가져다주었다. YTN으로 채널을 돌리자 남구와 동구에서 일어난 여대생 연쇄살인사건에 관한 기사가 방송되고 있었다. 카메라 앵글이 막 락카페 화장실 안을 비추고 지나갔다. 과학수사과 조끼를 입은 30대 중반의 남자가 가리키는 곳에 여대생의 시신이 있었다. 모자이크로 처리되었지만 목이 잘렸다는 사실을 알 수 있었다. 아나운서는 범인의 대담한 살인수법에 대해 범죄전문가와 논의 중이었다. 그 사이 몇 번이나 길고 날카로운 칼이 화면 가득 나타났다. 민성은 넋 나간 사람처럼 텔레비전 화면을 바라보았다. 편집부장이 호기심 어린 눈으로 민성과 텔레비전을 번갈아 주시했다.

"지금 보고 있어."

텔레비전 화면에 시선을 둔 채 민성이 말했다.

"그의 말이 모두 사실이었어요!"

"피해자가 두 사람이야?"

"아직까지는……. 동생이 마지막은 아니었어요. 녀석은 다시 움직이기 시작한 거예요."

"그에게선 연락이 없었어?"

"전화가 되지 않아요."

"친구를 만나러 간다고 했는데…… 다른 방법은 없을까?"

"전혀……."

"빌어먹을!"

"제가 그쪽으로 갈게요."

"알았어."

통화종료버튼을 누른 민성은 버드와이저를 다시 입으로 가져갔다. 하지만 텔레비전 방송에서는 여전히 눈을 뗄 수 없었다.

"혹시, 저 사건하고 관계가 있나?"

궁금한 듯 편집부장이 물었다.

155

"수강생 중 한 명이 연쇄살인사건에 대한 보고서라는 걸 제게 보여줬어요."

"연쇄살인사건에 대한 보고서?"

"네. 연쇄살인사건이 벌어지고 있으며 범인은 아직 잡히지 않았다고……."

"설마……?"

"믿지 못하시겠지만, 사실입니다. 그래서…… 십삼 회 작가상 수상자를 만나야만 하는 거예요."

"세상에!"

편집부장의 얼굴이 굳어졌다. 민성은 현길과 만나기로 했다는 친구가 마음에 걸렸다. 그가 '생각했던 사람'일까? 현길의 말처럼 연쇄살인사건이 실제로 일어나고 있었다면, 그러니까, 텔레비전에 방송되는 여대생은 열여섯 번째 희생자가 되는 셈이다. 살인범이 잡히기 전까지 몇 명의 희생자가 더 발생할지 장담할 수 없다는 뜻이기도 했다.

'살인마는 실제로 존재하고 있었던 거야!'

민성은 머리를 좌우로 흔들어대며 독백하듯이 외쳤다.

21

지하 락카페에서 범인을 목격했던 피해자의 학과 친구와 웨이터의 진술로는 완벽한 몽타주를 만들 수 없었다. 락카페 주변이 어두운데다 조명 때문에 벙거지 모자를 눌러 쓴 검은 외투의 살인자를 제대로 파악할 수 없었다. 신장이 1미터 80센티미터 정도라는 것과 30대에서 40대 중반의 사내라는 정도가 전부였다. 그나마 범인의 족적이 이은희 살인범의 족적 사이즈와 같다는 사실을 밝혀냈을 뿐이다. 반장은 김현의 증명사진을 동일 전과자들의 사진과 섞어서 피해자의 친구들과 웨이터에게 보여주었다. 하지만 그들은 김현을 알아보지 못했다. 반장의 얼굴에 실망의 그림자가 짙게 드리웠다. 사무실 안은 한동안 김이 빠진 듯 조용했다. 텔레비전 방송이 나가고부터 걸려오는 문의전화와 제보전화만이 요란하게 울려대고 있었다.

착잡한 심정의 반장은 동부경찰서의 수사반장과 마주앉아 담배를 피웠다. 국과수 남부지부에서 날아온 팩스에는 이은희와 락카페 여대생의 몸에서 채취한 정액이 동일인이라는 판독 결과가 나와 있었다. 팩스를 나눠 읽으면서 형사들은 할 말을 잃었다. 무엇보다 이은희와 락카페에서 살해된 여학생과의 인과관계를 찾을 수 없었다. 반장이 옆자리에 있는 박 형사에게 조용히 물었다.

"이은희 아버지에 대해선 알아봤나?"

"용호농장에 있는 병원에서 근무를 했더군요. 천구백구십구 년 십이 월 이십사 일, 그 병원에서 화재가 발생했습니다. 서른 명이 넘는 환자와 직원이 죽었죠."

반장은 미간을 찡그리며 대꾸했다.

"이번 사건과 관계가 있을까?"

"아직은 모르겠습니다. 하지만 아버지의 칼이 사건현장에서 발견되었다는 게 마음에 걸려요……. 당시 화재사건을 담당했던 검사에게 전화를 걸어봤는데 화재수사지원팀 전화번호를 알려주더군요."

"화재수사지원팀이라면…… 아직 범인을 잡지 못했단 소리야?"

"네. 자료를 열람할 수 있도록 협조 요청을 할 생각입니다."

"박 형사가 좀 더 수고를 해 줘야겠군……. 그리고 김현 말이야. 자취방이 G동에 있다고 했던가?"

"G동에 있는 다세대 주택입니다."

"아직 방이 그대로라고 했지?"

"네. 철거지역이라 집 주인이 신경을 쓰지 않은 모양이에요."

반장과 동부경찰서 수사반장의 시선이 마주쳤다. 반장은 담배를 재떨이에 짓눌러 끄고 나서 박 형사에게 말했다.

"과수과팀과 함께 김현의 자취방을 조사할 생각이야. 그 녀석의 머리카락이라도 수거해서 범인의 디엔에이와 비교해 볼 생각이거든……."

"수색 영장은요?"

"그건 내가 책임지기로 했어."

동부서의 수사반장이 미소를 지었다. 반장은 의자에서 일어서며 입을 열었다.

"박 형산, 인천과 서울로 가야 한다고 그랬지?"

"네. 과외선생과 화재사건에 대해 좀 더 조사해 볼 생각입니다."

"그럼, 녀석의 자취방은 내가 맡지."

박 형사는 말없이 고개를 끄덕였다.

"담당 검사는 나한테 맡겨."

동부경찰서의 수사반장이 점퍼를 챙기면서 두 사람 사이에 다시 끼어들었다.

22

그녀의 자동차는 폭스바겐의 빨간색 뉴비틀이었다. 딱정벌레를 닮은 자동차는 해변의 조각공원을 따라 천천히 모습을 나타냈다. 백사장과 도로 사이엔 은행이나 버들나무 대신 야자수가 심어져 있었다. 민성과 편집부장은 토마스 덱케라는 독일 조각가의 「일요일 오후」에 앉아 있었다. 여러 개의 물방울이 맺혀 있는 대리석 조각이었다. 오후가 되면서 백사장을 걷는 사람들의 모습이 눈에 띄게 많아졌다. 소금기를 품은 습한 바람 때문에 머리카락이 뻣뻣해지는 느낌이었다. 조각공원 입구까지 들어온 비틀이 멈춰 섰다. 운전석 문을 열고 나오는 그녀는 네이비 스판바지에 연블루 골프티를 입고 있었다. 편집부장이 다가오는 그녀를 보며 민성의 어깨를 가볍게 쳤다.

"인사해. 강 앤 강의 편집부장님이야."

발갛게 상기된 그녀의 얼굴은 아직 충격에서 벗어나지 못한 것 같았다. 연쇄살인범은 현길의 생각대로 실존인물이었다. 텔레비전 아나운서의 마지막 코멘트는 '범인은 피해자들의 시체를 훼손한 것으로 밝혀졌습니다.'였다. 그녀의 마음을 무엇보다 아프게 했을 것이다. 그녀는 부장에게 가볍게 눈인사를 했다. 편집부장이 그녀에게 명함을 건넸다.

"어떻게 할 생각이죠?"

그녀가 명함을 받아 쥐며 민성에게 물었다.

"십삼 회 수상자를 찾아야지."

"그 다음엔요?"

"용호농장에 가볼 생각이야. 십이 년 전에 있었던 화재사건에 대해서 알아봐야할 것 같으니까……. 그완 아직 연락이 되지 않아?"

"네."

그녀는 아랫입술을 깨물었다.

"친구라는 사람에 대해 이야길 들었겠지?"

밀없이 고개를 끄덕였다.

"십삼 회 수상자 역시 존재했어. 어쩌면 그가 현길일지도 몰라. 놀랄 일은 아니지……. 하지만 그가 말하던 생·각·했·던 사람이 수상자라면 문젠 달라져."

"그 사람에 대한 정보는요?"

"당시의 학교와 학번 정돈 알아낼 수 있었죠."

옆에 있던 편집부장이 대신 말했다.

"난 부장님과 함께 서울로 올라갈 거야. 그의 학적부를 뒤져볼 생각이거든."

"저는요."

"현길을 기다려야지. 그에게 연락이 오면 무조건 만나자고 그래. 누군가에게 쫓기고 있다면 사설 경호원이라도 붙여 준다고 말이야. 내가 서울에서 내려올 동안만이라도 그를 붙잡아 뒀으면 좋겠어."

그녀와 민성의 눈이 마주쳤다. 민성은 그녀의 쌍꺼풀진 커다란 눈동자를 보면서 얼굴을 붉혔다. 가슴 한쪽이 울렁거렸다. 기억을 잃어버린 이후, 그는 연애나 사회생활에 소극적일 수밖에 없었다. 그런데 빌어먹게도 그녀가 민성의 앞에 나타난 것이다.

"현길과 십삼 회 수상자가 동일인인지부터 살펴봐야겠어. 그 다음엔 경찰에 신고를 할 거야."

"그의 말이 사실이라면……, 더 이상의 희생자가 생기지 않도록 해야 해요."

"물론이지."

민성이 고개를 끄덕였다.

"조심하세요."

그녀가 말했다. 민성은 미소를 지으며 응답했다.

"그건 내가 할 소리야. 조심해. 그리고 급한 일 있으면 연락하는 거 잊지 마."

그녀는 긴 다리를 이용해 성큼성큼 자동차로 되돌아갔다. 1미터 70센티미터의 키에 균형 잡힌 몸매였다. 능글거리는 시선으로 그녀를 바라보던 편집부장이 민성에게 물었다.

"어떤 사이야?"

민성은 대답 대신 부장에게

"지금, 서울로 올라가는 기차가 있을까요?"

라고 질문을 던졌다.

23

검은색 SUV와 스타렉스가 재래시장을 지나 주택가 골목 삼거리에 멈춰 섰다. 스타렉스에는 현장감식이라는 글자가 선명하게 붙어 있었다. SUV에서 내린 반장과 동부서 형사는 주위를 두리번거렸다. 재래시장골목과 접한 탓인지 시장바구니를 든 주부들이 눈에 많이 띄었다. 한쪽에서는 포클레인이 낡은 주택을 부수고 있었다. 도로 확장을 위한 공사가 한창이었다.

복도와 계단은 어둡고 좁았다. 30와트 전구가 천장에 매달려 있었다. 2층 복도로 올라간 반장은 박 형사가 일러준 대로 두꺼비집에서 김현의 자취방 열쇠를 찾았다. 뒤따라온 과학수사과 경위에게 열쇠를 건네주었다.

현관으로 들어선 과학수사과 경위는 6볼트짜리 손전등으로 마룻바닥부터 꼼꼼하게 족적을 살폈다. 다른 수사관은 현관문 손잡이에서 지문을 채취하기 위해 폴라테이프를 붙였다. 경위가 들고 있던 현장감식세트 가방 안에는 카메라, 지문채취용 분말통, 전사판 테이프, 전등, 루미놀이 든 용액통, 돋보기와 브러시등이 들어 있었다. 반장은 방해되지 않게 1층으로 다시 내려갔다. 비디오카메라처럼 생긴 장비를 멘 다른 수사관이 오렌지색 고글을 쓰고 나타났다.

그 사이 반장은 건물을 돌아 나와 신발가게 안으로 들어갔다. 10평 정도 넓이의 가게 벽에는 50퍼센트 세일이라는 글자가 큼지막하게 붙어 있었다. 4단 높이로 만들어진 진열창이 직사각형의 벽을 따라 설치되어 있었다. 한쪽 벽에는 신발상자가 위태롭게 쌓여 있었다. 구경꾼들 사이에서 남자가 튀어나왔다. 머리가 반쯤 벗겨진 40대 중반의 키 작은 남자였다. 그는 슬리퍼를 끌며 들어와 반장에게 멋쩍은 미소를 지었다.

"남부서에서 나왔습니다."

반장이 신분증을 내밀었다. 남자는 이마 아래로 흘러내린 몇 가닥의 머리카락을 쓸어 넘기며 다시 미소를 지었다.

"점포 정리를 하시는군요."

"이 건물도 곧 허문다고 하니까요. 올해 말까지 집주인이 비워달라고 해서……."

"위층에 세 들어 살던 총각…… 기억나십니까?"

반장이 물었다. 어느새 구경꾼들이 신발가게로 몰려들었다. 사람들은 모두 문 앞에 서서 반장과 신발가게 주인의 말에 귀를 기울였다.

"네. 알고 있습니다. 몇 년 전에 말도 없이 사라져서는…… 이후론 보지 못했어요. 그런데 그 총각한테 무슨 일이 생긴 겁니까?"

"수사 중이라 말씀드리기가 좀 그래요."

반장이 말했다. 그는 등산화가 진열된 곳으로 걸어갔다. 등산화는 조깅화와 농구화 뒤쪽에 진열되어 있었다. 반장은 등산화 한 켤레를 집어 들어 밑창을 살폈다. 하이커라는 생소한 상표가 밑창 중앙에 붙어 있었다.

"성호 나이츠의 등산환 취급 안 합니까?"

"성호 나이츠는 대리점이 있으니까요. 저희 같은 소매점에선 취급하지 않아요."

반장은 실망스러운 표정으로 가게 주인을 바라보았다. 이은희의 살해현장에서 발견된 족적을 조사한 결과 성호나이츠에서 2009년 가을에 만든 등산화였다는 사실을 알아낼 수 있었다.

'적어도 이곳에서 신발을 구입하진 않았군.'

"그런데 그 친구가 뭘 잘못했습니까?"

위층 남자가 어떤 사건에 연루되어 있는지 궁금하다는 듯 가게주인이 물었다. 주변에 모여 있는 시장 상인 모두가 그와 비슷한 표정이었다. 그들에게 있어 김현은 단지 3년 전에 사라진 위층 총각일 뿐이었다. 그들은 오로지 그가 죽었는지, 아니면 어떤 사고를 치고 경찰에 쫓기고 있는지에만 관심을 가질 뿐이었다. 뒷맛이 씁쓸했다.

반장은 대답 대신 미소를 지으며 녹슨 대문으로 다시 들어갔다. 신발가게에 모여 있던 시장상인들도 반장의 뒤를 따라 대문 근처로 모여들었다. 건물현관으로 들어선 반장은 잠시 계단 위층을 올려다봤다. 동부서 형사가 다가와 반장에게 담배를 내밀었다.

"감식 끝나는 대로 국과수에 가서 디엔에이 검사부터 해야겠죠?"

"그래야지."

"아니면 어떡하죠?"

"그럼, 자네 수사팀 반장이 시말서를 써야겠지."

반장의 농담에 동부서 형사는 피식거렸다. 그때, 위층에서 과수과 경위의 목소리가 들려왔다. 그는 현관입구에 서 있는 반장에게 올라오라는 손짓을 했다.

"와서 이걸 좀 보시죠."

그의 목소리에는 긴장감이 배여 있었다. 반장은 담배를 바닥에 짓눌러 끄고 계단을 올라갔다. 방안에 있던 두 명의 과수과 수사관의 얼굴도 경직되어 있었다. 경위가 고글을 반장에게 내밀면서 말했다.

"자외선 보호고글입니다."

"뭐, 발견한 거라도 있습니까?"

반장이 고글을 얼굴에 쓰며 물었다.

"저 친구 어깨에 메고 있는 게 휴대용 가변광원장비라는 겁니다.

자외선 단파를 이용해 지문, 족흔적, 혈흔 등을 찾아내는 거죠…….
김 경사, 시작하지."

경사가 과수과 경위의 말에 고개를 끄덕였다. 그는 유닛의 스위치
를 켜고 광원렌즈를 바닥에 비췄다. 렌즈에서 광원이 발사되자 청백
색으로 빛나는 형광물질이 바닥 여기저기서 나타났다. 경위가 분무
기로 루미놀 용액을 뿌리자 청백색의 형광은 더욱 뚜렷하게 나타났
다. 형광은 방바닥을 지나 벽 쪽으로 길게 이어져 있었다.

"바닥에 청백색으로 빛나는 것이 혈흔입니다."

반장은 무릎을 꿇고 앉아 바닥에 나타난 혈흔을 세심하게 관찰했
다. 청백색 형광이 넓게 분포되어 있는 곳은 벽 바로 아래쪽이었다.
옆에서 과수과 경위가 말했다.

"한마디로, 이쪽 전체가 온통 피바다였단 증거예요."

경위가 손짓을 하자 경사는 가변광원장비의 전원을 껐다. 렌즈에
서 광원이 사라지자 반장은 고글을 벗으며 자리에서 일어났다. 혈흔
이 이어진 벽에는 거대한 피라미드 사진과 둥근 돌처럼 생긴 석상
사진이 붙어 있었다. 박 형사가 말한 테노치틀란이니 토나이투니 하
는 것이 바로 이걸 두고 하는 말이라는 걸 반장은 깨달았다. 그의 뒤
에 서 있던 동부서 형사가 조심스럽게 사진 앞으로 다가갔다. 사진
을 찢어지지 않게 떼어내자 회색바탕에 연두색 무늬가 박힌 벽지가
나타났다. 하지만 누렇게 변색된 벽지와 달리 사진이 붙어 있던 벽
지는 새로 바른 듯 깨끗했다. 얼굴을 벽 가까이 가져간 동부서 형사
가 주먹으로 벽을 두드리기 시작했다.

"아무래도……."

형사가 반장을 뒤돌아보며 말했다.

"벽을 뜯어봐야겠어요."

"벽을?"

반장이 동그란 눈으로 되물었다.

"이쪽 벽지만 새로 바른 게 이상하잖아요."

마무리 조사를 끝낸 과학수사과 수사관이 장비를 정리하고 있었다. 반장은 과수과 경위와 방주위에 나타난 혈흔에 대해 이야기를 나누었다. 루미놀은 1만 배 이상의 희석 혈액에도 반응을 한다고 경위가 말했다. 뒤이어 그는 이 정도의 혈흔이라면 심각한 사건이 방안에서 벌어졌을 가능성이 높다고 추측했다. 경위의 말을 듣는 동안 반장은 바닥에 넓게 분포되어 있던 혈흔과 새로 바른 벽지 사이의 연관성에 대해 생각했다.

동부서 형사가 주변 공사장에서 빌린 해머를 들고 방안으로 들어왔다. 그는 심호흡을 하면서 벽 앞으로 천천히 걸어갔다. 반장과 과수과 수사관들이 벽에서 멀찍이 떨어졌다. 동부서 형사는 해머를 좌우로 두세 번 흔들다가 힘차게 벽을 향해 내리쳤다. '쿵' 하는 둔탁한 소리와 함께 벽 일부에 붙어 있던 시멘트와 벽지가 떨어져 내렸다. 두 번째 해머질을 하자 벽 중앙에 조그만 구멍이 생겼다. 동부서 형사는 구멍 주위를 향해 다시 해머를 내리쳤다. 벽 일부가 무너져 내리면서 악취가 심하게 났다. 과수과 수사관 한 명이 입과 코를 막으며 창문을 열었다. 무너진 벽에서 검은색 천 조각이 드러났다. 겨울용 외투 같았다. 손수건으로 입과 코를 가린 과수과 경위가 벽 앞으로 다가갔다. 조심스럽게 옷자락을 잡아당기자 주름진 사람의 손이 나타났다. 말라비틀어진 팔은 건조된 육포 같았다. 해머를 들고 서 있던 동부서 형사가 흠칫거리며 뒤로 물러섰다. 과수과 경위가 담담한 목소리로 반장에게 말했다.

"미라군요!"

24

고속도로 휴게소는 평일임에도 불구하고 사람들로 북적였다. 박 형사는 패스트푸드 체인점에 들어가 우동과 김밥을 주문했다. 주문한 음식이 나올 때까지 박 형사는 손에 든 파일을 펼쳐 들었다. 제일 먼저 김현이 살았던 인천 보육원의 주소와 전화번호가 나왔다. 서류상으로 김현은 보육원에서 초등학교 2학년 때 입양된 것으로 기록되어 있었다.

부엌 앞 테이블에 서 있던 여종업원이 우동과 김밥을 내밀었다. 박 형사는 파일을 덮어 옆구리에 끼고 우동과 김밥이 담긴 쟁반을 양손으로 잡았다. 창가에 있는 빈자리를 찾아 걸어갔다. 옆자리에서 김밥을 먹고 있던 여자아이가 커다란 눈동자를 깜박이며 박 형사를 바라보았다. 그는 여자아이에게 미소를 지은 뒤 파일을 다시 펼쳤다. 지도대로라면 보육원은 서인천 톨게이트에서 빠져나와 서구청 방향으로 30분 정도 거리에 위치해 있었다. 뒷장에는 남 교수로부터 받은 테노치티틀란에 대한 자료가 꽂혀 있었다. A4지 두 페이지 분량으로 아스텍의 고대 도시에 대한 사진과 해설이 실려 있었다. 박 형사는 김밥 하나를 입안으로 쑤셔 넣은 뒤 테노치티틀란에 대해 읽기 시작했다.

1345년경 텍스코코호의 작은 섬에 테노치티틀란이라는 도시가 건설되었다. 부족연합체 성격이 강했던 아스텍사회는 15세기 말 테노치티틀란시를 중심으로 중앙집권이 가능해졌다. 15만에서 20만이 살았던 거대한 이 도시는 흑요석의 생산권을 독점함으로써 경제적인 부를 축적할 수 있었고 틀라텔롤코와 같은 위성 도시를 건설해 지배영역을 넓혀나갔다. 대토지를 소유하는 귀족과 전쟁포로를 신전의 희생물이나 노예로 이용하기 시작하면서 차츰 계급사회로 발전하게 되었다……. 그들은 다섯 번째 태양인 토나이투가 늙고 병들어 있다고 믿고 있었다. 토나이투가 죽으면 지진에 의해 세상이 멸망할 거라는 종말관이 지배하고 있었기 때문에 도시 중앙에 건설된 피라미드 꼭대기의 신전에서 흑요석으로 만든 칼로 희생자의 심장과 피를 다섯 번째 태양인 토나이투에게 받쳤다.

박 형사는 여기서 프레이저의 『황금가지』에서 읽었던 멕콜리의 시와 인신공회라는 단어를 기억해냈다. 어딘지 모르게 억지스러운 느낌이 들었지만 영재의 말처럼 황금가지가 보다 완성된 형태로 테노치티틀란을 지배하고 있었는지도 모른다는 생각이 들었다.

패스트푸드 음식점에서 나온 박 형사는 휴게소 왼편에 있는 자판기 앞으로 걸어가 커피를 뽑았다. 초여름처럼 무더운 날이었다. 박형사는 손등으로 눈을 가리며 태양을 잠시 올려다봤다. 마지막 기운을 다하듯 태양은 불타고 있었다.

'그렇다면, 테노치티틀란이 십육 세기 멕시코에서만 존재했던 도시가 아니었다는 영재의 말은 무슨 뜻일까?'

박 형사는 종이컵을 쓰레기통에 던져 넣고 일어섰다. 인천까지는 2시간이면 충분할 것 같았다. 아스팔트가 깔린 휴게실 마당에는 차량들이 수없이 들락거렸다. 박 형사는 흰색 아반떼가 있는 주차장으로 걸어가면서 스페인의 정복자 베르날디아스데카스티요가 처음 테노치티틀란의 피라미드 신전에 도착했을 때 기록했다는 글을 떠올렸다. 남 교수가 추신이라며 적어준 간략한 문장이었는데 박 형사는 그 글을 처음 읽었을 때 느꼈던 당혹감에서 벗어날 수가 없었다.

수많은 희생자의 심장과 우상들에게 향을 바치기 위해 태운 것들, 핏덩이가 엉겨붙어 있는 제단의 내벽과 도살장에서나 맡을 수 있는 악취만이 진동할 뿐이었다. 신전 입구에 들어서던 젊은 군인이 두려움에 몸을 떨며 자신의 십자가에 입을 맞추었다. 오, 주여!

25

함 형사는 자동차 뒷자리에 몸을 웅크리고 누워 있었다. 주택가 골목은 사람들의 발길이 끊긴 지 오래였다. 라디오에서 흘러나오는 우스갯소리도 지겨워지기 시작했다. 그는 휴대폰으로 아내에게 전화를 걸었다. 아이들 안부를 묻고 이틀 정도는 지나야 집으로 갈 수 있겠다고 말했다. 폴더 속의 아내는 속옷은 매일 갈아입고 다니라는 충고를 했다. 잠복근무를 하는 동안 늘 이런 이야기가 오고갔다. 휴대폰을 접고 나서 함 형사는 호주머니를 뒤적거렸다. 방화범은 오늘도 나타나지 않을 것 같았다. 자동차 운전석에 달린 디지털시계는 새벽 2시를 깜박이고 있었다.

편의점에 갔던 후배가 흐느적거리는 걸음걸이로 다가왔다. 자동차 문을 열고 흰색 비닐봉투를 조수석에 던져 넣었다. 깍두기 머리에 80킬로그램이 넘는 건장한 체구의 사내였다. 그는 잠복근무를 하는 동안 끊임없이 먹어댔다. 대학에서 유도를 전공한 녀석은 식욕 또한 만만치 않았다.

"오늘도 허탕인가 보죠."

"교대로 눈이나 붙이자……. 넌 또 뭘 그렇게 사오냐."

"출출해서요. 선배도 드실래요?"

"그렇잖아도 배 나와서 걱정인데……. 담배나 한 대 주라."

후배는 능글맞은 미소를 지으며 담배 한 개비를 함 형사에게 건넸다. 두 사람은 3일째 야간잠복근무 중이었다. 방화범은 이제 범위를 넓혀 동구와 중구를 넘나들며 불을 질러대고 있었다. 시간이 지날수록 녀석은 보다 대담하게 행동하고 있었다. 방화범은 길가에 주차된 자동차뿐만 아니라 건축 자재가 쌓여 있는 공사장에도 불을 지르기 시작했다. 공사장 옆이 빌라였기 때문에 하마터면 대형 참사로 이어질 뻔했다. 방화가 발생할 때마다 신문과 라디오에서 떠들어대는 통에 함 형사는 한시도 마음을 놓을 수 없었다.

오랜 시간 차 속에서 지내다보면 하체 아래쪽이 저려오기 일쑤였다. 후배는 비닐봉투에서 단팥빵과 우유를 꺼내 먹었다. 함 형사는 차창 문을 열고 담배연기를 내뱉었다. 술에 취한 듯 비틀거리며 골목을 올라가는 샐러리맨이 눈에 띄었다. 풀어헤친 넥타이에 어깨에는 검은색 서류가방이 아슬아슬하게 매달려 있었다. 뭐라 욕설을 해대며 걸어가는 남자의 뒷모습이 함 형사의 눈에는 위태롭게만 보였다.

밤안개가 서서히 주택가를 감싸기 시작했다. 라디오의 정규방송도 끝났는지 스피커에서는 옅은 잡음만 들려왔다. 운전석에 앉은 후배는 어느덧 코를 골기 시작했다. 코 고는 소리는 낮고 작았지만 규칙적이었다. 신경이 예민한 함 형사는 몸을 좌우로 뒤척였다. 자동차 안에서 시간을 때우는 것만큼 지루한 일은 없었다. 피곤했지만 이상하게 잠이 오지 않았다. 거기다 오늘은 지나칠 정도로 조용한 밤이었다. 그는 몸을 일으켜 차창 밖을 멍하니 바라보았다. 항구의 안개는 신기루처럼 왔다가 사라지고는 했다.

골목 귀퉁이에 세워진 보안등 사이로 검은 물체가 아른거렸다. 함 형사는 가수면 상태에서 그 물체의 움직임을 보고 있었다. 시간이 지날수록 물체의 윤곽이 흐릿해지고 있었다. 키가 크고 레슬링 선수처럼 어깨가 벌어진 남자였다. 함 형사의 눈꺼풀은 졸음을 이겨내지 못하고 자꾸만 감겼다. 정신이 아득해질 때쯤 열려진 차창 사이로 독특한 냄새가 풍겨왔다. 골목 주위에 널브러진 쓰레기봉투에서 나는 썩은 냄새나 기사식당에서 흘러나오는 고소한 사골냄새와는 달랐다. 코끝을 쏘는 것이 페인트 냄새나 신나 냄새처럼 독했다. 순간, 함 형사의 흐릿한 눈이 번쩍였다. 졸음이 사라졌다. 신나 냄새, 그리고, 덩치 큰 남자! 함 형사의 머릿속에 떠오른 두 가지 단어가 마치

후폭풍처럼 들이닥쳤다. 그가 승용차문을 열었을 때 꿈속에서 본 듯한 남자는 보안등 너머 어둠 속으로 사라지고 난 뒤였다. 함 형사는 밖으로 뛰쳐나가면서 후배에게 소리쳤다

"이 형사! 방화범이다!"

운전석에서 졸고 있던 후배가 함 형사의 말에 반사적으로 몸을 일으켰다. 좌우를 두리번거리던 그는 벗어둔 신발을 찾느라 운전석 바닥에 머리를 박았다. 함 형사는 보안등이 세워진 골목 삼거리로 전력질주를 하고 있었다. 얼마 지나지 않아 숨이 차오르기 시작했다. '씨팔! 담배를 끊던가 해야지……' 불혹이 가까워오는 함 형사의 몸은 예전 같지 않았다. 그는 보안등이 켜진 골목에서 오른쪽으로 방향을 틀었다. 5도 정도 경사진 오르막길이었다. 숨이 턱 아래까지 차오르고 장딴지가 아파오기 시작했다. 함 형사는 걸음을 멈춘 채 헐떡였다. 침을 삼키기가 힘들었다. 그는 다시 허리를 펴고 천천히 골목을 올라가기 시작했다. 언제 따라붙었는지 후배가 그의 등 뒤에서 소리쳤다.

"어딥니까? 선배님!"

덩치에 비해 후배의 몸동작은 날랬다. 함 형사는 손가락으로 골목 위쪽을 가리키며 숨 가쁘게 말했다.

"녀석은…… 저 위쪽 골목으로 올라갔어…… 아마……."

그때, 100미터 전방에서 불길이 솟구쳐 올랐다. 골목의 폭이 좁아지는 곳이었다. 그곳에 주차되어 있는 자동차 주변이 환하게 밝아졌다. 타이어에서부터 시작된 불길은 금세 자동차 전체로 퍼져나갔다. 자동차 앞창이 깨지면서 '퍼펑' 하는 폭발음이 연이어 터졌다. 처음

불길이 솟았던 소나타에서 코란도로 불길이 번졌다. 그리고 그 위쪽에 주차되어 있는 자동차에서도 불길이 일었다. 평소의 방화범과는 전혀 달랐다. 승용차의 타이어 쪽에 신나를 붓고 불을 붙인 뒤 감쪽같이 사라지는 게 그동안의 패턴이었다. 자동차에 불이 붙고 사람들이 골목으로 뛰쳐나올 때쯤에는 이미 방화범의 모습은 보이지 않았다. 그런데 오늘은 동네 전체를 불바다로 만들 생각인지 대담하게 불을 지르고 다녔다. '마지막 파티라도 하려는 거냐?' 함 형사는 옆구리에서 권총을 뽑아 들었다. 불길에 휩싸인 코란도에서도 폭발이 일었다. 연료 탱크에 들어 있던 휘발유가 터지면서 폭음과 함께 붉은 기둥이 솟구쳐 올랐다. 골목 주변이 대낮처럼 환해졌다. 인접한 주택가에서 창문 깨지는 소리와 사람들의 비명소리가 터져 나왔다. 자동차에서 뿜어져 나오는 매캐한 냄새와 검은 연기가 전쟁터를 연상시켰다. 또 다른 자동차에서도 폭발이 일었다. 불꽃이 벽을 타고 주택가의 정원수에 옮겨 붙었다. 열기 때문에 함 형사의 얼굴은 화끈거렸다.

방화범은 불타는 골목 가운데에 서 있었다. 그는 신나가 들어 있는 플라스틱 병을 가지고 있었다. 함 형사는 머리카락이 쭈뼛 일어서는 느낌이었다. 녀석의 얼굴은 붉게 그을려 있었고 핏발 선 눈동자와 음침한 표정이 섬뜩했다. 함 형사는 38구경의 총구를 방화범에게 겨누며 소리쳤다.

"경찰이다! 손에 들고 있는 걸 버리고 앞으로 걸어 나와!"

그러나 그의 말이 채 끝나기도 전에 세 번째 폭발이 터졌다. 방화범의 등 뒤에 있던 또 다른 자동차였다. 함 형사는 몸을 흠칫거리며 다시 총을 겨누었다. 방화범은 폭발음이 들릴 때마다 하늘을 향해 짐승처럼 소리를 질러댔다.

"저 자식 저거 완전히 미친 새끼잖아요!"

옆에 있던 후배가 흥분한 목소리로 말했다. 방화범은 조울증에라도 걸린 사람처럼 울부짖다가 웃음을 터뜨리기도 하고, 그러다가 다시 괴로운 듯 괴성을 질러댔다.

"내 말 안 들려! 신나통 버리고 앞으로 나오란 말이야!"

함 형사가 공포탄 한 발을 쏘며 큰 소리로 다시 외쳤다. 그제야 방화범의 시선이 천천히 그에게 향했다. 불길 가운데 서 있는 방화범이 어떻게 열기를 견디고 있는지 이해할 수 없었다. 함 형사와 후배 형사는 골목 위에서부터 불어오는 열풍 때문에 눈이 아렸다. 방화범의 오른손에는 라이터가 들려 있었다. 함 형사에게 다가오면서 그가 소리쳤다.

"난 시키는 대로 했을 뿐이야! 난 단지 시키는 대로 했을 뿐이야!"

되풀이해서 말하는 방화범의 얼굴은 화상을 입은 것처럼 벌겋게 달아올랐다. 머리카락에서 연기가 피어올랐다. 후배의 말대로 완전히 정신이 나간 것처럼 보였다. 함 형사는 다가오는 방화범에게 계속해서 경고를 했다.

"신나통은 바닥에 내려놔!"

함 형사의 말에 방화범은 아무런 대꾸도 하지 않았다. 계속해서 의미를 알 수 없는 말을 독백처럼 내뱉었다. 그의 붉은 눈동자에서 눈물이 글썽거렸다. 방화범의 왼손에 있는 플라스틱 병은 1.5리터짜리였다. 그 병에 불이 붙기라도 하면 방화범뿐 아니라 함 형사나 후배 형사도 위험해질 것 같았다. 또 다른 자동차에서 폭발이 일어났다. 두 형사와 방화범의 거리가 5미터 앞까지 가까워졌다. 위기를 느낀 후배 형사가 폭발음에 놀란 나머지 방아쇠를 당겼다. 함 형사가 말릴 사이도 없이 총알은 정확히 범인이 들고 있던 플라스틱 병에 명중했다. 플라스틱 병이 산산조각나면서 병 안에 들어 있던 신나가 사방으로 퍼져나갔다. 동시에 주위에 있던 불길이 방화범의 몸을 휩싸고 돌았다. 순식간에 일어난 일이었다. 그는 절규하듯이 양손을 위로 향했다. 함 형사가 윗옷을 벗어 방화범에게 다가갔다. 골목 아래에서는 소방차 사이렌이 요란하게 울리고 있었다. 얼빠진 사람처럼 서 있던 후배 형사도 겉옷을 벗어 방화범에게 달려들었다.

26

민성은 학교 교정과 도로 사이의 돌담을 걸었다. 어른 키 높이의 돌담은 일정한 간격을 두고 분홍색 벽돌이 마름모 모양으로 박혀 있었다. 담 위쪽은 기와를 얹은 탓에 고풍스러운 분위기를 풍겼다. 기와 너머로 만개한 벚꽃이 바람에 흩날리고 있었다. 부산보다 일주일은 늦게 벚꽃이 피기 시작했을 것이다.

도서관은 인문관 건물에서 산 위로 10분 정도 걸어 올라가야만 했다. 기역자 모양의 붉은색 벽돌 건물로 이뤄진 도서관은 초록색 창문틀이 20센티미터 정도 밖으로 돌출되어 있었다. 민성은 중앙으로 이어진 아스팔트 도로를 걷는 대신 샛길을 이용했다. 건물과 건물 사이엔 은행나무가 심어져 있었는데 갓 자라기 시작한 잎이 연초록을 띄고 있었다. S자 모양으로 휘어진 오솔길을 오르자 학교 축제를 알리는 대자보가 붙어 있는 도서관 벽이 나타났다. 도서관 입구는 배흘림기둥 다섯 개가 나란히 지붕을 받치고 있었다. 민성은 대리석 계단을 가벼운 발걸음으로 걸어 올라갔다.

열람실은 1층 로비를 지나 오른쪽 방에 있었다. 통유리로 된 벽을 지나 검색대를 통과했다. 검색대 바로 앞에는 머리를 뒤로 묶어 올린 검정색 원피스를 입은 사서가 앉아 있었다. 민성은 그녀에게 졸업앨범이 보관되어 있는 곳을 물었다. 여자는 친절하게 '3층에 있는 연속간행물실로 가보세요.' 라고 알려 주었다.

연속간행물실의 C열로 걸어간 민성은 책장 중간쯤에서 졸업앨범을 찾을 수 있었다. 하지만 전공과 학번만으로 앨범에서 그를 찾는다는 것은 한계가 있었다. 민성은 참을성 있게 1998년부터 2004년 사이의 졸업앨범을 빠트리지 않고 살펴봤다. 중간에 자판기 커피를 마시고 화장실에 들어가 얼굴을 씻은 것 외에는 꼬박 3시간 동안 열람실 의자에 앉아 수상자의 이름을 조사했다. 그러나 어떠한 단서도 얻지 못했다. 앨범에 없다면 졸업을 하지 않았을 가능성에 대해서도 생각해야만 했다. 민성은 도서관 건물과 옆 동 사이에 있는 등나무 벤치 아래에서 담배를 피웠다. 도서관은 평일 오후임에도 불구하고 학생들로 붐볐다. 그는 두 개비 째 담배를 피운 뒤에 기지개를 켰다. 그리고 다시 연속간행물실로 들어가 99년과 2000년, 2001년 졸업앨범을 꺼내 펼쳤다. 의예과 졸업생들의 주소록과 집 전화번호를 뒤져 복사를 하고 나서 민성은 도서관을 빠져나왔다.

야외공연장의 스탠드는 조용했다. 조개껍질을 펼쳐놓은 것 같은 공연장에는 며칠 전에 있었던 페스티벌을 알리는 선전문구가 아직 붙어 있었다. 스탠드 아래쪽에는 1학년으로 보이는 남학생이 비스듬히 앉아 음악을 듣고 있었다. 민성은 스탠드 위쪽에 자리를 잡고 주소록에 나와 있는 졸업생들의 연락처로 통화를 시도했다. 휴대폰은 대부분 번호가 바뀐 탓에 통화를 할 수 없었다. 그나마 다행스러운 건 졸업생들의 집 전화번호였다. 보이스피싱 때문인지 간혹 불신에 찬 목소리로 민성을 대하는 사람들도 있었다. 서른 통이 넘는 통화 끝에 수상자와 같은 해에 입학한 의예과 졸업생과 이야기를 나눌 수 있었다.

"혹시 학과 동기나 선후배 중에 이름을 들어보셨는지요?"

"아뇨. 기억이 잘 나지 않는데요."

잠시 생각에 빠져 있던 민성이 다시 입을 열었다.

"그럼 중간에 학교를 그만 둔 학생은 없었나요?"

"그런데…… 우리학과 졸업생이 확실한가요?"

"이 학교 의예과에 다녔다는 사실은 맞아요. 분명히 그는 천구백구십구 년에 학부 사 학년생이었어요."

"그렇다면 저와 같은 학번이었을 가능성이 많은데요……."

폴더 속의 남자는 한동안 침묵을 지켰다. 그 사이 민성은 공연장을 가로질러 걸어가는 커플을 멍하니 바라보았다. 어딘지 모르게 익숙한 풍경이었다.

"한 사람이 기억나긴 하는데…… 이름은 떠오르지가 않네요. 원체 말이 없고 혼자서만 놀던 녀석이라……."

"그에 대해 기억나는 건 없나요?"

"혹시 경찰이세요?"

"네?"

"오래 전에, 형사들과 이런 비슷한 이야기를 나눈 적이 있었거든요."

"혹시 방화사건과 관계가 있었습니까?"

"아, 맞아요! 방화사건…… 많은 사람이 죽었다고 들었어요……. 그 화재사건의 용의자 중 한 명이라고 형사가 말했던 것 같아요."

민성은 휴대폰을 오른손에서 왼손으로 바꿔 잡으며 길게 한숨을 내쉬었다.

"그 사람인 것 같습니다. 제가 찾고 있는 사람말예요……"

"그렇다면, 그에 대해 알고 있는 동기는 많지 않을 거예요. 전혀 우리들과는 어울리지 않았으니까……. 그리고 사 학년 무렵엔 학교에서도 볼 수가 없었거든요. 그해 여름방학이 시작될 무렵이던가, 의료봉사를 하러 부산에 내려간 이후로 소식이 끊기다시피 했으니까요. 형사들이 찾아오기 전까진……."

"의료봉사를 떠났다고요?"

"나병환자들이 살았던 곳이라고 했어요. 당시엔 정박아나 지체장애자들, 알코올 중독자들을 모아서……."

"용호농장의 병원을 말씀하시는군요?"

"글쎄요…… 병원이 어디에 있었는지는 잘 모르겠어요. 아무튼 제가 아는 건 거기까집니다. 그 친구와는 더 이상 엮이고 싶지 않아요."

남자와 통화를 끝낸 민성은 단축키를 눌러 그녀에게 전화를 걸었다. 하지만 그녀의 휴대폰은 꺼져 있었다. 민성은 빠른 걸음으로 학교를 빠져나갔다. 수상자의 동창생과 통화를 끝낸 뒤부터 이유도 없이 머리가 지끈거렸다. 학교 앞 약국에 들러 진통제 두 알을 먹은 뒤에도 두통은 사라지지 않았다. 민성은 버스 정류장 앞 의자에 앉아 양손으로 머리를 감싸 쥐었다. 구토와 함께 이마에 식은땀이 맺혔다. 민성은 창백한 얼굴로 진정제 두 알을 다시 입으로 가져갔다.

용호농장에서 발견된 유골들, 그리고 99년에 일어난 화재사건……. '수상자는 누구일까? 왜 현길에게 접근하려는 것일까?' 순간, 민성의 등줄기로 싸늘한 기운이 스쳐지나갔다.

용호농장의 병원. 통화 중에 갑자기 튀어나온 말이었다. 원의 도움으로도 떠올리지 못했던 화재사건 이전의 기억이기도 했다. 1999년 12월 24일, 용호농장의 병원에서 화재가 발생했다. 민성도 그 화재에서 살아남은 몇 안 되는 생존자 중 한 명이었다.

'드디어 그와의 연관성을 찾은 것 같군.'

27

미라는 김현의 방 내벽에서 발견되었다. 동부서 형사가 떼어낸 테노치티틀란의 거대 피라미드 사진과 토나이투라는 석상 사진 바로 뒷벽 안에서 몸을 45도 정도 기울인 상태로 발견되었던 것이다. 피부는 단단하고 건조했으며 아래로 향한 얼굴은 심하게 요철이 일어나 있었다. 반장은 얼굴을 찡그렸다. 강력계에 근무하는 동안 부패가 심한 익사체나 둔기에 얻어맞아 신체의 일부분이 심하게 훼손된 피해자의 시체를 접한 적은 있었지만, 미라처럼 변해 버린 시체를 대면하는 건 처음이었다. 밀폐된 공간과 실내를 둘러싼 느끼한 비린내 때문에 속이 울렁거렸다. '머리가 잘린 시체에, 이제는 미라까지.' 반장은 도리질을 치며 몇 가지 참고할만한 사항들을 메모했다. 옆에는 감식반원 한 명이 비디오로 미라의 모습을 꼼꼼하게 촬영하고 있었다. 반장은 과학수사과 경위에게 사건의 단서가 될 만한 게 있는지 물었다. 경위는 신원확보가 되지 않은 상태에서 어떠한 답변도 할 수 없다고 말했다. 십지 지문채취에 실패한 뒤였고 미라가 입고 있던 검은색 겨울외투에서도 신분을 확인할만한 물증을 찾지 못한 상황이었다.

"살해된 진 얼마나 된 것 같습니까?"

반장이 다시 과수과 경위에게 물었다. 그는 잠시 미라의 상태를 살피고 나서 대답했다.

"글쎄, 확실한 건 정밀부검을 해봐야겠지만…… 여기 보이시죠?"

경위가 미라의 피부를 손가락으로 가리키며 말을 이었다.

"피부가 회백색과 갈색을 띠고 있잖아요. 이 회백색 부분은 몸 안에 있던 수분과 지방이 결합해서 비누처럼 변해버린 겁니다. 그러니까 어느 정도 부패가 진행된 상태에서 미라화 되었다는 걸 알 수 있어요."

"그게 가능한가요?"

"이 방에서 발견된 혈흔요. 그건 살해당할 때 다량의 출혈이 있었다는 걸 증명하는 겁니다. 고대이집트에서 미라를 만들기 위해 시신에서 일부러 피를 뽑아내는 것처럼 말이에요……."

"범인도 그랬을 거란 말입니까?"

"확신할 순 없지만요."

경위는 어깨를 으쓱이며 대답했다.

"어쨌든 미라화 되려면 최소한 몇 개월 이상의 시간이 필요합니다. 지금 제가 말할 수 있는 건 여기까지예요."

반장은 과수과 경위의 말을 들으면서 김현이 3년 전에 사라졌다는 사실을 떠올렸다.

"신원 확보는 가능합니까?"

"보시다시피 얼굴은 부패 상태와 요철이 심해서요. 치과기록이 있다면, 치열모양으로 알 수도 있겠죠. 변사자의 유전자 감식도 가능합니다. 필요하다면 슈퍼임포즈를 이용할 수도 있어요."

"지문감식은 어떻습니까?"

"현재로선 가장 간단하고 정확한 방법이긴 합니다만……. 실리콘 러버를 이용해 봐야죠. 그래도 안 되면 북어포 지문채취법을 사용할 겁니다."

"변사자의 신원을 확인하는데 얼마나 걸릴까요?"

"글쎄…… 그게 쉽게 장담할 수 없겠는데요. 지문채취를 할 수 있느냐 없느냐에 따라 며칠에서…… 한 달이 넘게 걸릴 수도 있으니까요."

"벌써 두 사람이나 살해를 당했습니다."

반장의 간절한 시선을 느꼈는지 경위는 입술을 실룩거린 뒤 다시 입을 열었다.

"최대한 노력은 할 겁니다. 김이라고 이쪽 방면으로 뛰어난 친구가 있으니까요. 십지 지문만 채취할 수 있으면 미라의 신분을 알아내는 건 식은 죽 먹기죠."

경위는 자신감 가득한 얼굴이었다. 반장은 안심이 되는지 그에게 고개를 끄덕였다. 경위와 인사를 나눈 뒤 복도로 나온 반장은 동부서 형사와 나란히 경찰병원 현관으로 걸어 나갔다.

"미라는 누굴까요?"

"글쎄, 검사결과가 나오기 전까진 알 수가 없겠지."

"이번 사건과 관계가 있겠죠?"

"미라가 김현이든 아니든 제 3의 인물이 존재한다는 소리겠지. 그가 누구이든 여대생 연쇄살인사건과 관계가 있을 거라고 난 생각하는데……."

"어쨌든 기분 나쁜 사건이에요."

조수석에 올라탄 반장에게 동부서 형사가 물었다.

"박 형사에겐 연락이 왔나요?"

"어젯밤에……. 인천에 있는 보육원에 잠시 들렀다가 화재사건을 조사해 볼 생각인가 봐."

"첫 번째 피해자의 아버지와도 관계가 있다고 하셨죠?"

"화재가 일어났던 병원에서 근무를 했으니까."

시동을 걸기 전에 반장은 생각난 듯 수첩에서 메모지 한 장을 꺼내 동부서 형사에게 내밀었다.

"아, 그리고 동부서 수사반장에게 또 한 가지 부탁하고 싶은 게 있어."

"우리 반장님한테요? 뭡니까?"

"화재사건에서 살아남은 생존자들이 있다고 들었거든. 그들에 대한 정보가 필요해. 그리고 그 병원에 대해서도."

"개인정보보호법 때문에 요즘은 뒷조사가 쉽지 않습니다……."

"그러니까 자네 반장한테 부탁하는 거야. 마당발이란 별명답게 정보 수집엔 도가 튼 사람이니까. 내 이야기나 전해줘."

차는 어느새 주차장을 지나 도로로 진입하고 있었다.

28

원장수녀는 60대의 후덕한 인상을 가지고 있었다. 그녀는 에이프런을 옷걸이에 걸어두고 박 형사가 앉아 있는 소파로 다가왔다. 원장실 안은 검은색 소파와 원목책상, 책장이 단출하게 놓여 있었다. 창문과 마주 보는 벽에는 조그만 나무 십자가가 걸려 있었고, 십자가 아래 벽면은 아이들 사진으로 빽빽하게 장식되어 있었다.

"부산에서 올라오셨다고요?"

원장수녀가 부드러운 목소리로 물었다. 박 형사는 고개를 끄덕이면서 검은색 가죽소파에 앉았다. 은테 안경에 흰머리가 듬성듬성 나 있는 원장수녀의 모습이 친근해 보였다. 그녀가 들고 있는 묵주는 손등의 주름만큼이나 오래된 듯 표면이 반들거렸다.

"시간을 내주셔서 감사합니다."

원장수녀의 얼굴에 잠시 그늘이 졌다. 그녀는 묵주를 매만지면서 박 형사에게 입을 열었다.

"현이 때문이라고 들은 것 같은데…… 맞나요?"

박 형사는 말없이 고개를 끄덕였다. 어젯밤 늦게 연락이 온 반장은 김현의 자취방에서 미라를 발견했다고 말했다. 통화를 끝낸 뒤 민성은 좀체 잠을 이룰 수 없었다. 그의 방에서 발견된 미라가 누구인지 궁금했다. 반장은 운이 좋으면 일주일 안에 미라의 신원을 확인할 수 있을 거라고 했다.

"그가 행방불명이라는 사실을 모르고 계셨습니까?"

박 형사가 되물었다. 원장수녀는 놀란 표정으로 성호를 긋고 나서 짧은 기도문을 외웠다.

"현이가요?"

"네, 삼 년 전 그는 흔적도 없이 사라졌어요."

"그랬군요. 그래서 그동안 연락이 없었던 거예요."

그녀는 혼잣말처럼 내뱉으며 두 손을 꼭 쥐었다.

"언제부터 다시 연락을 하고 지냈습니까?"

"대학에 들어갈 무렵이었어요. 그때부터 크리스마스엔 빠지지 않고 보육원을 찾아왔죠. 삼 년 전부터 소식이 없어서…… 그렇잖아도 걱정을 하고 있었어요."

"마지막으로 이곳을 찾아온 건 그럼……?"

"삼 년 전 크리스마스이브였어요."

"그의 마지막 모습이 기억나세요? 우울해 보인다든가 고민 같은 것이 있었는지……."

"현이는 사려 깊은 아이였어요. 항상 보육원 생각을 먼저 했죠. 갑자기 사라질 만큼 무책임한 아이가 아니에요. 무슨 일이 있었다면 분명히 저와 의논을 했을 테니까……."

"행방불명 이후 그를 목격한 사람이 아무도 없습니다."

"……매일 기도를 드리겠어요. 우리 현이를 찾게 도와달라고. 그런데 그 아이가 왜 말도 없이 사라졌는지……. 혹시, 사고를 당한 건 아닐까요?"

원장수녀는 마음이 진정되지 않는 듯 박 형사에게 계속해서 질문을 던졌다. 그녀의 목소리는 처음과 달리 상냥함을 잃어가고 있었다. 박 형사는 그녀의 말을 들으면서 김현에 대해 더더욱 갈피를 잡을 수 없었다. 여대생의 목을 자르고 심장을 뜯어낼 만큼 잔인한 짓을 저지를 위인으로 느껴지지 않았다. 시니컬한 성격에 사람들과 어울리지 못했다는 증언이 많았지만 보육원에서 만큼은 다르게 행동했던 모양이다. 그룹과외를 받았던 미스터리M 학생들의 불안한 모습이나 다세대주택에서 만난 어린 소녀의 아버지가 들려주었던 김현과 원장수녀가 말하는 김현 중 어느 쪽이 진짜 그의 본모습인지 박 형사는 궁금했다.

"어떻게 보육원에 들어오게 되었던 겁니까?"

원장수녀는 기억을 더듬듯 잠시 눈을 감았다가 떴다.

"천구백구십구 년 겨울이었어요. 그 날, 아마 첫눈이 내렸을 거예요. 저녁식사가 끝날 때쯤 한 남자가 두 아이를 데리고 보육원으로 찾아왔죠. 서른은 넘어 보이는 남자는 몹시 지쳐 있었어요. 그때 현이의 나이가 일곱 살이었을 거예요. 남자는 저와 수녀님들 앞에 무릎을 꿇은 채 아이를 맡아 달라고 간곡히 부탁을 하더군요. 꼭 다시 데리러 오겠다고……."

"하지만 연락이 없었군요."

원장수녀는 말없이 고개를 끄덕였다.

"그 남자가 친아버지였습니까?"

"그건 몰라요. 단 한 번도 그 남자에 대해 말한 적이 없었으니까……. 현이와 비슷한 사연을 가진 아이들이 보육원엔 많이 있어요. 개중엔 일 년이나 이, 삼 년 뒤에 아이를 데려가는 부모님들도 계시죠. 하지만 현이의 경우엔 아니었어요."

다시 생각에 잠긴 듯 원장수녀의 시선이 창밖으로 향했다. 격자로 된 창문 틈으로 아카시아향이 흘러들어왔다. 보육원 아이들 몇몇이 아카시아나무 주위에서 놀고 있었다. 머리를 짧게 깎은 남자아이 하나가 아카시아꽃잎을 따려고 나뭇가지 위로 올라가고 있었다.

"그러고 보니 기억나는군요. 현이가 여길 방문했을 때 말이에요. 저에게 나쁜 피에 대해 이야기한 적이 있었어요. 자신의 몸속엔 사악한 피가 흐르는 것 같다고……. 야단을 치긴 했지만…… 갑자기 그런 말을 하는 이유를 물어봐야 한다고 생각했어요. 전혀 현이답지 않은 행동이었으니까."

"보육원에 그를 맡겼던 남자와 연락이 닿았던 건 아닐까요?"

"저도 비슷한 생각을 했지만 현이는 그에 대해서 단 한마디도 하지 않았어요."

박 형사는 영재의 말을 떠올렸다. '선생님은 테노치티틀란이 십육 세기 멕시코에서만 존재했던 도시가 아니라고 했어요. 자신에게 그러한 사실을 깨치게 한 사람이 나타났다고요. 그리고 갑자기 사라져 버린 거예요…….' 영재의 말대로라면, 김현이 동아리 아이들과 함

께 용호농장 근처의 산 속에 제단을 만든 건 우연이 아니었다. 합법
적인 살육이 만연했던 테노치티틀란과 용호농장, 그리고 그곳에 있
는 병원에서 근무를 했던 첫 번째 피해자의 아버지.

"여길 나간 건 언제였습니까?"

"초등학교를 졸업할 무렵이었어요. 입양이 되었죠. 똑똑하고 어른
스러운 아이였으니까 인기가 많았어요."

"그럼 양부모님을 따라……."

"네."

"그분들과 연락을 할 수 있을까요?"

"불행하게도……."

잠시 침묵을 지키던 원장이 입을 열었다.

"두 분 모두 돌아가셨어요. 끔찍한 사건이 있었죠. 현이가 고등학
교 일 학년 때의 일이에요."

"무슨 일이 있었습니까?"

"양부모님이 운영하던 식당에 화재가 발생했어요. 낡은 건물들이
모여 있던 재래시장이라 순식간에 모든 걸 태워버렸죠. 많은 분들이
그 화재로 돌아가셨는데 그때 두 분도 함께……."

원장 수녀는 성호를 그으며 기도를 했다. 박 형사는 아무 말도 할
수 없었다. 이 모두가 우연은 아닐 거야. 그렇다면 어디서부터 시작
을 해야 할까?

박 형사는 길게 한숨을 내쉬고 나서 원장수녀에게 말했다.

"바쁘실 텐데 시간 내주셔서 감사합니다."

"그런데……."

일어서는 박 형사에게 원장수녀가 걱정스러운 얼굴로 물었다.

"현이를 찾을 수 있을까요?"

박 형사는 잠시 원장수녀의 얼굴을 내려다보았다. 쉰을 넘긴 나이에도 티 없이 맑은 눈을 가지고 있었다. 종교와 아이들을 위해 평생 헌신했기 때문일 것이다.

"그게 제 일이니까요……. 그를 찾으면 제일 먼저 원장선생님 안부를 전하겠습니다."

원장수녀가 박 형사의 손을 잡았다. 박 형사도 그녀의 손을 꼭 쥐며 미소를 지었다. 소파에서 일어나 문으로 걸어가던 박 형사가 아이들 사진이 붙어 있는 벽 앞에서 멈칫거렸다. 박 형사는 저 사진들 중에 김현의 모습도 있는지 궁금했다. 원장수녀가 박 형사 옆으로 다가오면서 입을 열었다.

"모두 여길 거쳐 간 아이들이죠. 전 이 사진들을 보면서 하루를 시작해요. 그들 모두에게 축복과 행운이 함께하길 기도드리죠."

"사진 중에 김현 씨도 찾을 수 있을까요?"

"그럼요."

원장은 주름진 손을 들어 사진 한 장을 가리켰다. 90년대에 찍은 색이 바랜 컬러사진이었다. 박 형사는 원장이 가리키는 사진을 자세히 들여다보았다. 성모상이 있는 보육원 앞 화단에서 촬영한 것 같았다. 초등학생으로 보이는 김현은 청바지에 로고가 새겨진 점퍼를 입고 있었다. 양손에 꽃다발과 트로피를 든 채 환하게 웃는 모습이 천진스러워보였다. 그러나 박 형사의 시선을 끈 것은 김현의 등 뒤에 서 있는 아이였다. 박 형사는 좀 더 벽 가까이 다가갔다.

"현이는 초등학교시절부터 많은 상을 받았어요. 공부는 물론이고 글재주도 뛰어났죠."

"그렇군요. 그런데…… 위탁시 함께 온 아이가 동생이나 형이었습니까? 뒤에 서 있는 아이가 그와 많이 닮은 것 같은데."

카메라 초점 때문인지 얼굴은 흐릿했지만 카메라 렌즈를 노려보는 모습이 김현과 닮은 구석이 있었다. 환하게 웃고 있는 그와는 달리 소년은 그늘지고 우울해 보였다.

"저 아이…… 말인가요?"

원장수녀의 목소리가 낮게 가라앉았다. 그녀는 굳은 표정으로 박 형사에게 말을 이었다.

"현이의 쌍둥이 형제예요."

"쌍둥이요? 저 친구는 지금 어디에 있습니까?"

"그 아인……."

원장수녀의 얼굴이 다시 어두워졌다. 박 형사는 조급한 마음을 드러내지 않으려고 애를 썼다. 머뭇거리던 그녀가 힘겹게 입을 열었다.

"지금도 저 아일 용서할 수가 없어요. 저 아이가 저지른 끔찍한 일들을……."

그녀의 눈자위가 발갛게 물들기 시작했다. 원장수녀는 자리에 주저앉아 성호를 긋고 두 손을 가슴으로 가져갔다.

"죄송해요. 저 아일 나쁘게 말해선 안 되는데…… 정말 죄송해요."

원장수녀는 아랫입술을 깨물었다. 눈물방울이 그녀의 뺨을 타고 흘러내렸다.

"그러니까, 현이가 일곱 살 되던 해였어요. 그해 여름은 가뭄과 무더위로……."

29

김은 따뜻한 물에 남아 두었던 미라의 손가락을 집어 들었다. 물기를 닦아내고 알코올로 손가락 표면에 묻어 있는 이물질을 제거했다. 만 하루 동안 따뜻한 물에 담가두었지만 손가락의 속살은 좀처럼 불어나지 않았다. 어젯밤에는 실리콘러버법으로 지문 채취를 시도했지만, 역시 손가락 표면의 주름이 펴지지 않아 지문 채취에 실패했다.

김은 거즈로 미라의 손가락을 둘러쌌다. 그리고 좀 더 신 나는 곡으로 바꾸어 틀었다. 그는 작업이 있을 때마다 늘 음악을 틀어놓는 버릇이 있었다. 조금 전에 남부경찰서에서 온 독촉전화를 제외한다면 김의 기분은 매우 평온했다.

"자, 이제 슬슬 시작해 볼까. 여기저기서 당신이 누구인지 궁금해하거든."

김은 혼잣말로 중얼거리면서 받침대를 미라 옆으로 가져갔다. 미라의 손가락 위에 거즈를 두껍게 올려놓고 나무망치를 집어 들었다. 김은 미라의 오른손 집게손가락부터 피부조직이 상하지 않도록 조심스럽게 두들겨 댔다. 손가락의 표피와 살이 분리될 때까지 망치질을 계속했다. 김은 이마에 맺힌 땀을 닦으며 벽에 붙어 있는 시계를 바라보았다. 한 시간 정도의 여유가 필요할 것 같았다. 그는 오른손

중지의 망치질을 하다 말고 싱크대 앞으로 걸어가 따뜻한 물을 받았다. 그리고 미라의 왼손을 다시 물속에 담그고 나서 망치질을 계속했다.

김이 북어포 지문채취법을 이용하는 것은 이번이 두 번째였다. 처음으로 북어포 지문채취법을 사용한 것은 2년 전이었다. 야산에서 신원미상의 시체가 발견되었는데 미라 상태였다. 우리나라의 기후 조건에서 보면 야산에 방치되어 있던 시체가 미라화되는 현상은 매우 드문 일이었다. 골짜기에서 불어오는 건조하고 싸늘한 바람 때문이라는 결론이 내려졌지만 그것 또한 백 퍼센트 장담할 수 없었다. 미라 옆에는 농약병과 소주병, 그리고 조잡하게 휘갈겨 쓴 메모지가 있었다. 하지만 타살의 가능성에 대해서도 배제할 수 없었다. 이번 경우처럼, 오랜 시간 물에 불리거나 실리콘러버법으로도 미라의 지문채취에 성공할 수 없었다. 쫓기는 마음으로 김이 선택한 마지막 방법이 바로 북어포 지문채취법이었다. 덕분에 그는 아슬아슬하게 미라의 신분을 확인할 수 있었고 그가 교살된 뒤에 야산으로 유기되었다는 사실을 밝혀낼 수 있었다.

"그땐 정말이지 기분이 좋았어. 처음 시도하는 지문채취법이었기 때문에 걱정도 많이 했다고. 이번에도 잘 돼야 할 텐데 말이야. 당신이 누구인지만 밝혀낼 수 있어도 범인을 잡을 수 있는 확률은 엄청나게 높아지거든. 억울하다면 당신도 힘내는 게 좋을 거야."

김은 마지막으로 오른손 엄지손가락을 나무망치로 두들겼다. 미라의 손가락은 지문채취법의 이름처럼 물에 불린 북어포같이 변해 갔다. 뒷목과 어깨의 근육이 뻐근했기 때문에 그는 망치질을 끝낸 후에 5분 정도 목 뒤 근육과 어깨 근육을 풀어주었다. 자리에서 일어나 스테인리스 쟁반을 들고 미라 옆으로 돌아온 김은 희멀건 실리콘 액이 들어 있는 주사기를 집어 들었다.

손가락의 지두와 중절문 사이의 마디에 주삿바늘을 쑤셔 넣고 실리콘 액을 집어넣었다. 쪼그라져 있던 미라의 손가락은 이내 탱탱하게 부풀어 올랐다. 경위는 손가락의 주름이 깨끗하게 펴쳐졌는지 확인하고 나서 만족한 표정을 지었다. 똑같은 방법으로 미라의 나머지 오른손 손가락에서부터 왼손 손가락까지 모두 실리콘을 주입했다. 실리콘이 굳어질 때까지 시간이 필요했기 때문에 김은 해부실 한쪽에 있는 자신의 책상으로 걸어갔다. 해부실 바닥에 깔려 있는 타일은 연두색이었는데, 타일과 타일 사이의 백시멘트는 붉은 물이 들어 있었다. 하루에 몇 번씩 바닥청소를 하지만 시체에서 흘러내린 핏물이 바닥 사이를 가로질러 배수구로 흘러들어가는 경우가 많았다. 사람의 피 냄새와 포르말린 냄새에 적응하는데 김은 2년 가까운 시간이 필요했다. 그는 비닐장갑과 마스크를 저울 옆에 벗어두고 의자에 앉았다.

영국에 있는 아내가 보내준 인도산 홍차를 책상 서랍에서 끄집어냈다. 그는 아내에게 전화를 걸까 하다가 한국과의 시차를 생각한 뒤에 마음을 고쳐먹었다. 따뜻한 물이 들어 있는 유리 주전자에 홍차 잎을 넣고 알코올램프 위에 올려놓았다. 조금 있으면 홍차 특유의 향이 배일 것이다. 김은 주전자의 물이 끓을 때까지 책상 앞에 앉아 자신이 작성한 미라의 부검 감정서를 읽었다. 2년 전 야산에서 발견되었던 미라는 육식성 야생 동물 때문에 훼손이 많았다. 야생

동물의 날카로운 이빨이 미라의 뼈에 상처를 남김으로써 검시를 시작할 때 많은 혼선을 일으킨 것이다. 하지만 이번엔 달랐다. 벽 속에서 발견되었기 때문에 미라의 보존상태는 완벽하다고 할 수 있었다.

김은 먼저 여러 장의 X선 사진을 집어 들었다. 신장은 1미터 80센티미터에 가까웠다. 골 밀도와 치아의 상태로 봐서 미라는 서른 전후의 남자일 가능성이 많았다. 의치는 없었고 상하악 상호 치아의 마찰이나 음식물과의 접촉에 의해 생기는 치면의 마찰 정도로 추정할 수 있는 대략적인 나이 역시 20대 후반에서 30대 중·후반이었다. 직접적인 사인은 미라의 왼쪽 가슴 부위에 난 자창이었다. 10센티미터 가량 세로로 나 있는 자창은 미라에게는 치명적인 상처가 되었을 것이다. 서 있는 상태로 몸이 45도 정도 기울여 굳어 있었다는 것은 미라가 살해당한 뒤에 곧바로 벽 속에 파묻히지 않았다는 사실을 말해 주고 있었다. 사후 강직이 일어날 때까지 범인이 의도적으로 기다렸는지, 아니면 시체를 처리하기 위해 고심했는지는 알 수 없는 일이었다. 하긴, 이유가 무엇이든 범인은 매우 지능적이고 침착한 사람임에 틀림없었다.

김은 연기가 피어오르는 주전자를 알코올램프에서 내려놓고 코를 가져갔다. 홍차 특유의 새콤한 향이 났다. 하루에 커피를 다섯 잔 이상 마시는 그의 습관을 바꾸기 위해 아내가 권한 것이 홍차였다. 카페인에 중독되다시피 한 그에게 처음부터 홍차가 입에 맞을 리는 없었다. 설탕을 넣거나 우유를 섞어 마시면서 입맛을 바꾸는 데만 7개월이 걸렸다.

비커 모양의 유리잔에 홍차를 따라 마시면서 김은 미라의 어깻죽지에서 발견한 문신 사진을 집어 들었다. 그가 미라에 대해 관심을 가지기 시작한 것도 바로 문신 때문이었다. 손바닥만 한 크기의 문신이 원형 그대로 남아 있다는 것은 기적을 넘어 불가사의한 일이라고밖에 설명할 말이 없었다. 미라화 되었다고는 하지만, 영양배지나 저온보존용액 같은 특수한 약품처리를 하지 않은 이상 이렇게 선명하게 문신이 남아 있을 이유가 없었던 것이다. 김은 사진을 얼굴 가까이 가져가 살펴보았다. 조폭이나 양아치들이 등짝이나 팔뚝에 새기는 흔한 문신이 아니었다. 뱀의 얼굴 같기도 하고 어떻게 보면 사람의 얼굴 같기도 했다. 그는 부검을 하면서 문신이 새겨진 어깻죽지의 피부에 저절로 손이 갔다. 건조하고 요철이 심한 부위와는 달리 문신이 새겨진 어깻죽지의 피부는 믿기지 않을 만큼 탄력이 있었다. 김은 그 순간의 섬뜩함을 잊을 수 없었다.

'분명히, 눈에 익은 그림이긴 한데 기억이 나지 않아…… 정말, 당신이 누구인지 궁금하다고.'

김은 감정서 철 위에 사진을 던져놓고 홍차를 다시 한 모금 마셨다. 그리고 책상 위에 있는 시계를 바라보았다. 미라의 손가락에 주입한 실리콘이 굳어질 시간이 이미 지나 있었다.

미라의 손가락을 다시 한 번 알코올로 깨끗이 닦았다. 시체 지문 채취기를 미라 옆에 놓아두고 지문 채취용 잉크를 손가락에 발랐다. 세 번을 반복해서 지문을 찍었고 그 중에서 제일 잘 나온 두 번째 십지 지문을 자세히 들여다보았다. 부분적으로 훼손된 곳이 있었지만 만족스러웠다. 김은 스캔을 이용해서 미라의 십지 지문을 컴퓨터에 입력하고 그것을 경찰청에 있는 과학 수사과와 관할 경찰서의 담당 형사에게 보냈다. 잠시 망설이던 김은 미라의 어깻죽지에 새겨진 문신 사진과 감정서도 동봉했다.

30

원장수녀를 만난 박 형사는 서초동으로 가기 전에 인천중부경찰서를 먼저 방문했다. 당시 송현 시장에서 발생한 화재사건으로 김현의 양부모를 포함해 다섯 명이 사망하고 소방서 추산 5억 7000만 원의 재산 피해가 발생했다. 화재 원인은 끝내 밝혀지지 않았으며 당시 고등학교 1학년이었던 김현에게는 화재보험과 생명보험을 비롯해 10억 원이 넘는 돈이 상속될 예정이었다. 그리고 1999년 12월 24일, 부산 용호농장에서도 화재사건이 발생했다. 이 화재사건으로 이은희의 아버지를 비롯해 많은 사람들이 목숨을 잃었다. 그리고 12년 뒤, 이은희 역시 목이 잘린 채 살해당하고 그녀의 아버지가 사용하던 오피넬이 살해흉기와 함께 발견되었다. 박 형사는 이 두 건의 화재사건이 우연하게 일어나지 않았을 거라고 확신했다.

12년 전에 있었던 화재사건의 기록과 자료를 찾는 건 쉽지 않았다. 그나마 다행스러운 건 남부서에서 근무하다가 검찰청으로 들어간 친구가 도움을 줄 수 있는 자리에 있다는 사실이었다. 그 친구의 도움으로 당시 화재사건을 담당했던 검사와 전화통화를 할 수 있었다. 검사는 작년에 화재수사지원팀이 만들어지면서 대부분의 자료들이 그쪽으로 넘어간 상태라고 말해 주었다. 방화용의자가 잡히지 않은 바람에 사건은 미결로 남아 있었기 때문이다.

"지금 화재수사지원팀으로 갈 예정입니다."

"자료를 열람할 수 있도록 전화를 걸어뒀네……. 그런데 궁금하군. 십이 년 전의 화재사건에 관심을 가지는 이유가 말이야."

"이번에 저희 관내에 살인사건이 발생했는데 피해자의 아버지가 십이 년 전, 그 화재사건으로 목숨을 잃었습니다."

"호기심이 생기는데. 관련성이 있다면 따로 연락을 주겠나?"

"네. 그렇게 하겠습니다."

전화를 끊은 박 형사는 곧장 검찰청으로 향했다.

검찰청 로비에서 기다리고 있던 동기와 오랜만에 인사를 나눈 뒤 박 형사는 곧장 마약검사실을 지나 별관 건물로 들어갔다. 디지털 포렌식 센터의 보안출입문을 지나 유전자감식실 앞에 있는 엘리베이터를 타고 화재수사지원팀으로 들어갔다. 담당검사가 미리 전화를 해 둔 덕분인지 수사지원팀의 수사관이 화재사건의 자료가 든 종이박스를 준비해놓고 기다리고 있었다. 박 형사는 그와 눈인사를 건넨 뒤 종이박스를 들고 소회의실로 들어갔다. 자신을 소방경이라고 밝힌 사내가 자판기 커피를 들고 와 박 형사에게 건네주었다. 화재수사지원팀에는 검찰청소속 수사관과 소방방재청 소속 소방경이 같이 근무를 하고 있었다. 그들 역시 박 형사와 마찬가지로 화재사건에 대해 관심이 많았다.

"팀이 만들어지면서 그동안 미결로 남아 있던 굵직한 화재사건 몇 개를 재조사하고 있어요. 이번 건 역시 담당검사의 의뢰가 있었죠.

시뮬레이션결과 수상한 점을 발견했거든요."

"용의자가 있었다고 들었습니다."

박 형사가 종이박스의 뚜껑을 열면서 물었다.

"화재 당시의 현장사진만 분석해도 철저하게 준비가 되어 있었다는 걸 알 수 있어요. 어떤 목적을 가지고 불을 지른 게 확실해요."

그리고 덧붙이듯 말했다.

"상자 안에 방화용의자를 심문하면서 찍은 테이프가 남아 있더군요……. 흥미로울 겁니다."

화재사건으로 서른한 명이 사망했고 생존자는 병원장을 포함해 세 명뿐이었다. 사망자 중에 신원확인이 가능했던 사람은 모두 다섯 명에 불과했다. 그 다섯 명의 사망자 중에 이은희 아버지도 포함되어 있었다. 병원장을 뺀 생존자는 현장에서 검거된 방화용의자와 혼수상태로 종합병원으로 후송된 정체불명의 남자였다. 그 생존자는 1개월 만에 병실에서 깨어났다. 사건을 담당했던 형사가 면담을 하는 과정에서 그가 아무것도 기억하지 못한다는 사실을 알아냈다.

박 형사는 생존자들에 대한 정보가 필요하다고 메모를 했다. 그리고 현장사진들을 살펴봤다. 지하2층과 지상 5층으로 이루어진 정사각형 모양의 건물은 용호농장이 생기던 해에 지어진 오래된 병원이었다.

병원 건물 전체가 화재와 함께 크고 작은 폭발이 일어난 이유는 유증기[6] 때문이라는 감식결과가 나와 있었다. 그 밖에 건물 내부는 불에 잘 타는 가연성 내장재로 마감이 되어 있었고 스프링클러 같은 소방시설은 작동되지 않았다. 건물은 소방구획 같은 방화시설도 전혀 갖추어지지 않았던 것으로 밝혀졌다.

무엇보다 박 형사를 곤혹스럽게 만든 건 방화용의자에 대해서 아무것도 알아낸 게 없다는 사실이었다. 그는 신분을 나타낼만한 어떠한 것도 가지고 있지 않았으며, 화재사건으로 인해 손과 얼굴에 화상을 입은 상태였다. 지문 채취가 어려울 정도로 양손의 화상은 심했고 자신에 대한 진술 역시 거부했다. 경찰서에서 사라지기 전까지 그는 매우 혼란스러운 상태였으며 심문하는 과정에서 자신이 불을 질렀다는 고백을 세 번이나 반복했다는 기록이 남아 있었다. 그가 유일하게 화재사건에 대해 입을 연 대목이었다.

"나머지 화재사건의 사망자들은요. 그들의 신분은 알 수 없었습니까?"

박 형사가 소방경에게 물었다. 그는 어깨를 으쓱이며 대답했다.

"병원에서도 더 이상의 정보를 제공하지 못했어요. 모든 자료는 불타버리고 생존자는 기억을 잃어버리거나 병원장처럼 묵비권을 행사했으니까."

"방화용의자를 놓친 건 이해할 수 없는 부분이군요."

"그 때문에 사건을 맡았던 담당형사들과 몇몇 고위 간부들이 징계를 먹거나 옷을 벗었죠. 하지만 방화용의자의 행방을 끝내 찾을 수 없었습니다."

---

6) 유증기 : 휘발성 물질에서 발생하는 기체. 화재 및 폭발의 원인이 됨. 참고로 실내온도가 20도 정도인 밀폐된 공간에서 휘발유를 뿌리면 유증기가 발생하고 공기체적의 1.4에서 7.6 퍼센트 범위에 도달했을 때 점화가 일어나면 압력 상승으로 인한 폭발이 일어남.

"비리가 있었군요."

"병원에서 정기적으로 뇌물을 받았던 소방대원과 경찰들이 있었습니다······. 그들 중 한 명이 용의자의 탈출을 도왔어요. 자신의 비리가 밝혀질까 봐 미리 선수를 친 거죠."

윤 형사는 메모지에 다시 '방화용의자와 원장, 비리 경찰에 대해 알아볼 것'이라고 썼다. 피해자의 아버지는 병원이 만들어지던 해부터 원무과에서 근무를 했다. 그리고 화재가 발생하기 15년 전에 부장이라는 직함을 달았다. 그러한 사실이 피해자의 죽음과 관련이 있을까?

"방화용의자와 관련된 테이프를 볼 수 있을까요?"

"물론입니다."

소방경이 고개를 끄덕이며 상자 안에 있던 테이프를 가지고 소회의실 앞으로 걸어갔다. 텔레비전의 전원을 켜고 테이프를 넣은 후 블라인드를 쳤다. 파란 화면이 한동안 비치다가 곧 방화용의자의 모습이 모니터에 나타났다.

방화용의자는 의자에 앉아 정면의 하늘색 콘크리트벽을 멍하니 바라보고 있었다. 화상을 입은 그의 얼굴과 양손은 감염을 막기 위해 붕대로 감겨 있었다. 얼빠진 사람처럼 앉아있는 방화용의자의 얼굴을 주시하면서 박 형사는 담배를 꺼냈다.

"화상은 어디서 입은 걸까요?"

"검거 과정에서······. 자신의 몸에 휘발유를 뿌리고 불을 질렀다더군요."

"일부러 그랬을까요?"

검찰청수사관이 회의실로 들어왔다. 그는 박 형사의 맞은 편 자리에 앉으며 흥미로운 듯 방화용의자에 대해 말했다.

"용의자는 자신에 대해 아무 말도 하지 않았어요. 거기다 정서적으로 매우 불안한 모습이어서 많은 걸 캐묻기가 어려웠답니다. 사건이 사건인지라 담당검사가 직접 들어가서 심문을 했는데 옛날이야기를 늘어놓는가 메모지에 적힌 번호로 연락해달라고만 했대요. 검사는 정신감정을 의뢰해 보는 게 좋겠다는 판단을 했고……. 아무튼, 박 형사의 관심을 끌 만한 내용도 있을 겁니다."

소방경이 테이프의 속도를 빨리하다가 플레이 버튼을 눌렀다. 검은 화면이 다시 밝아지면서 테이블을 사이에 두고 있는 담당검사와 방화용의자의 모습이 나타났다. 그들은 한동안 말없이 앉아 있었다. 이미 심문은 끝난 뒤였다. 담당검사가 조서를 방화용의자에게 내밀며 말했다.

"당신이 저지른 이력섭니다. 읽어보고 덧붙일 말이나 사실과 다른 게 있으면 말해요."

방화용의자가 아무 말도 하지 않자 검사가 의자에서 일어서며 입을 열었다.

"조서에 대해서 이의가 없는 걸로 생각해도 되겠습니까? 그럼, 사인을 합시다."

"얼마나 들어가 있어야 하는 거죠?"

그때 방화용의자가 입을 열었다. 검사는 잠시 그를 내려다보다가 입을 열었다.

"판사에 따라서 달라지겠지만 무기에서 사형까지 때릴 수 있어요……. 각오해야 할 겁니다."

"무기징역에서 사형이라……. 그 녀석을 다시 만나지 않았다면 좋을 뻔했군요. 녀석에게 들은 이야길 해도 될까요?"

"하고 싶은 말이 있으면 하세요."

검사는 조서를 테이블 위에 내려놓고 다시 의자에 앉았다. 방화용의자는 붕대가 감긴 양손을 테이블 위에 올려놓고 입을 열었다.

"첫 번째 방화사건 말입니다. 녀석은 내게 말했어요. 처음으로 불을 지른 건 보육원에 다닐 때였다고요. 그때가 초등학교 1학년 때인가 그랬다고……. 보육원 안에 닭장이 있었는데, 그걸 모두 태워버렸다고 했어요. 이유는 닭고기가 먹고 싶었는데 벌칙을 받는 바람에 먹을 수가 없게 되어서…… 원장수녀에게 화가 많이 나 있었다고 했거든요."

방화용의자는 거기서 다시 웃음소리를 터뜨렸다.

"녀석에겐 형이 있었어요. 말이 없고 차분한 성격이었다고 하더군요. 물론, 사람들 앞에서만 그렇게 행동을 했다고 했어요……. 킥킥킥…… 그런데 그 형은 자신에게만은 항상 차갑고 냉정하게 대했다고 했어요. 원장 선생님도 형만을 편애하고 있었다고 말이에요. 녀석은 자기 나이 또래에서는 제일 힘이 셌었는데도 자신의 형에게만은 이길 수 없었다고 부끄러워했죠……. 아니, 녀석의 형은 누구도 두려워하지 않았을 거라고 말하더군요……. 아무튼, 친형이었지만 마음에 들지 않았다고 했어요……. 그 날은 아주 무더웠던 걸로 기억하고 있더군요. 보육원 마당엔 아지랑이가 피워 오르고 마치 온 세상이 다 타버릴 듯이 태양은 이글거리고 있었다고요. 녀석은 원장

선생님에게 매를 맞고 아침과 점심을 굶어야 했어요. 전날 밤에 여자아이 방에 사지를 찢은 개구리와 도롱뇽을 던져 넣은 게 들통나 버렸거든요. 검사님 아세요? 녀석은 그런 짓을 즐겨 했어요. 한 번은 도둑고양이 한 마리를 잡아서 가죽을 벗겨버렸대요. 특히 그 녀석은 검은고양이를 아주 싫어했어요. 검은고양이만 보면 잡아서 목을 잘라 버렸으니까. 킥킥킥킥……."

박 형사는 방화용의자의 웃음소리가 거슬렸다. 화면 속의 검사는 박 형사처럼 담배를 꺼내 입에 물었다. 라이터로 불을 붙이는 모습이 그로테스크하게 느껴졌다.

"두 끼를 굶고 보육원 안에도 들어가지 못한 채 닭장 옆에 쭈그리고 앉아 있었다고 했어요. 너무 무더웠기 때문에 땀이 비 오듯 흘러내려 속옷까지 젖어 버렸다고요. 그때 녀석의 형이 보육원 운동장을 가로질러 자신에게 다가왔다고 했어요."

"지금 공범 이야길 하는 겁니까?"

검사가 물었다. 방화용의자는 도리질을 치며 대답했다.

"아니…… 공범 이야길 하자는 게 아니에요……. 새하얀 피부에 미소년이었지만, 어딘지 모르게 차갑고 냉정한 느낌이 들었던 녀석의 이야기니까……. 그 녀석이 말했어요. 형이 자신의 앞에 서더니 하늘을 올려다보며 말했다고요. '뫼르소가 해변에서 아랍인에게 방아쇠를 당긴 건 저 태양 때문이었어. 태양이 너무 눈이 부셔서……. 넌 골든 서머라는 말을 아니? 태양의 열기와 빛이 절정에 달하는 날, 그들은 모두 태양신에게 제물을 바쳐야 한다는 걸 깨달았지. 저 열기와 저 빛이 사라지면, 곧 어둠과 추위와 궁핍이 몰려온다는 걸

알았으니까…….' 그러곤 녀석에게 조그만 성냥갑을 말없이 건네주
었다고 하더군요. 그때, 형의 얼굴은 너무나 평온해 보였다고 말이에
요."

"그럼, 그 성냥으로 닭장에 불을 질렀단 말입니까?"

"이상한 일이긴 하지만…… 그땐, 그럴 수밖에 없었다고 했어요.
뭐랄까…… 당시의 녀석은 너무나 배가 고팠고 무언가에, 아니, 모
든 것에 화가 나 있었다고 했거든요. 거기다, 날이 너무 무더웠다고
요. 물론, 그것이 불을 지른 이유의 전부가 될 순 없겠지만……. 아무
튼, 닭장 안에 있던 닭들이 타 죽는 걸 보면서…… 녀석은…… 아주
만족스러웠다고 말했어요."

잠시 말을 멈추었던 방화용의자가 다시 입을 열었다.

"그런데, 그 형을 다시 만나게 되었다고 했어요. 그러니까, 그게
언제였더라……. 그 날은 녀석에게 있어 아주 특별한 날이었다고 했
어요. 공장에서 이유도 없이 해고를 당해버렸고, 알고 지내던 여자
에게 바람을 맞았으니까……. 크크크……. 사실은 그 날, 그 여자에
게 청혼을 할 생각이었다고 했어요……. 웃기는 일 아니에요?"

"그래서 그 사람을 어떻게 만나게 되었습니까?"

"어느 술집이었는데, 녀석은 혼자 술을 마시고 있었다고 했어요.
그때 옆 테이블에서 여자와 이야기를 나누고 있던 녀석의 형이 다가
왔다고 하더군요. 어깨에 군살 하나 없는 깨끗하고 하얀 손을 올려
놓으며 자신의 이름을 조용히 불렀다고 했어요."

"그 사람이 라이터를 준 거요?"

"정말, 이상한 일이었다고 녀석은 말했죠. 형은 왜 혼자 술을 마시

고 있는지 물었다고 했어요. 많은 세월이 흘렀지만 형은 너무나 자연스럽게 녀석을 대했거든요. 마치, 보육원 시절로 되돌아간 듯한 착각이 들 정도로……. 형은 옆자리에 앉아 있는 여자를 가리키며 귀엣말을 했어요. 저 앤 오늘부터 그날이야. 길게 심호흡을 해봐. 전율이 느껴지지 않아……? 난 오늘 저애와 밤새도록 그 짓을 할 예정이거든. 크크크……. 녀석은 그때 발기가 되었다고 했어요. 참을 수 없을 만큼 욕정에 휩싸여 버렸거든요."

"그게 언제였습니까?"

그러나 방화용의자는 검사의 질문에 대답하지 않았다. 그는 마치 무대 위에 선 연극배우처럼 독백하듯이 자신의 역할에만 몰입해 있는 것 같았다.

"그 후로 이십 분 정도 술을 마시면서 녀석은 형과 이야길 나누었다고 했어요. 형은 아이들에게 흥미로운 걸 가르친다고 했거든요. 그리고 그때, 옆 테이블에 앉아 있는 여자를 손가락으로 가리키면서 그녀도 제자 중의 한 명이라고 말했다고 하더군요."

박 형사는 자신도 모르게 의자에서 벌떡 일어섰다. 피해자와 그녀에게 그룹과외를 했다던 신학생이 갑자기 떠올랐던 것이다. 아리키아의 숲에서 살해된 피해자와 과외선생이……. '설마!

"술잔이 몇 잔 오고가고 나서는 녀석에 대해 묻기 시작했다고 했어요. 무슨 일을 하는지, 무슨 일이 있는지……. 처음엔 아주 동정적으로 녀석의 처지를 이해해 주었다고 했어요. 하지만…… 녀석의 형은 어느 순간부터 화를 내기 시작했어요. 그런 일을 당하고도 술이나 처먹고 있냐면서 녀석에게 윽박지르기까지 했다더군요. 나중엔 더러운 시궁창에 처박힐 놈이라고 막 화를 내기도 했다니까……. 열 받은 녀석이 형의 멱살을 잡았을 때 녀석의 형은 미소를 짓고 있었다고 했어요. 칠 년 전 태양이 이글거리던 보육원의 마당에서 녀석에게 성냥갑을 건네줄 때처럼 말이죠. 아무튼, 그 순간 온몸에 힘이 빠져 버렸다고 했어요. 그때처럼 자기 자신이 초라하고 역겹게 생각되었던 적이 없었다고 말이에요. 쪽팔리게도 녀석은 형 앞에서 눈물까지 흘렸다고 했으니까……. 형은 한동안 그런 녀석을 바라보고 있었어요. 그리고 테이블 위에 조용히 라이터를 올려놓고 술집을 나가 버렸다고 했죠. 옆 테이블에 앉아 있던 여자와 함께…….”

“그때부터 불을 지르기 시작했군요.”

“그때부터였어요. 크크크.”

그리고 방화용의자는 자세를 바꿔 의자 등받이에 몸을 기댄 후 마지막 결론을 내리듯 검사를 향해 천천히 말을 내뱉었다.

“녀석의 형이 술집을 나가면서 한 말이 있었다고 했죠. ‘개구리 한 마리가 길을 가고 있었지. 그런데 그 앞에 커다란 뱀이 입을 크게 벌리고 앞을 가로막은 거야. 개구리는 한동안 뱀의 입 속을 노려보았지. 도망갈 수 있는 기회와 시간은 많았지만……. 개구리는 곧장 뱀의 입 속으로 뛰어 들어가 버렸어. 넌 머리가 나빠서 그 개구리의 행동을 이해할 수 없을 거야. 그렇지……? 그래서 하는 말인데, 이제부턴 네가 개구리가 되어서 뱀의 입 속으로 들어가 보는 거지. 그때처럼 말이야…….’ 우습지 않아요. 녀석의 형이 왜 그런 말을 했을까요……? 킥킥킥킥…….”

거기서 화면은 정지되었다. 소방경이 다시 블라인드를 올리고 테이프를 꺼냈다. 텔레비전 전원을 끄고 테이프를 종이박스 위에 올려놓는 동안 박 형사를 비롯해 회의실에 앉아있던 수사관 모두 침묵을 지켰다. 마치 한 편의 실험극을 본 것 같은 느낌이었다. 이질적이고 앞뒤가 맞지 않아서인지 전혀 현실감 있게 느껴지지 않았다. 그러나 소방경의 말대로 방화용의자의 심문과정은 그 자체만으로도 흥미로웠다. 특히 박 형사는 피해자와 과외선생 사이를 의심하지 않을 수 없었다. 하지만 12년 전이라면 피해자는 겨우 열여섯 살에 불과했다.

'십이 년 전에 있었던 화재사건과 연쇄살인사건과는 어떤 관계가 있는 것일까?'

"어때요?"

소방경이 물었다. 박 형사는 테이프를 내려다보며 말했다.

"복사를 할 수 있었으면 좋겠는데요."

"그건 내가 준비하겠습니다."

회의실 벽에 등을 기대고 서 있던 동기가 끼어들었다. 네 사람은 말없이 담배를 나눠피웠다. '이곳이 실은 금연구역이거든요' 하고 검찰청수사관은 너스레를 떨었다.

"이게 방화용의자의 마지막 모습이에요. 심문이 끝나고 나서 그는 화장실에 가고 싶다고 했죠. 그러곤 감쪽같이 사라졌어요. 빌어먹게도!"

"탈출을 도왔던 형사는요?"

"파면당한 뒤 이 년도 지나지 않아 미국으로 이민을 갔습니다."

소방경이 입을 열었다. 그리고 잠시 침묵이 흘렀다.

"시점을 혼동하고 있더군요."

"정신분열증의 한 형태라고 들었습니다. 녀석이란 인물이 실존하는 사람인지부터가 의심스러운 부분이에요. 자아를 혼동하고 있는 것 같잖아요."

"전화번호의 주인공은 찾았나요?"

박 형사가 소방경에게 다시 물었다. 그는 검찰청수사관에게 시선을 돌렸다.

"그게 알 수가 없었어요. 다른 사람 명의로 만든 핸드폰 번호였거든요."

"대포폰이군요……. 뭔가, 냄새가 나는데요."

박 형사의 말에 세 사람의 수사관도 동의를 한다는 듯 말없이 고개를 끄덕였다.

"그나저나, 수사엔 도움이 되었는지 모르겠어요?"

"한 가지는 확실해진 것 같습니다."

"그게 뭐죠?"

동기가 진지하게 물었다.

"그 과외선생이란 녀석……. 좀 더 확실한 물증이 될 것 같거든요."

31

부산으로 내려오는 열차 안에서 민성은 그녀의 전화를 받았다. 그녀는 현길이 중환자실에서 치료를 받고 있다는 사실을 말해 주었다. 전신 3도 화상을 입은 그는 목숨이 위험하다고 했다.

"어떻게 된 일이야? 친구라는 사람을 만나러 간다고 했잖아."

"담당형사가 그러는데 그가 최근 도심지 곳곳에서 일어난 방화사건의 범인일 가능성이 높데요."

민성은 그녀의 이야기를 듣는 동안 12년 전의 화재사건을 떠올리고 있었다. 한 달 만에 병실에서 깨어났을 때 민성은 아무것도 기억할 수 없었다. 왜 자신이 용호농장의 병원에 있었는지, 직업과 이름까지도 떠오르지 않았다. 의사들은 민성이 외상 후 스트레스에 의한 해리성 기억상실증인 것 같다고 말했다. MRI나 CT 검사에서도 민성의 뇌는 이상이 없었다. 하지만 화재사건을 수사하던 형사들은 지문으로도 민성의 신분을 알아낼 수 없자 당황하기 시작했다.

"그 친구라는 사람에 대해선?"

"형사들은 그가 '난 시키는 대로 했을 뿐이야'라는 말만 반복했다고 했어요."

"무슨 뜻일까?"

"모르겠어요. 하지만 그는 그전에 있었던 방화사건과는 달리 대담하게 행동을 했대요. 현장을 떠나지도 않았고요."

민성은 현길과 나누었던 이야기를 떠올렸다. 분명 그는 자신보다 민성이 범인에게 가까이 접근하고 있다고 말했다. 자신도 모르는 사이에 범인과 마주치게 될지도 모른다고. 그렇게 말한 이유를 민성은 여전히 이해할 수 없었다.

"올라갔던 일은 어떻게 됐어요?"

그녀의 목소리가 다시 흘러나왔다. 민성은 빠르게 지나가는 차창 밖의 풍경을 바라보면서 입을 열었다.

"아무것도……. 아무것도 알아낸 게 없어. 단지……."

잠시 뜸을 들이던 민성이 다시 말을 이었다.

"십삼 회 수상자가 용호농장과 관계가 있는 것 같아."

"화재사건 말인가요?"

"방화용의자로 형사들에게 쫓기고 있었다는 말을 들었어."

이번엔 그녀가 침묵을 지켰다. 용호농장이라면 그녀의 여동생이 실종된 부근이었다. 얼마 전에는 농장 근처의 숲에서 여대생이 머리가 잘린 채 발견되었다.

"그가 수상자였을까요?"

"아니. 제 삼의 인물이 존재하는 것 같아."

"제 삼의 인물요?"

"김현에게는 쌍둥이 형제가 있었어. 샤를 페로나 연쇄살인범이 남긴 지도 위의 시그너처럼 말이야."

"이제부터 어떻게 하실 생각이세요?"

"용호농장으로 갈 거야. 더 늦기 진에……."

"그곳엔 아무도 살지 않아요. 유령마을이 되어 버린걸요."

"그래도 가야만 해……."

두통이 다시 밀려왔다. 민성은 미간을 찡그리며 의자 등받이에 몸을 기댔다. 수천 마리의 벌레가 머릿속을 갉아먹는 것 같았다.

"여보세요?"

그녀의 걱정스러운 목소리가 흘러나왔다.

"단지, 기억을 되찾고 싶은 거니까."

"기억이라뇨?"

"병원에서 깨어났을 때…… 형사들이 말하더군. 화재사건의 생존자라고 말이야. 하지만 난 아무것도 기억할 수 없었어. 지금까지도 난 십이 년 전의 내가 누구였는지 알지 못해."

"선생님도 그 화재사건의 생존자 중 한 명이라는 말인가요?"

놀란 목소리로 그녀가 물었다.

"의도적으로 숨기려고 했던 건 아냐. 현길이라는 남자가 날 찾아온 것도 우연은 아니라는 생각이 들어. 하지만 아직 그 이유를 모르겠어……. 어쨌든 농장에 갈 생각이야. 도착하는 대로 다시 전화할게."

민성은 휴대폰을 내던지듯 간이탁자 위에 올려놓고 눈을 감았다. 열차가 터널 속으로 빠르게 진입하면서 귀가 먹먹해졌다. 민성은 등을 의자에 밀착시킨 채 객실 천장을 올려다봤다. 그리고 현길의 말을 다시 떠올렸다. '자신도 모르는 사이에 범인과 마주칠지 몰라요.' 민성은 그 순간 용호농장을 떠올릴 수밖에 없었다. 그가 말하던 연쇄살인범과 마주치게 된다면, 그곳은 분명히 농장밖에는 없을 거란 사실을 깨달았던 것이다.

32

합동수사본부가 만들어지고 처음으로 여대생 연쇄살인사건에 대한 회의가 진행되었다. 지하식당 안에는 남부경찰서와 동부경찰서의 형사들과 서장, 경찰청에서 내려온 부장, 담당검사까지 참석해 북적였다. 밤늦게 부산에 도착한 박 형사는 집으로 가는 대신 남부서 당직실에서 새우잠을 자다가 일어났다. 그는 반장이 건네주는 자료들을 살피면서 진한 커피를 마셨다. 그리고 그와 함께 지하식당으로 내려갔다.

동부경찰서에서 먼저 사건 브리핑을 시작했다. 락카페에서 살해된 두 번째 피해자의 가방에서는 엑스터시가 발견되었다. 일명 도리모리라고 불리는 그 약은 외국이 아닌 국내 유흥가에서 흘러나왔고, 루트를 쫓는 중이라고 했다. 부장이 연쇄살인사건과의 연관성에 대해 질문을 던지자 동부서 형사는 현장에서 수거한 연쇄살인범의 머리카락에서 마약성분이 검출되었다는 사실을 밝혔다. 모근뿐 아니라 머리카락 전체에서 마약성분이 검출된 것으로 미루어 살인범은 마약중독자일 가능성이 높다고 했다.

"환각상태에서 범죄를 저질렀다는 말인가?"

담당검사의 질문에 형사는 고개를 끄덕였다.

이야기를 듣고 있던 반장이 '동부서에서 한 건 올렸군.' 하고 혼잣말처럼 내뱉었다.

"그런데 엑스터시 같은 것도 검출이 가능한 거야?"

반장의 질문에 옆자리에 있던 박 형사가 나직이 대답했다.

"물론입니다. 그만큼 기술이 발전했어요……. 병원장의 근황에 대해선 알아보셨어요?"

반장은 병원장에 관한 서류 파일을 건네며 입을 열었다.

"동부서 반장이 신경 좀 썼지. 화재사고 이후 병원장은 업무상 과실치사상 및 건축법 위반혐의로 구속되었어. 병원 건물의 일부를 허가 없이 개축해 다른 목적으로 사용한 정황도 밝혀졌거든."

"다른 목적요?"

"하지만 어떤 용도로 사용되었는지 병원장은 끝까지 묵비권을 행사했어."

반장의 이야기를 들으면서 박 형사는 병원장에 관한 파일을 읽기 시작했다. 그는 용호농장이 만들어질 당시부터 의료 활동을 시작했다. 가족사항은 두 명의 손녀가 있는 것으로 나와 있었다. 구속 당시 그는 조세포탈혐의사실까지 더해져 징역형과 함께 엄청난 벌금을 물어야 했다.

"화재사건의 피해자 대부분이 연고가 없는데다 신원까지 밝혀지지 않아 재산가압류까지는 가지 않았어. 사건 당시 병원장이 보유하고 있던 재산은 수백억 원대로 밝혀졌는데 용호농장의 삼분지 이 이상이 그의 소유였지."

"뭔가……. 냄새가 나는데요."

그리고 박 형사는 보육원에서 가져온 사진을 반장에게 내밀었다. 반장이 사진을 내려다보며 물었다.

"이 친구가 어린 시절의 과외선생인가?"

"네. 하지만 흥미로운 사실들을 알아냈어요."

"뭐지?"

"김현은 보육원에서 입양된 적이 있었습니다. 하지만 그가 고등학생이었을 때 화재가 발생했어요. 양부모는 그 사건으로 모두 죽고 그에겐 보험금을 비롯한 많은 유산이 상속되었어요. 그리고……."

박 형사가 손가락으로 김현의 뒤에 서 있는 소년을 가리켰다. 반장은 얼굴 가까이 사진을 가져가 살피기 시작했다.

"김현과 함께 보육원에 맡겨졌던 아입니다."

"닮았군."

"쌍둥이에요."

"쌍둥이?"

"어쩌면 김현이라는 녀석……. 우리가 생각했던 녀석이 아닐지도 몰라요."

"무슨 뜻이지?"

그때 동부서의 수사브리핑이 끝났다. 이은희 사건의 발표를 맡았던 박 형사가 급히 자리에서 일어났다. 그는 노트북을 들고 나가 프레젠테이션 준비를 시작했다. 지하 1층에 위치한 식당에서는 목소리의 울림현상이 있었다. 박 형사는 노트북의 화면이 바뀔 때마다 은희 사건에 관한 내용을 천천히 설명했다.

"나이 이십사 세. 무남독녀로 어머니와 함께 살고 있었습니다. 대학졸업반으로 사 월 이십삼 일 새벽 여섯 시 오십 분 경 마을 약수터 근처에서 살해된 채 발견되었습니다. 현장에서는 두 자루의 칼과 범인의 것으로 보이는 족흔, 정액을 확보할 수 있었으며 디엔에이 감식결과 락카페 여대생살인사건과 동일범으로 밝혀졌습니다."

"유력한 용의자가 있다고 들었는데."

담당검사가 질문을 던졌다.

"네. 피해자의 중학교 때 과외선생으로 삼 년 전 행방불명이 된 상태입니다. 그의 자취방을 조사하던 중 미라를 발견했고 어젯밤 늦게 미라의 십지 지문 채취에 성공했습니다. 오늘 아침에 에이에프아이에스(AFIS. Automated Fingerprint Identification System 지문자동분류시스

템)로 미라의 지문과 흡사한 열일곱 개의 지문을 찾아냈습니다. 지금 담당수사관이 대조작업을 벌이고 있으며 유전자감식 결과도 내일 오전 중에 확인할 수 있습니다."

박 형사는 화재수사지원팀에서 복사해 준 방화용의자의 진술내용이 들어 있는 USB를 꺼내 보이며 말을 이었다.

"피해자의 아버지는 십이 년 전 화재사건으로 목숨을 잃었습니다. 그리고 그 사건의 방화용의자는 심문과정에서 과외선생과 첫 번째 피해자였던 이은희의 관계에 대해 증언한 내용이 남아 있었습니다. 방화용의자의 말이 사실이라면 살해된 피해자와 과외선생은 십이 년 전부터 연인 사이였을 것으로 추정됩니다."

이야기를 듣고 있던 몇몇 형사들이 어이없다는 듯 웃음을 터뜨렸다. 그러나 형사부장은 심각한 표정으로 박 형사에게 대꾸했다.

"피해자의 살인사건과 십이 년 전의 화재사건 사이에 연관성이 있단 말인가?"

"아직까지 밝혀진 것 없습니다. 하지만 현장에서 발견된 두 자루의 칼 중 오피넬은 피해자의 아버지가 아끼던 칼이었습니다. 사카이토지와는 달리 나이프는 피해자가 지니고 있었을 가능성이 높습니다."

"방화용의자와 과외선생의 관계는?"

"아직까지 확인된 게 없습니다."

"그는 지금 어디에 있나?"

"방화용의자는 조사 도중 탈주했으며 그 뒤의 행방에 대해선 알려진 게 없습니다."

"젠장!"

부장의 입에서 욕설이 터져 나왔다.

박 형사의 사건브리핑이 끝나고 형사부장과 담당검사의 지시사항이 각 부서로 하달되었다. 특별한 일이 없는 한 반장과 박 형사는 병원장을 만나러 갈 예정이었다. 11년 전 출소한 그는 부산근교의 전원주택에서 생활하고 있었다. 부장보다 10년이나 젊은 검사는 세 번째 피해자가 생기기 전에 범인을 잡고 싶다고 했다. 부장은 매스컴과 인터넷에 오르내리는 이상 하루속히 사건을 마무리할 수 있도록 최선을 다해야 한다는 말을 빠뜨리지 않았다. 합동수사본부의 첫 번째 회의가 끝나자 모두들 결의에 찬 표정으로 식당을 빠져나갔다. 반장과 박 형사도 곧장 경찰서 주차장으로 향했다.

비가 오려는지 하늘은 두꺼운 먹구름으로 가득했다. 박 형사는 운전석에 오르면서 반장에게 말을 건넸다.

"반장님은 악마가 실제로 존재한다고 믿으세요?"

"갑자기 무슨 소리야?"

조수석의 안전벨트를 매면서 반장이 대꾸했다.

"보육원 원장수녀님이 말하더군요. 그 녀석은 사람의 몸을 빌려서 태어난 악마였다고요……. 방화용의자의 테이프를 보면서 비슷한 생각이 들었어요."

"쌍둥이들을 말하는 건가?"

반장이 농담처럼 말했다. 박 형사는 고개를 끄덕이며 보육원에서 가져온 사진을 내려다보았다.

"사진 속의 두 녀석…… 어느 쪽이 진짜 괴물일까요?"

"글쎄."

"우리가 알고 있는 김현이, 김현이 아닐지도 모른다는 생각이 자꾸만 들어요."

"그렇게 생각하는 이유라도 있어?"

"반장님이 말씀하신 대로 형사로서의 감이라고 해야 할까요…….
병원장이 사는 곳은 어디라고 하셨습니까?"

"내비게이션을 이용하는 게 빠를 거야."

차는 어느새 도로를 나와 도시고속도로를 타기 시작했다. 출근시간을 넘긴 도로는 한산했다. 박 형사가 속도를 높이는 동안 반장은 병원장의 주소지를 내비게이션에 입력했다.

33

회색의 낡은 폐가가 성벽을 이루듯 산을 따라 길게 이어져 있었다. 일제 강점기 시절부터 만들어지기 시작한 마을은 한국전쟁이 끝난 뒤에 용호농장이란 이름으로 불리기 시작했다. 처음에는 나병환자들이 강제로 끌려와 격리되었고 뒤이어 지체장애자와 정신병자들, 알코올 중독자까지 수용되었다. 10년 전쯤부터 가구공장이나 가금(家禽)을 기르는 사람들이 그들이 사라진 마을의 폐가를 헐값에 빌려 사용하고 있었다. 최근에 대형건설회사에 땅이 매입되면서 그들도 곧 이곳을 떠나야 할 운명이었다. 민성은 창틀에 팔을 기댄 채 멍하니 폐허의 마을을 바라보았다.

마을버스는 어느덧 정류장 앞에 다다랐다. 열 명도 채 되지 않은 버스 승객들은 뿔뿔이 흩어지고 있었다. 낚시가방을 둘러맨 사람들은 모두 선착장으로 향했다. 민성도 매표소 근처로 걸어갔다. 말이 매표소지 한 평 남짓한 땅에 엉성하게 나무판자를 대고 만든 볼품없는 가건물이었다. 그 안에 의자를 비스듬히 기울여 앉아있는 40대 중반의 남자는 수염이 덥수룩하고 피부가 유난히 검어 보였다. 그는 사람들에게 '오늘은 파도가 높아서 배 못 띄워요.'라고 건성으로 소리를 질러댔다. 민성은 선착장 가까이 걸어가 오륙도 주변 바다를 멍하니 바라보았다. 바다는 옅은 녹색을 띠고 있었다. 흰 포말(泡沫)이 선착장 아래에서 철썩거리며 부딪치고는 사라졌다. 갈매기가 특유의 울음소리를 내며 날아다녔다. 도려내듯이 산 한쪽이 토목공사로 파헤쳐지지 않았다면 완벽한 풍경이었을 것이다.

민성은 매표소 남자에게 다가가 화재사건이 있었던 병원에 대해 물었다. 남자는 심드렁한 얼굴로 '저 꼭대기에 보이는 건물이요.'라고 대답했다. 민성은 남자가 가리키는 곳으로 시선을 돌렸다. 중세시대의 고성(古城)같은 모습으로 병원은 언덕 제일 위쪽에 위치해 있었다.

"취재하러 왔소?"

매표소 남자가 물었다. 민성은 고개를 끄덕이며 담배를 꺼내 남자에게 내밀었다.

"저처럼 찾아오는 사람들이 있나요?"

"십이 년이 지난 지금도 가끔 화재사건을 취재하러 오는 사람들이 있소. 하긴 그 병원에선 많은 일들이 있었으니까."

"무슨 말이죠?"

"신경 쓸 거 없어요. 그냥 소문일 뿐이니까."

그리고 남자는 길게 담배연기를 내뱉었다. 낮술을 먹었는지 홍조를 띠고 있었다. 그는 라디오에서 흘러나오는 방송에 귀를 기울이면서 다시 눈을 감았다. 민성은 잠시 남자를 바라보다가 언덕을 향해 걷기 시작했다. 그때 뒤에서 남자의 목소리가 들려왔다.

"문둥이들이 마을을 떠났지만 여긴 엄연히 저주받은 곳이오. 낮이라곤 해도 혼자 돌아다니기엔 무서운 곳이지. 암, 무섭고말고."

민성이 뒤돌아섰을 때 남자는 매표소에서 일어나 10여 미터 정도 떨어진 구멍가게로 어슬렁거리며 걸어가고 있었다.

"여기가 그렇게 위험한 곳이었습니까?"

"옛날엔, 사람들이 많이 사라졌다고 들었소. 문둥이들과 미친 녀석들과 병신들 천지였으니까. 사람을 잡아다가 노예처럼 부려 먹는다던가……. 끔찍한 건 인육을 먹거나 사람 뼈를 달여 마신다는 소문도 떠돌아다녔거든. 그래야 병이 낫는다고 믿는 사람들도 많았다니까."

남자는 무슨 비밀스런 이야기를 하는 것처럼 주위를 두리번거렸다. 그리고 민성에게 그만 가보라는 듯 퉁명스럽게 손사래를 쳤다.

좁은 골목이 미로처럼 연결되어 있어, 언덕 위를 오르기가 쉽지 않았다. 경사가 완만해지는 언덕의 중턱에서부터 꼭대기까지 성냥갑처럼 빽빽하게 들어선 집들은 모두 회색 시멘트벽에 낡은 슬레이트 지붕을 하고 있었다. 담과 담 사이는 사람 키보다 낮아서 맞은편에 있는 집들이 모두 바라다보였다. 유리창이 깨진 창문이며 문짝이

뜯겨져 나간 집들도 많았다. 골목 여기저기에서 쓰레기더미와 함께 고양이나 개의 배설물을 흔하게 볼 수 있었다. 민성은 미로처럼 복잡한 골목을 오르다 말고 이마에 맺힌 땀을 닦았다. 호흡을 가다듬으며 해안 쪽으로 시선을 돌렸다. 중턱 아래로 보이는 오륙도와 연초록색 바다는 낡고 우울한 회색 성채의 마을과는 달리 아름답고 이국적인 풍경이었다. 지중해의 어느 해안도시에 와있는 느낌이 들기도 했다. 산등성이로부터 거친 바람이 휩쓸고 지나갔다. 먼지와 함께 실려 오는 냄새에는 아키시아향이나 솔잎향이 섞여 있는 것 같았다. 민성은 다시 뒷걸음질을 치면서 언덕을 오르기 시작했다.

좁은 골목은 사람들의 왕래가 끊어진 탓인지 여기저기에 거미줄이 얽혀 있었다. 민성은 손으로 거미줄을 헤쳐가면서 언덕을 올랐다. 병원건물이 보이는 곳까지 올라갔을 때 민성의 오른쪽 편에 넓은 화단과 함께 폐가가 나타났다. 시골학교처럼 규모가 컸다. 몇 년 전까지 닭을 키웠는지 벽면은 개방된 채 녹슨 닭장이 촘촘히 들어차 있었고 뒤쪽 공터에는 페인트가 벗겨진 철제 가구들이 너저분하게 쌓여 있었다. 그리고 그곳에서 민성은 십자가를 발견했다. 어느 한 시기에는 교회로 쓰였을지도 모를 일이다. 하루살이들이 새까맣게 날고 있는 닭장 앞 화단으로 되돌아가 그 주변을 천천히 살펴봤다. 공동생활을 했는지 여러 개의 방과 함께 강당처럼 넓은 식당이 보였다.

이곳이 일반사람들에게 농장으로 불리게 된 것은 나병환자들이 모여 닭과 돼지를 키우기 시작하면서부터였다. 그는 두꺼운 철판으로 덮여 있는 우물 앞으로 걸어갔다. 꼭대기에 사는 사람들은 한 때 이곳에서 물을 길러 생활을 했다. 민성은 해풍과 빗물로 벌겋게 녹이 쓴 철판의 가장자리를 손으로 만지작거리면서 최면 상태에서 봤던 장면들을 떠올렸다.

'화재가 일어나기 전까지 나도 이곳에서 살았던 것일까?'

대부분의 집들이 폐허처럼 변해버렸지만 어디선가 사람의 모습이 불쑥하고 나타날 것만 같았다. 먹구름으로 가려진 하늘은 회색성채만큼이나 암울해보였다. 언덕 위로 다가갈수록 소음도 크게 들렸다. 언덕 맞은편에는 포클레인이 쉴 새 없이 땅을 파헤치고 있었다. 거대한 덤프트럭이 비탈길을 따라 움직이면서 뿌연 먼지를 일으켰다. 머지않아 이곳에 고층아파트가 들어설 예정이었다.

병원 외벽의 타일이 보일 만큼 가까운 거리까지 올라갔을 때 민성은 자신의 모습을 지켜보는 사람이 있다는 사실을 깨달았다. 1미터 남짓한 높이의 담장 너머에 한 사람이 서 있었다. 언제부터 민성을 관찰하고 있었는지 알 수 없었지만, 남자는 창이 넓은 모자를 깊숙이 눌러쓴 채 꿈쩍도 하지 않고 이쪽을 노려보고 있었다. 민성은 심호흡을 하면서 남자를 향해 걸어갔다. 민성이 담 가까이 접근하자 그는 언덕 위쪽으로 달아나기 시작했다.

"잠깐만!"

민성도 남자의 뒤를 쫓았다. 남자는 마을 지리에 밝은지 좁은 골목과 돌담 사이를 자유롭게 뛰어다녔다. 민성은 남자의 뒷모습을 놓치지 않기 위해 안간힘을 썼다. 민성이 좀처럼 포기를 하지 않자 그는 다시 왔던 길을 되돌아 병원 쪽으로 달리기 시작했다. 민성의 혀끝에서 단내가 밀려왔다. 구역질이 날만큼 숨이 차올랐다.

골목이 끝나는 지점에 다다랐을 때 병원의 앙상한 건물이 모습을 드러냈다. 남자는 병원 안으로 들어가려다 돌부리에 걸려 쓰러졌다. 민성은 그때를 놓치지 않고 남자의 어깨를 힘껏 잡아당겼다. 남자는 의외로 쉽게 시멘트바닥에 대자로 뻗어버렸다. 쓰고 있던 모자가 바닥으로 떨어졌다. 민성은 쓰러진 남자를 일으켜 세우며 안심하라는 말부터 건넸다. 하지만 시선을 마주치는 순간 소스라치게 놀랐다. 남자는 민성과 똑같은 얼굴을 하고 있었다.

"이단자! 넌 처음부터 신을 섬기지 않았어."

"무슨…… 소릴 하는 거죠……?"

남자는 민성을 노려보며 다시 입을 열었다.

"저길 봐! 테노치티틀란의 피라미드야……. 저기서 죽어간 수많은 희생자들이 모두 널 저주하고 있어……!"

말이 끝나기도 전에 남자는 주먹으로 민성의 가슴을 세차게 쳤다. 민성은 신음소리와 함께 뒤로 물러섰다. 남자는 그 순간을 놓치지 않고 빠른 동작으로 주변에 있는 돌멩이를 집어던졌다. 다행히 돌멩이는 민성의 얼굴을 스쳐 지나갔다.

"넌 그들이 만들어낸 악마야……. 돌아가! 넌 이곳에 올 자격이 없어."

남자가 다시 돌멩이를 집어던지며 소리쳤다. 그리고 병원 안으로 사라졌다. 민성은 먼지가 묻은 옷을 털어내며 남자가 사라진 병원건물을 조용히 응시했다.

병원은 마을이 한눈에 내려다보이는 곳에 위치해 있었다. 흰색 타일이 외벽을 감싸고 있는 건물 입구로 들어서자 소독약 냄새가 강하게 코끝을 맴돌았다. 외향과는 달리 병원의 복도는 햇빛이 잘 들지 않아 습하고 어두웠다. 접수 창고에서 직원의 모습을 찾을 수 없었다. 팔십은 넘어 보이는 노인이 복도 한쪽에 있는 의자에 조용히 앉아 있었다. 로비 입구에는 다리를 절뚝거리는 10대 초반의 아이가 무표정하게 민성을 바라보고 있었다. 어디에선가 찬송가가 흘러나왔다. 민성은 노인에게 다가가 인사말을 건넸다. 그는 민성과 눈을 마주치지 않은 채 고개를 숙였다.

"조금 전 여기로 들어온 남자를 못 보셨어요?"

대답 대신 노인은 복도 끝에 있는 특별관리동이라는 푯말이 붙어 있는 문을 가리켰다.

"저기로 들어갔습니까?"

노인은 말없이 고개를 끄덕였다. 민성은 잠시 망설이다가 특별관리동이라고 쓰인 철문 앞으로 걸어갔다. 붉은색 페인트가 칠해진 철문의 색상과 모양이 낯설지 않았다. 그는 조심스럽게 쇠문을 두들겼다. 하지만 아무런 응답도 없었다. 그때 어디선가 고양이 울음소리가 가늘게 들려왔다. 민성은 뒤돌아서서 울음소리가 들리는 곳으로 발걸음을 돌렸다. 복도에 앉아 있는 노인은 어디로 사라졌는지 보이지 않았다. 다리를 절뚝거리던 소년도 마찬가지였다. 민성은 고양이 울음소리를 따라 2층 계단을 오르기 시작했다. 어느새 꼭대기 층으로 올라간 민성은 원장실이라고 적힌 사무실 앞으로 다가갔다.

문틈 사이로 비치는 방안은 갈색 소파와 1미터는 됨직한 커다란 거울이 있었다. 여섯 평 정도의 넓이에 창밖으로는 마을과 바다가 한눈에 내려다보았다. 민성은 그 풍경에 이끌려 원장실 안으로 들어 갔다. 하지만 고양이의 모습은 보이지 않았다. 한쪽 벽을 차지하고 있는 책장과 이스트 섬의 석상모형, 디케의 칼, 학위증과 의사면허 증이 차례로 눈에 들어왔다. 그리고 원목책상 위에는 술병이 어지럽 게 흩어져 있었다. 창문 틈으로 싸늘한 바람이 불어왔다. 어두운 갈 색 드레스커튼이 펄럭이면서 소리를 냈다. 수평선 너머로 거대한 컨 테이너선이 지나가고 있었다.

"이봐요. 당신 거기서 뭘 하고 있는 거요!"

등 뒤에서 사람의 목소리가 들려왔다. 놀란 민성이 뒤돌아섰을 때 안전모를 쓴 남자가 눈을 부라리며 서 있었다.

"사람을 찾으러 왔어요…… 야구모자를 눌러 쓴…….""

"지금 제 정신이요? 누가 건물 안으로 들어가는 것 같아 올라왔더 니……."

남자가 다가오며 큰소리로 화를 냈다. 순간 민성은 현기증을 느꼈 다. 비틀거리며 바닥에 무릎을 꿇자 당황한 남자가 민성의 어깨를 부축했다. 그제야 민성은 자신이 앙상하게 뼈대만 남은 건물 안에 서 있다는 사실을 깨달았다.

"철거작업이 진행 중이라 이곳은 위험해요. 어떻게 여기까지 올라 올 생각을 했는진 모르겠지만……, 안색을 보니 진짜 병원에 가봐야 할 것 같소만."

"정말 저 말고 이곳에 들어온 사람이 없었습니까?"

"여긴 오래전부터 폐허처럼 방치되었던 곳이요."

남자가 어이가 없다는 듯 대답했다. 민성은 남자의 부축을 사양하고 몸을 일으켰다. 포클레인이 건물 가까이 다가오는지 캐터필러의 육중한 소음과 함께 진동이 느껴졌다. 민성은 남자를 지나쳐 계단을 내려갔다.

자신의 얼굴을 한 남자도, 복도 의자에 앉아 있던 노인도, 다리를 절뚝거리던 소년도, 고양이도 모두 환상일 뿐이었다. 아니, 어쩌면 민성의 기억 속에 남아 있던 잔상이었는지도 몰랐다.

병원을 나와 다시 골목 아래로 내려가는 길에 민성은 그녀로부터 문자메시지를 받았다. 현길이 조금 전 사망했다는 내용이었다. 민성은 잠시 전봇대 옆에 기대어 서서 호흡을 가다듬었다. 휴대폰으로 그녀에게 전화를 걸었다. 신호가 가는 동안 민성은 수평선 너머로 보이는 붉은 노을을 바라보았다. 1999년 12월 24일 밤, 이곳은 사람들의 비명소리와 매캐한 냄새, 검은 연기로 뒤덮여 있었다.

"농장인가요?"

그녀의 목소리가 나직이 들려왔다. 민성은 휴대폰을 얼굴 가까이 가져가면서 만나고 싶다고 했다.

"무슨 일이죠?"

"화재사건이 일어나기 전에 나는 분명히 이곳에 있었어."

"거기서 무슨 일이 있었는데요……? 기억이 돌아왔어요?"

'또 다른 내 자신을 봤어. 믿지 못하겠지만…….'

입에서 맴도는 말이었지만 민성은 침묵했다. 대신 호흡을 가다듬었다. 이상하게 눈물이 뺨을 타고 흘러내렸다.

"그의 마지막은 어땠지?"

"고통 속에서 숨을 거두었어요."

"왜 그랬을까? 왜 그런 짓을……."

"그가 시켰다고 했어요……. 어쩌면 그가 친구라는 사람인지도 몰라요."

두꺼운 먹구름 사이로 물방울이 떨어지기 시작했다. 민성은 하늘을 올려다보며 그녀에게 말했다.

"비가 오기 시작하는군. 여기……, 용호농장까지 날 태우러 올 수 있어?"

"기다리세요. 십오 분까지 갈게요."

전화를 끊은 민성은 한동안 비를 맞으며 골목에 우두커니 서 있었다. 동쪽하늘에서 번개와 함께 천둥이 울렸다. 돌풍이 세차게 마을을 휩쓸고 지나갔다. 민성은 다시 머리가 아파오기 시작했다.

34

하얀색 아반떼가 들어선 곳은 어느 한적한 시골 마을이었다. 1차선 도로를 따라 마을 입구에서 산등성이 쪽으로 오르기 시작한 지 30분이 지났을 무렵에 저택이 나타났다. 붉은색 담으로 둘러싸인 프랑스식 가든형 건물이었다. 저택 외벽은 하얀색 대리석으로 마감이 되어 있었고 연두색 기와를 얹은 지붕 뒤로는 높이 20미터가 넘는 소나무들이 병풍처럼 서 있었다. 넝쿨이 말려 올라간 돌담을 따라 자동차는 천천히 앞으로 나아갔다. 쇠창살이 쳐진 정문 앞에 차를 멈추자 '삐' 하는 소리와 함께 쇠문이 자동으로 열렸다. 정문의 왼쪽 모서리 위에는 감시카메라가 설치되어 있었다. 정문 옆 관사에서 건장한 체구의 남자가 나왔다. 스포츠머리에 운동복차림이었다. 사내가 박 형사에게 다가오며 눈인사를 건넸다.

"형사님들? 확인 좀 해도 될까요?"

박 형사는 고개를 끄덕이며 운전석에서 내렸다. 반장도 그를 따라 차에서 내렸다. 박 형사가 경찰신분증을 남자에게 내밀었다. 신분을 확인한 남자가 대리석 기둥이 세워진 저택 정문을 가리키며 말했다.

"차 키는 저한테 맡기시고, 저쪽 화단을 가로질러 가시면 됩니다."

저택으로 향하는 길 양쪽은 손질이 잘된 잔디가 깔려 있었다. 정원 중간에 세워진 석등이 박 형사의 눈길을 끌었다. 고려시대 양식의 석등 안에는 할로겐전구가 밝게 빛나고 있었다. 저택 가까이 다가가자 어디선가 바그너의 「발퀴레 기행」이 흘러나왔다.

두꺼운 원목을 이어 붙인 현관문 앞에는 머리가 하얗게 센 늙은 집사가 나와 두 사람을 기다리고 있었다. 깔끔한 정상차림의 그가 박 형사와 반장을 1층 거실로 안내했다. 음악은 어느새 「틴호이저의 서곡」으로 바뀌어 있었다. 박 형사는 거실의 한쪽 벽을 차지하고 있는 난로 앞으로 걸어갔다. 벽난로 안에는 새하얀 재와 숯으로 변한 나무토막이 쌓여 있었다.

"이런 걸 보고 부동산 졸부라고 하는 거야."

반장이 나직이 말했다. 박 형사는 그의 말에 대꾸하는 대신 거실 주변을 둘러봤다. 벽난로를 비롯해 모든 것이 낯설게 느껴졌다.

"천구백오십년대 후반부터 나병환자들이 모여 살기 시작했어요. 그로부터 십여 년이 흐른 뒤 그곳은 나병환자들의 수용소로 변해버렸죠. 부산의 가장 구석진 곳에 위치한데다 바다를 끼고 있어서 일반인들의 눈을 피할 수 있었어요."

"용호농장을 말하는 거야?"

박 형사는 대답 대신 고개를 끄덕였다.

"지금은 사라졌지만 용호농장 주변은 게토처럼 철조망이 둘러쳐져 있어서 외부와의 출입이 자유롭지 못했죠. 그곳에서만 운영되는 자치위원회도 있었고요. 병원도 그때 만들어 진거예요. 나병환자들을 위한 치료와 함께 불임수술, 낙태, 신약개발에 필요한 임상실험까지 도맡아 했죠. 원칙적으로 그곳에선 결혼도, 아이를 가지는 것도 불법이었어요."

"그런 세상이 정말로 존재했단 말이지. 가슴 아픈 일이군."

"그들을 괴롭힌 건 대다수의 평범한 사람들이었어요. 그들에 대한 괴기스러운 소문, 차별, 구타, 노동력 착취까지……."

"그런 이야긴 어디서 들은 거야?"

"용호농장에 대해서 알아보라고 한 건 반장님이었습니다."

박 형사가 대꾸했다. 반장은 어깨를 으쓱이며 거실 가운데에 있는 소파에 앉았다. 박 형사는 거실 베란다 쪽으로 걸어갔다. 비가 오려는지 하늘은 어느새 먹구름으로 가득했다.

"나중엔 정신병자와 장애인들까지 모두 그곳에 수용을 했어요. 불법이었죠. 하지만 더 잔혹한 의혹들이 숨어 있습니다. 아우슈비츠에서 인종청소를 했듯이……. 그들은 너무나 일찍 그곳에서 죽어갔거든요."

"병원도 관계가 있었을까?"

"결과엔 언제나 원인이 있다고 말한 것도 반장님이었잖아요. 십이 년 전에 있었던 화재사건, 그리고 첫 번째 피해자의 아버지는 그 병원의 원무과부장이었어요."

"음."

반장은 팔짱을 긴 채 말없이 고개를 끄덕였다. 박 형사의 말대로 살인에는 항상 동기가 따르기 마련이었다. 설사 불특정다수를 향한 범죄일 경우에도 그 기저에는 사회적 책임이 따르는 것이다. 직접적으로 나와 내 가족에게 피해가 가지 않더라도 또 다른 누군가가 피해를 볼 수 있는 공동체가 바로 우리가 살고 있는 사회였다.

"맞아. 우린 늘 그런 사실을 망각하면서 살고 싶어 하지."

그때 등 뒤에서 집사의 목소리가 들려왔다.

"2층으로 올라가시죠. 박사님께서 기다리고 계십니다."

60대 초반으로 보이는 집사는 데스마스크를 쓴 것처럼 무표정했지만 말투와 동작은 깍듯했다. 박 형사가 반장에게 눈길을 돌렸다. 반장은 소파에서 일어서며 '가볼까?'라고 혼잣말처럼 내뱉었다.

2층의 일자형 복도 앞에도 운동복에 스포츠머리를 한 경호원이 앉아있었다. 그는 집사에게 눈인사를 건넨 뒤 반장과 박 형사 옆으로 다가와 호위하듯이 걷기 시작했다. 바그너의 음악은 어느새 시벨리우스의 「핀란디아」로 바뀌어 있었다. 복도 중간쯤 걸어갔을 때 방이 나타났다. 문틈으로 음악소리와 함께 불빛이 새어나왔다. 집사가 문을 바깥쪽으로 열면서 두 사람에게 들어가라는 눈짓을 했다. 박 형사는 길게 심호흡을 한 뒤에 방안으로 발걸음을 옮겼다.

스무 평은 넘어 보이는 넓은 방이었다. 중앙에 침대가 놓여 있었는데 침대 주위에는 산소호흡기와 제세동기, 심전도 모니터 외에도 여러 가지 의료기구들이 둘러싸고 있었다. 박 형사와 반장은 집사의 안내로 침대 가까이 다가갔다. 침대의 네 모서리에는 엷은 막이 둘러쳐져 있었다. 그 안에는 마스크와 장갑, 앞치마를 두른 한 사내가 병원장의 시중을 들고 있었다. 보호안경을 쓰고 있어 남자의 얼굴은 볼 수 없었다. 침대 머리맡에 있는 가습기에서 뿜어져 나오는 하얀 수증기가 허공 속으로 흩어지고 있었다.

박 형사가 투명막 가까이 다가가자 침대 위에 누워 있던 병원장이 얼굴을 돌렸다. 앞치마를 두른 마스크가 리모컨처럼 생긴 기기의 버튼을 누르자 침대의 상단부분이 윙하는 소리와 함께 앞으로 올라갔다. 앉은 자세가 된 병원장의 얼굴은 초췌한 모습이었다. 머리카락은 거의 빠져 있었고 눈 주위는 영양실조에 걸린 사람처럼 휑해 보였다.

"내…… 몸속에는……."

음악이 멈춘 스피커에서 그의 목소리가 흘러나왔다. 말 사이사이에 터져 나오는 가래 끓는 소리가 힘겨워보였다. 박 형사와 반장은 말없이 병원장과 시선을 마주쳤다. 그의 눈동자 속 동공은 흐릿했지만 표정만은 고집스러워 보였다.

"여러 개의 종양과…… 시한폭탄이 들어 있다네."

잠시 뜸을 들이던 그가 다시 입을 열었다.

"나에 대해서…… 알고…… 싶겠지?"

박 형사가 천천히 고개를 끄덕였다. 병원장은 잠시 동안 기침을 해댔다. 옆에 있던 마스크가 그에게 가제를 내밀었다. 그는 그곳에

229

누런 가래를 뱉어냈다.

"그들이 태어났을 때조차…… 나는…… 포기할 수 없었어……."

"그들이 누굽니까?"

박 형사가 조심스럽게 물었다. 병원장은 대답 대신 박 형사와 반장을 번갈아 바라봤다. 아니 어쩌면 그의 시선은 허공의 어딘가를 향하고 있는지도 몰랐다. 입을 반쯤 벌린 그의 눈에서 눈물이 글썽이기 시작했다.

"불쌍한 어린 양들이었네……. 하지만…… 운명이……, 그들의 운명이…… 그들 부모의 굴레로부터 벗어나게 도와주어야만 했지."

말을 멈춘 그가 힘겹게 다시 입을 열었다.

"그곳에선 아이를 낳는 것도…… 키우는 것도…… 금지되어 있었으니까."

"도대체 용호농장에선 무슨 일들이 벌어졌던 겁니까?"

박 형사가 다소 격양된 목소리로 물었다. 옆에 있던 반장이 그에게 흥분하지 말라는 눈짓을 보냈다. 병원장은 고개를 좌우로 흔들며 입을 열었다.

"우리들에게 정의나 선(善)이…… 과연 존재하는 것일까? 이성이 존재하는 것일까……? 과연 신은 존재하는 것일까? 를…… 수도 없이 자문하고, 또 자문할 수밖에 없었네……."

호흡을 가다듬던 병원장이 천천히 손을 들어 박 형사와 반장, 그리고 자기 자신을 가리켰다.

"우리들 마음속에…… 도사리고 있는 이기심과 잔인함을……. 우린 애써 외면하고 있었던 건 아니었나를."

"낙태와 불임수술을 맡으신 건, 그럼 거룩한 인류애 때문이었습니까?"

박 형사가 대꾸를 했다. 반장이 이번엔 경고 섞인 참견을 했다. 병원장은 박 형사의 말에 충격을 받았는지 거칠게 기침을 해댔다. 마스크가 다가가 그에게 괜찮으냐고 물었다. 병원장은 마스크의 손을 가볍게 두드렸다.

"레테의 강이 있었다면…… 나는 그 강물을 마시고 싶었을 거야……. 절대적인 절망이란 존재할 수 없다고 형사 양반들은 말할지도 모르겠지만……, 그건 어림없는 일이지……. 술이…… 그나마 위안이 되었던 것도 그 때문이었으니까. 내 죄가 사하는 그날까지…… 난 술을 먹고 괴로워하는 고통을 당해야만 했지……. 히포크라테스 선언을 할 때부터 내 미래는…… 그렇게 정해져 있었던 거야. 영원히…… 천국의 문에 다가갈 수 없는 죄인으로 살아가야 하는……."

거기서 다시 그는 호흡을 가다듬었다.

"하지만…… 많은 사람들이 그걸 바라고 있었지……. 그곳에서 조용히 사라져주기를……. 영원히 우리들의 삶 속에서…… 사라져주기만을."

말을 마친 병원장이 한쪽 벽을 가리켰다. 박 형사와 반장은 방 한가운데 걸려 있는 텔레비전으로 시선을 돌렸다. 컴퓨터 모니터와 연결된 텔레비전의 전원이 켜지고 곧이어 색이 바랜 컬러사진이 나타났다. 가운을 걸친 60대의 병원장과 직원들의 모습을 찍은 사진이었다.

"저기…… 내 옆에 서 있는 친구가 원무부장이었네……. 그는 성

실한 사람이었어. 누구보다…… 그곳 사람들을 잘 대해 주려고 노력
했지."

"화재가 있던 날 많은 사람들이 죽었죠."

박 형사가 말했다. 병원장은 그때의 기억이 떠오르는지 고개를 좌
우로 흔들며 안타까운 표정을 지었다.

"불은…… 순식간에 그들을 빼앗아 가고 말았어……. 모든 게
재로 변하는 동안…… 생존자들이 할 수 있는 건 아무것도 없었
네……. 소방대원들조차도………."

박 형사는 병원장의 이야기를 들으며 화재조사지원팀에서 만났던
소방경의 말을 떠올렸다.

'소방도로가 만들어지지 않은 골목은 좁고 미로처럼 얽혀 있는데
다 가건물까지 들어서 있어 진입이 불가능했어요. 소방차는 농장의
외곽도로에서 꼼짝할 수가 없었던 겁니다.'

"방화용의자는 경찰 심문에서 원무부장의 딸에 대해 언급한 적이
있었습니다. 당시 중학생이었던 그녀는 육일 전 용호농장과 가까운
산에서 살해당했어요. 우린 방화사건과 피해자의 살인사건 사이에
연관성이 있을 거라 생각하고 있습니다."

"뉴스에 나왔던……. 두 명의 살해된 여성이……?"

"앞으로 더 많은 희생자가 생길 수도 있어요."

박 형사가 한 발짝 다가서며 말했다. 투명막 사이로 보이는 병원
장의 얼굴이 더욱더 창백하게 변했다. 그는 무슨 생각을 하는지 잠
시 두 눈을 감았다가 떴다.

"왜 하필이면…… 용호농장이었을까?"

"저희들 역시 그 이유가 궁금합니다."

"한때는……, 농장에서도 비슷한 소문들이 있었네……."

"비슷한 소문이라면……. 그때도 젊은 여성들이 살해당했단 말입니까?"

"용호농장 주변에서는 항상……, 괴기스러운 소문들이 많았으니까."

"소문을 만든 사람들은 누구였습니까?"

박 형사가 대꾸했다.

원장은 힘겹게 손을 가로 저으며 입을 열었다.

"아이러니하게도……, 사람들은 소문의 진위엔 관심이 없었네. 지루함을 달래줄 가십거리가 필요했을 뿐이니까."

잠시 호흡을 가다듬던 병원장이 다시 입을 열었다.

"구십 년대 후반이었을 거야. 그 녀석이 갑자기 농장에…… 나타났던 게……."

"김현 말입니까?"

하지만 원장은 대답하지 않았다. 그는 또다시 기침을 시작했다.

"나에겐…… 권한이 없었네. 불임수술과 낙태가…… 최선의 선택이라고 믿었던 시대였으니까……. 나병은 불치병에 가깝다고 생각했고…… 전염에 대한 두려움이 심했으니까. 거기다 정신병자와 약물중독자, 장애를 가진 사회부적응자까지 모여들면서 그곳을 쓰레기처리장이라고 부르는 사람들도 많았어. 하지만 단속에도 불구하고…… 농장에서는…… 사랑하는 연인들이 생기고 아이들이 태어났네……. 더러운 진흙탕 속에서 하얀 연꽃이 피듯이 말이네."

"병원에 불을 질렀던 녀석도 용호농장 출신이었습니까?"

박 형사가 되풀이해서 질문을 던졌다. 병원장은 가래 끓는 소리를 내면서 한동안 거칠게 숨을 내쉬었다.

"농장 안에서…… 몰래 아이들을 키우던 부부들이 있었다는 걸 나중에야 깨달을 수 있었어……. 그 아이들은 부모들이 모두 죽은 뒤에야 발견할 수 있었지……. 다행히 감염되거나 부모의 나쁜 유전자를 물려받지는 않았지만…… 정서적으로 불안해 보였어……. 거친 행동에, 일반인에 대한 반감도 강했지. 회의 끝에 우린……, 그 아이들을 보육원으로 보내기로 결정했어. 하지만……, 성인이 된 후에 다시…… 농장으로 돌아올 줄은 꿈에도 생각하지 못 했네……."

박 형사는 원장수녀로부터 들었던 이야기가 되살아났다. 사진 속의 두 소년. 그리고 김현은 부산에서 누군가를 만났고, 그 남자 역시 용호농장과 관계가 있을 가능성이 많았다.

"농장으로 되돌아온 아이가 바로 이 사람이었을 겁니다."

박 형사는 김현의 증명사진을 꺼내 투명막 가까이 내밀었다. 사진을 바라보던 병원장이 갑자기 심한 기침과 함께 각혈을 시작했다. 그와 동시에 심전도 모니터에 빨간 불과 경고음이 터져 나왔다. 마스크가 급히 그의 입으로 호수를 집어넣고 석션을 시작했다. 옆방에 대기하고 있던 의료진들이 방으로 뛰어 들어왔다. 집사와 경호원이 박 형사와 반장을 복도 밖으로 내몰았다. 집사는 끝까지 평정심을 잃지 않았지만 경호원의 얼굴은 굳어 있었다. 박 형사와 반장이 복도까지 떠밀려 나간 뒤 문이 닫혔다. 안에서 사람들의 다급한 목소리가 흘러나왔다. 두 사람은 잠시 동안 문 앞에서 서성거렸다.

"하필이면 지금……."

박 형사는 김현의 사진을 내려다보면서 혼잣말처럼 말했다. 그는 담배 한 개비를 꺼내 입에 물었다.

"그의 말을 얼마나 믿을 수 있을까요? 반장님. 그는 용호농장의 땅을 삼분지 이 이상이나 소유하고 있었습니다. 그리고 농장에서 일어난 일을 증언해 줄 사람들도 없어요. 화재사건으로 모두 목숨을 잃었으니까……."

"병원장에 대해 적개심을 가지는 이유를 모르겠군."

반장도 담배를 꺼내 입에 물고 불을 붙였다.

"화재사건이 일어난 뒤에 용호농장은 완전히 폐쇄가 되었습니다. 더 이상 이런 혐오시설을 방치해선 안 된다고 지역여론이 들끓었죠. 그즈음 그곳은 주변의 자연경관으로 땅값이 치솟고 있었어요. 대기업들이 군침을 흘릴 만큼요……. 용호농장 주변에 살던 주민들도 그런 사실을 잘 알고 있었을 겁니다."

박 형사는 복도를 지나 1층 계단으로 내려가며 말을 이었다.

"그때 화재사건이 일어난 거예요. 용호농장에 살던 사람들이 닭과 돼지를 팔아서 모은 돈으로 조금씩 농장의 땅을 사들였던 겁니다. 그러나 화재사건 이후, 그 모든 것이 원장의 소유가 되어버렸어요. 자치위원회의 대표가 바로 병원장이었으니까요. 농장은 폐쇄가 되고 그나마 남아 있던 생존자들은 섬으로 쫓겨나거나 정신병원에 감금이 되었어요……. 분명히 그는 우리에게 말하지 않은 게 있는 겁니다."

"그러니깐 몇 가지 의문점이 생기긴 하는군. 보육원에 두 소년을 맡겼던 남자……. 그리고 부산에서 멀리 떨어진 인천까지 가서 아이들을 맡긴 이유 같은 것 말이야.”

“누군가에게 쫓기고 있었던 건 아닐까요?”

“병원장이나 원무부장…… 아니면 농장의 자치위원들에게?”

“그곳에서 불법적인 행위들이 벌어졌다면, 그런 이야기들이 밖으로 새나가는 걸 좋아할 사람은 없었을 거예요.”

두 사람은 서로의 얼굴을 마주보며 ‘설마’ 라는 생각을 했다.

“동부서에서 일어난 두 번째 희생자의 아버지에 대해서도 그 연관성을 찾을 수 있었습니다. 피해자의 아버지는 한때 소방공무원으로 근무를 했었어요. 비리와 관련해 퇴직을 했는데 화재가 일어났던 병원과 관련이 있었습니다.”

“사건의 중심엔 용호농장과 병원이 있었군……. 그렇다면 녀석은 왜 다시 용호농장으로 돌아갔을까?”

“복수심 때문일 수도 있을 겁니다.”

“화재사건하고도 관계가 있겠지?”

그때 반장의 휴대폰이 울렸다. 동부서 수사반장에게서 걸려온 전화였다. 그는 신호음이 가기도 전에 김현의 자취방에서 발견된 미라의 신분이 밝혀졌다고 말했다.

“지금 바로 동부서로 오는 게 좋겠어. 거기서 두 번째 미팅을 가지기로 했거든.”

“미라의 정체는?”

“와서 이야기하지……. 그리고 남구를 떠들썩하게 했던 연쇄방화사건 말이야. 함 형사가 방화범의 거주지를 조사하던 중에 흥미로운 걸 발견했다는군. 곧 자네한테도 연락이 갈 거야."

동부서 수사반장의 말에 반장은

"뭔가 단서를 잡았군!"

하고 외쳤다.

"그래서 급히 두 번째 미팅이 잡힌 거야."

통화를 끝낸 반장은 박 형사와 함께 저택을 빠져나왔다. 어느새 빗방울이 쏟아지고 있었다. 멀리서 번쩍거림과 함께 천둥이 울렸다. 박 형사와 반장은 외투를 머리 위에 둘러쓰고 나서 정문을 향해 뛰기 시작했다.

35

밤안개가 항구도시를 휩싸고 돌았다. 달은 구름에 가려 보이지 않았다. 가끔 마른 천둥이 울렸다. 어둠은 그녀의 모든 감각을 예민하게 만들고 있었다. 발을 앞으로 내디딜 때마다 사각거리는 소리가 들려왔다.

차갑고 눅눅한 바람은 나뭇잎 쓸리는 소리와 함께 그녀의 얼굴과 귀를 때렸다. 그녀는 휴대폰을 꺼내 다시 전화를 걸었다. 몇 번의 신호음 뒤에 민성의 목소리가 흘러나왔다. 장대 같던 소나기가 한차례 지나간 뒤에 비는 소강상태를 보이고 있었다.

"지금 골목을 올라가고 있어요. 도대체 어디에 있는 거예요?"

그녀의 목소리에는 약간의 두려움과 함께 짜증이 묻어 있었다. 하지만 폴더에서는 민성의 긴 한숨소리만 들려왔다. 어디선가 고양이의 굵은 울음소리가 울렸다.

"당신이 보이기 시작했어. 위쪽으로 십 미터 정도만 더 올라와. 그럼 내 모습을 볼 수 있을 거야."

전화를 끊은 그녀는 골목 위쪽을 올려다봤다. 어디선가 희미한 불빛이 일렁이는 것 같았다. 빗줄기는 잠잠해졌지만 대신 싸늘한 바람이 바다에서부터 불어왔다. 그녀는 외투의 옷깃을 여미며 좁은 골목길을 말없이 올라갔다.

민성은 어느 낡은 건물의 정원 앞에서 그녀를 기다리고 있었다. 정원이라고는 하지만 잡초가 무릎까지 올라오는 마당이었다. 한쪽에는 녹이 슨 의자와 책상이 쌓여 있었고 그 가운데에는 2미터 남짓한 크기의 십자가가 비스듬히 세워져 있었다. 민성은 건물 안을 가리키며 그녀에게 말을 건넸다.

"안에 불을 피워놨어."

"왜 절 이곳까지 올라오라고 한 거예요?"

민성은 그녀의 말에 대꾸하는 대신 건물 안으로 들어갔다. 한때 교실이나 강당으로 쓰였을 방의 중앙에는 모닥불이 타오르고 있었다. 민성은 모닥불 가까이에 의자 한 개를 가져다놓고 그녀를 기다렸다. 하늘에서 다시 빗방울이 조금씩 떨어지고 있었다. 화단 앞에 서 있던 그녀는 어쩔 수 없다는 듯 어깨를 들썩이면서 발걸음을 옮겼다.

모닥불 때문인지 건물 안은 싸늘한 바깥 날씨와는 달리 훈훈한 온기로 차 있었다. 그녀는 젖은 외투를 벗어 의자 등받이에 걸쳐두고 불 가까이 다가갔다. 그 사이 민성은 복도로 나가 마룻바닥 일부를 뜯어서 돌아왔다. 그는 가져온 나무 조각을 불 위에 올려놓으며 그녀에게 말했다.

"현길이 나를 안 건 문학상 때문이 아니었어. 이곳에서부터 그는 나를 알고 있었던 거야."

모닥불 가까이에 무릎을 꿇고 앉은 민성이 그녀를 바라보며 말을 이었다.

"나와 그 녀석을 보육원에 맡긴 사람이 떠올랐지. 왜 난 그를 까맣게 잊어버리고 있었던 것일까?"

민성의 얼굴에 희미한 미소가 흘렀다.

"그리고 말이야. 한 가지 더 떠오른 게 있었어. 고양이⋯⋯. 고양이를 던져 버렸던 우물을 찾아냈거든."

"이곳에서요?"

"왜 내가 당신을 여기까지 불러냈다고 생각해?"

민성은 야구 모자를 벗어 바닥에 내려놓고 양손으로 얼굴을 비벼 대기 시작했다.

"이곳에서 십이 년 전의 나를 발견할 수 있었어. 기억을 잃어버리기 전의 내가 궁금하다고 그랬지?"

그리고 나서 민성은 그녀 가까이 다가가 코를 킁킁거렸다.

"생리를 시작했나? 피 냄새가 나는 것 같군."

민성은 킥킥거리며 그녀를 노려보았다.

"왜 내게 말하지 않았던 거지? 당신 할아버지에 대해서 말이야."

"기억을 모두 되찾은 건가요?"

"아니, 난 처음부터 기억을 잃어버리지 않았어. 단지 작가선생의 몸 안에 숨어 있었을 뿐이니까. 그런데 작가선생이 이곳에 오면서 점점 더 자신의 과거를 떠올리게 되었지. 십이 년 전의 자신…… . 그러니까 지금의 나를 말이야. 킥킥킥…… ."

모닥불 가까이 되돌아간 민성이 그녀를 보며 희미한 미소를 지었다. 하지만 그의 미소는 평상시와 전혀 다른 모습이었다.

"작가선생이 기억을 완전히 되찾기 전에 내 모습을 드러낼 수밖에 없었어. 진실을 알게 되면 연약한 작가선생은 죄책감에 자살을 할지도 모르니까."

"그래서 그를 만났던 거군요."

"현길을 끌어들인 건 꽤 좋은 아이디어였어. 조금만 늦게 내가 나타났다면 위험해질 수도 있었으니까."

"그에게 불을 지르게 한 것도 당신이었죠?"

"아직도 모르고 있군. 열쇠를 쥐고 있는 건 내가 아니라 당신 할아버지야."

민성은 고개를 갸우뚱거리면서 그녀에게 물었다.

"빌어먹을 병원장이 당신을 보낸 이유는 뭐였을까?"

"할아버지하곤 상관이 없어요……. 동생은 어디에 있는 거죠?"

그녀가 대답했다. 민성은 모닥불 주위를 천천히 걸어 다니면서 '아하!' 라는 감탄사를 내뱉었다.

"내일이면 동생이 사라진 지 보름째가 되는 건가?"

"동생은 아직 살아있나요?"

걸음을 멈춘 민성이 그녀를 내려다보며 말을 이었다.

"그 때문이었군. 그래서 생리가 시작되는 날, 날 유혹했던 거야. 내가 빨리 모습을 드러내길 기다리고 있었으니까. 그렇지?"

"할아버지는……."

"장 드 크라옹!"

그녀의 말을 자르며 민성이 소리쳤다.

"질 드레의 외할아버지였지. 그를 악마로 만든 장본인."

그녀 곁으로 다시 다가온 민성의 입술에 살며시 경련이 일어났다. 민성은 그녀의 뺨을 손으로 어루만지면서 입을 열었다.

"이미 이십 년 전에 나병은 이곳에서 자취를 감췄어. 질병에 대한 공포가 사라지면서 당신 할아버지도, 저기 저 골고다 언덕 위에 세워진 병원의 권위도 사라져야만 했어. 하지만 그럴 수가 없었지. 왜냐하면 주변 땅값이 치솟기 시작했으니까."

고개를 절레절레 흔들면서 민성은 말을 이었다.

"나병은 사라졌지만 한센씨병 환자들에 대한 혐오스러운 이미지와 공포는 그 후로도 오랫동안 이곳에 머물러 있어야만 했어. 그래야만 계속해서 헐값에 땅을 사들일 수가 있었으니까. 그때 당신 할아버지가 생각해 낸 것이 넌 휴먼[7]이었지. 마치 중세말기에 나병이 사라진 황량한 지역을 차지했던 미치광이들처럼 말이야. 새로운 질병이나 또 다른 공포의 예감에 휩싸인 불안전한 존재들……. 그래서 이곳에 종말론을 믿는 이단자들까지 끌어 들였던 거야."

"전 동생이 어디에 있는지 알고 싶어요!"

---

7) non-human : 비인간, 혹은 정신병자를 지칭. 푸코의 「광기의 역사」에서 인용.

민성의 왼손이 그녀의 가녀린 목을 감싸 쥐었다. 그리고 천천히 허리춤에 꽂혀 있던 길고 날카로운 사시미칼을 뽑아들었다. 칼날의 시퍼런 끝이 그녀의 정수리 부분으로 향했다.

"많은 아이들이 그랬지. 우린 모두 보육원으로 보내질 거라고 믿고 있었으니까. 하지만 불행하게도 모두가 거짓말이었던 거야……. 당신 할아버지가 저질렀던 그 끔찍한 일들을…… 저기 보이는 언덕 위의 건물 안에서 질 드레가 했던 것보다 더한 일들이 벌어지고 있었다는 걸."

잠시 말을 멈춘 민성이 그녀와 시선을 마주치며 다시 입을 열었다.

"가족을 잃은 슬픔을, 그 상실감을 똑같이 느끼게 해 주고 싶었어. 그때 그가 내게 다가왔지. 천사와 같은 모습으로 말이야!"

"그가 누구죠?"

"정 궁금하다면, 당신 할아버지에게 물어보는 게 좋을 거야. 그를 제일 잘 알고 있는 사람이니까……. 킥킥킥."

그녀의 목을 찌를 것처럼 칼끝을 가지고 놀던 민성이 큰소리로 웃었다. 그리고 창가로 걸어가 언덕 꼭대기에 있는 병원을 가리키며 말했다.

"당신의 목과 심장을 저기 보이는 제단에 바치고 싶지만, 그러면 작가 선생이 매우 슬퍼할 거란 사실을 알고 있으니까. 불행하게도 그 녀석은 이미 당신에게 깊이 빠져 있거든. 그러니까 한 번 더 기회를 주기로 했어……. 불쌍한 작가선생을 위해서."

민성은 아쉽다는 듯 혀를 날름거렸다.

"자, 지금부터 동생을 살리는 방법을 알려주지."

천천히 뒷걸음질을 하던 민성의 얼굴에 다시 희미한 미소가 일었다. 하지만 그녀를 바라보는 그의 눈동자에는 깊고 어두운 그림자가 도사리고 있었다. 감정이라고는 찾아볼 수 없는 검은 눈동자.

"인간은 아무것도 먹지 않은 채 며칠 동안이나 살 수 있을까? 일주일, 아니면 십일, 보름……? 물병 한 개를 두고 왔으니까, 어쩌면 오늘 밤이나 내일까지는 견딜 수 있을지도 몰라."

"제가 어떻게 하길 바라는 거예요?"

민성은 들고 있던 칼을 바닥에 던졌다. 금속성의 날카로운 소음이 방안에 울려 퍼졌다. 그와 함께 빗줄기가 세차게 창문을 두드리기 시작했다.

"이 칼로 할아버지의 목을 찌르는 거야. 그 다음엔 핸드폰으로 영상을 찍어 내게 전송하는 거지. 그럼 동생이 있는 위치를 문자로 알려줄 생각이거든."

"할아버지를요? 그걸 말이라고 하는 거예요?"

"당신이 그 일을 하지 않는다면 동생은 고통스럽게 죽어가겠지. 병원장 역시 저 상태론 일 년을 넘기지 못할 테니까……. 그리고 당신은 평생 동생을 살리지 못했다는 죄책감에 시달리면서 살아가야만 할 거야……. 당신이 어느 쪽을 선택하든지 날 이길 수는 없는 거지. 킥킥킥……."

"처음부터 내가 일부러 접근했다는 걸 알고 있었군요. 학교 근처에 원룸을 얻은 것도, 현길과 우연히 만나게 한 것도……."

"소설과 똑같은 방법으로 당신 동생을 납치한 이유를 이제야 깨달

왔군……. 킥킥킥……. 하지만 변수도 있었지. 작가선생이 당신을 진심으로 사랑하게 될 줄은 미처 생각하지 못했으니까."

"그도 곧 알게 될 거예요. 자신이 어떤 짓을 저지르고 있는지 말예요."

"아마도……. 하지만 그전에, 당신의 선택이 먼저야. 동생을 살릴 수 있는 시간이 얼마 남지 않았거든……. 그리고 한 가지 조언을 곁들이자면 당신 외할아버지는 이미 죽음을 기다리고 있다는 사실이겠지. 기꺼이 손녀를 위해 자신의 목숨을 바칠 각오가 되어 있을 테니까."

"이런 식으로 현길에게도 분신을 강요한 건가요?"

"아직까지도 이해를 못하는군. 당신……. 모든 열쇠를 쥐고 있는 건 당신 외할아버지란 사실을 말이야. 실제로 나는 어디에도 존재하지 않아. 난 단지 민성의 몸에 기생하는 또 다른 인격일 뿐이야. 그리고 그도 마찬가지였지. 아니 병원의 특별관리동에 있었던 아이들 모두가 그랬어……. 그리고 그런 괴물을 만든 장본인이 바로 당신 할아버지였다는 걸 말해 주고 싶군."

민성은 양손을 펼쳐들며 다시 웃음을 터뜨렸다.

"당신이 달고 온 녀석이 그 사이를 참지 못하고 언덕 위를 올라오는군. 저 녀석의 피 맛은 어떨까? 천천히 음미하면서 죽일 생각을 하니까 벌써부터 흥분이 되는데."

그리고 뒤돌아서서 그녀에게 덧붙였다.

"당신 할아버지는 샤를페로의 동화를 들려주곤 했지. 아이들 모두 그 이야기를 좋아했지만 언제나 결말은 비극으로 끝나곤 했어…….

이젠 병원장 차례가 되었군. 이 한편의 동화를 끝내기 위해 너무나 많은 희생자들이 생겼지만 말이야."

민성은 말을 끝내자마자 밖으로 사라졌다. 용호농장의 밤은 비와 안개로 을씨년스러웠다. 그녀는 천천히 자리에서 일어났다. 다리가 후들거려서 좀처럼 몸을 가눌 수가 없었다. 그녀는 심호흡을 하다말고 급하게 휴대폰을 찾았다. 할아버지가 붙여준 경호원에게 조심하라는 메시지를 전달해야만 했다. 그러나 휴대폰을 찾는 그녀의 손은 조급함과는 달리 더디기만 했다. 겨우 가방 속에서 휴대폰을 꺼내 경호원에게 전화를 걸었다. 하지만 신호음 이외에 응답이 없었다. 그녀는 비틀거리며 화단 앞으로 걸어갔다. 어디선가 휴대폰 벨소리가 가늘게 울려 퍼지고 있었다. 종료버튼을 누르자 모든 것이 정적 속에 싸였다. 그녀는 숨이 막힐 만큼 심한 두려움에 빠져들었다.

'아니, 모두가 두려워했지……. 녀석은 사람의 마음을 움직일 수 있는 능력을 가지고 있었어……. 그런 능력으로 농장 전체를 광기 속으로 천천히 몰고 갔지……. 그 사탄을 죽이기로 한 날 화재가 발생한 거야.'

외할아버지의 말이 떠올랐다. 하지만 할아버지는 악마가 누구인지 말해 주지 않았다. 동생이 사라지던 날, 그는 외할아버지에게 샤를 페로의 동화책을 소포로 보냈다. 동생의 실종을 알리는 일종의 경고장이었다. 어머니가 자살을 한 것도 아버지가 자신과 동생을 남겨둔 채 미국으로 떠나버린 것도 모두 사탄의 짓이라고 할아버지는 말했을 뿐이다.

'그런데…… 이제 너희들 차례가 되었구나. 어쩌면 네 아버지가 현명했는지도 모른다……. 가장 좋은 방법은 그 녀석으로부터 도망을 치는 거니까……. 멀리, 아주 멀리…….'

그러나 그녀는 외할아버지가 내미는 비행기 티켓 대신 동생을 찾기로 결심했다. 그녀에게 동생은 혈육 이상으로 소중한 존재였기 때문이다.

"아직 끝나지 않았어……. 동생은 살아있으니까. 결코 당신은 승자가 될 수 없을 거야. 내가 가만히 보고만 있진 않을 테니까."

그녀는 뒤돌아서서 그가 던져놓고 간 칼을 외투로 감쌌다. 다시 화단으로 나왔을 때에는 빗줄기가 굵어지고 있었다. 그녀는 흙탕물이 흘러내리는 골목을 빠른 걸음으로 내려갔다. 어둠 속 어디에선가 살인마로 변한 민성이 자신을 지켜보고 있는 것만 같았다.

36

동부서에서 가진 두 번째 미팅에는 방화범을 체포했던 함 형사도 참석했다. 그는 후배 형사의 오발 사고에 대한 내부감사를 받고 오느라 다소 지쳐 있었다. 두 번째 미팅에서는 담당검사와 형사부장이 만족할 만한 조사결과가 쏟아져 나왔다. 먼저 동부서에서는 두 번째 희생자의 아버지가 소방공무원으로 근무하기 전부터 용호농장의 자치위원으로 활동한 사실을 밝혀냈다. 이로써 첫 번째 희생자였던 은희 사건과의 연관성을 찾을 수 있게 되었다. 희생자의 아버지들 모두 용호농장과 관련되어 있었기 때문이다. 그리고 약장사들을 족치고 다니는 과정에서 한 남자에 대해 알아낼 수 있었다. 유흥가 주변에서 엑스터시나 마리화나, 히로뽕을 팔던 녀석들 중에는 김 약국이라는 닉네임으로 불리는 사내가 있었다. 이름 앞에 '약국'이라는 별명이 붙을 만큼 전과가 화려했던 녀석은 사건 당일, 두 번째 피해자가 살해된 클럽에서 그녀에게 일명 도리도리로 통하는 엑스터시를 판매한 혐의로 체포되었다. 형사들의 취조과정에서 그는 한 사나이에 대해 말하기 시작했다. 앞 이빨이 두 개나 빠져 있던 녀석은 쇳소리를 내면서 벙거지를 눌러 쓴 락카페 살인사건의 용의자를 들먹였다. 그리고 초조해하는 형사들에게 '감형을 받을 수 있는 조건이라면 협조할 용의가 있다.' 라고 제안을 해왔다. 두 번째 희생자가 죽기 4일 전에 같은 장소에서 마약을 사간 남자가 있었다는 녀석의 증언은 신뢰할 만 것이었다.

"그게 중요한 단서가 되는 이유는?"

형사부장이 묻자 함 형사가 대신 대답했다.

"어제 새벽 관내에서 연쇄방화범을 검거했습니다. 그는 검거 직전 분신을 시도했고 전신 삼도 화상을 입은 채 중환자실에 입원했다가 오늘 오후에 끝내 숨을 거두었습니다. 그런데 그의 혈액에서 마약성분이 검출되었다는 보고가 있었습니다."

"방화범이 이번 연쇄살인사건과도 관계가 있다는 말입니까?"

담당검사가 질문을 던졌다.

"한 가지 흥미로운 사실은 벽 속에서 발견된 미라의 혈액 속에서도 비슷한 마약성분이 검출되었다는 겁니다."

"마약의 종류는요?"

"혈액 속에서 알칼로이드가 검출된 걸로 미루어 진통제로 쓰이는 모르핀이나 아편일 가능성이 높습니다."

"미라의 지문감식결과는 나왔습니까?"

"네. 그는 삼 년 전 행방불명이 되었던 김현으로 밝혀졌습니다."

동부서 수사반장의 말에 반장과 박 형사는 있을 수 없는 일이라는 듯 고개를 좌우로 흔들었다.

"범인과의 디엔에이 비교 감식 결과는 어떻게 됐습니까?"

"그들 중에 범인은 없었습니다. 하지만 연쇄살인범 역시 약에 취해 있을 가능성이 많습니다."

잠시 침묵이 흘렀다. 연쇄살인사건의 유력한 용의자였던 김현이 자신의 자취방에서 숨진 채 발견되었다는 건 분명히 제 삼의 인물이 존재한다는 사실을 말해 주는 것이었다. 그렇다면 용의 선상에서 빠져 있던 사람은 누가 있을까?

"그렇게 생각하는 이유는?"

형사부장이 동부서 수사반장에게 물었다.

"마약판매상이 증언한 내용을 보면 약을 사간 남자의 인상착의가 연쇄살인범과 일치합니다. 다행스러운 점은 그가 범인의 얼굴을 기억하고 있었다는 사실입니다. 판매상을 통해 만든 범인의 몽타줍니다."

동부서 반장이 몽타주 사진을 펼쳐들었다. 수사대에 참석한 형사들도 몽타주 사진을 한 장씩 받아들고 얼굴 생김새를 살폈다. 30대 중반에서 40대 중반의 나이에 서울 말씨를 사용하는 남자는 매우 침착하고 냉정했다고 했다. 인상에서 풍기는 느낌도 일반적인 범죄자와는 달리 호남형이었다.

"그리고 오늘 오전 함 형사가 관내에서 일어났던 연쇄방화범의 집을 수색하는 과정에서 몇 권의 소설책을 발견했습니다. 같은 작가가 쓴 소설책으로 지금 제가 들고 있는 책도 그중 하나입니다."

책장을 넘기면서 반장은 말을 이었다.

"스릴러물로 십이 년 전, 용호농장에서 있었던 화재사건과 연쇄살인범을 다룬 소설입니다. 책의 앞장에 나와 있는 저자의 사진과 몽타주 사진을 비교해 보시기 바랍니다."

회의장 앞에 설치되어 있던 LCD모니터에 작가의 얼굴 사진이 나타났다. 형사부장과 담당검사는 물론이고 반장과 박 형사도 사진 속의 얼굴이 몽타주와 많이 닮았다는 사실을 알 수 있었다.

"저 소설가에 대해서 알아봤습니까?"

담당검사가 질문을 던졌다.

"네. 출판사를 통해 작가의 휴대폰 번호를 알아낼 수 있었습니다."

"특이한 사항은요?"

"작가는 십이 년 전 용호농장에 있었던 화재사건에서 살아남은 생존자 중 한 명이었습니다."

"그래요? 그의 거주지 주소는 확보했습니까?"

다소 흥분한 목소리로 담당검사가 질문을 던졌다.

"첫 번째 희생자가 다니던 학교 근처의 원룸입니다."

"보강수사를 하기 전에 그의 신병부터 확보하세요."

"십이 년 전, 용호농장에서 있었던 화재사건도 재수사가 필요합니다."

박 형사가 덧붙이듯 말했다. 담당 검사는 볼펜으로 판지파일을 두

들겨 대면서 그에게 말을 건넸다.

"좋아요. 하지만 저도 농장에 대한 자료를 볼 수 있었으면 좋겠군요."

"준비되는 대로 보고 드리겠습니다."

이로써 두 번째 미팅도 끝이 났다. 회의장을 빠져나오기 전에 반장과 박 형사는 동부서 수사반장으로부터 작가에 대한 프로필을 건네받았다.

"기억을 잃어버리기 전의 그에 대해선 밝혀진 게 없습니까?"

박 형사가 물었다. 반장과 함께 경찰 복도를 나오면서 동부서 수사반장이 대답했다.

"병원에서 깨어났을 때 아무것도 기억하지 못했다는군. 지문조회에서도 그의 신분을 알아낼 수 없었어."

"이유가 뭘까요?"

"여러 가지 추측이 가능하지만, 밝혀진 건 아무것도 없네."

"방화범과의 관계는?"

이번엔 반장이 질문을 던졌다. 동부서 수사반장은 느릿느릿 걸어가는 함 형사의 뒷모습을 건너다보며 말했다.

"함 형사 말로는 방화범이 '시키는 대로 했을 뿐이야.'라는 말을 여러 번 반복했다고 하더군. 안타까운 건 전신화상이 너무 심해서 그가 십이 년 전에 있었던 화재사건과도 관련되어 있는지 확인할 수 없었다는 거야……. 그나저나 병원장은 어떻게 됐나?"

"서울에서 의대생 한 명이 의료봉사활동을 하러 내려왔었다는 사실만 확인할 수 있었어요."

"하지만 김현은 신학과를 중퇴했네. 그리고 자신의 자취방에서 살해당했지."

"그러니까 제 삼의 인물이 있는 겁니다."

"예를 들면?"

"김현의 쌍둥이 형제죠."

박 형사의 대답에 동부서 수사반장이 놀란 듯 되물었다.

"그에게 쌍둥이 형제가 있었나?"

"하지만 그의 행방을 찾을 수 없었습니다. 김현이 입양되던 해에 그도 보육원에서 갑자기 사라졌거든요."

앞서 가던 박 형사가 걸음을 멈추면서 말을 이었다.

"혹시 지문 말입니다······. 처음부터 그가 김현이 아닐 가능성은 없었을까요? 지문[8]이 바뀌었다거나 아니면 처음부터 두 사람이 서로 신분을 바꾼 채 살아왔을 가능성은요."

"누가? 김현과 김현의 쌍둥이 형제가?"

"불가능한 일은 아니지만······. 그럴만한 이유가 있었을까?"

반장과 동부서 수사반장의 질문에 박 형사는 대답했다.

"두 사람 중 한 명을 지키려고 했을 수도 있잖아요."

"그럼 김현의 자취방에서 발견된 미라는 김현 대신에 살해를 당한 쌍둥이 형제였단 말이야······? 연쇄살인범을 죽이려는 또 다른 누군가가 있었다? 있을 수 없는 일이잖아."

반장은 그 순간 병원장의 얼굴을 떠올렸다. 창백하고 야윈 그의

---

8) 일란성 쌍둥이의 경우에도 지문은 서로 다르게 나타난다. 그 이유에 대해선 아직 밝혀지지 않았다.

모습에는, 그러나 범접하기 어려운 비열함과 어둠이 숨어 있었다.

"그렇다면 소설가의 정체는 뭘까? 김현과는 전혀 다른 얼굴이잖아."

"몇 시간 전에 죽은 방화범도 마찬가지였어요. 하지만 그들 모두 용호농장과 관계가 있는 겁니다."

"소설가의 원룸이 대연동에 있다고 했던가?"

"네. 여기서 일 킬로미터도 떨어지지 않은 곳이에요."

안전벨트를 매면서 반장이 혼잣말처럼 내뱉었다.

"젠장! 바로 코앞이었잖아."

37

눈을 떴을 때 민성은 모든 것이 변해 있다는 사실을 깨달았다. 용호농장에서 느꼈던 기시감 때문만은 아니었다. 그는 조금씩 과거의 기억이 떠오르기 시작했다. 제일 먼저 낡은 의자와 함께 버려져 있던 십자가와 잡초가 우거진 화단이 넓은 폐가가 떠올랐다. 민성은 자신이 한때 이곳에서 자랐다는 사실을 깨달았다. 기억 속의 교회는 연두색 페인트가 칠해진 벽과 넓고 푸른 잔디가 깔린 정원이 있는 곳이었다. 주일에는 첨탑의 종소리가 농장 전체에 울려 퍼졌다. 그 종소리와 함께 모여든 사람들이 교회 강당에 모여 기도하는 모습이 슬라이드 사진처럼 지나갔다. 강당에 모인 대부분의 사람들은 얼굴이 일그러지거나 몸에 장애가 있는 사람들이었다. 새끼돼지와 마당에서 놀던 기억과 함께 텃밭에서 농사를 짓던 햇볕에 그을린 남자의 얼굴도 떠올랐다. 밀짚모자를 눌러 쓴 남자와 그의 부인인 듯한 여자가 어린 민성을 향해 손을 흔들고 있었다.

어느새 바다와 하늘이 붉은색으로 물들기 시작했다. 민성은 들판에 우두커니 서서 그 광경을 바라보고 있었다. 그러나 붉은색은 곧 피로 얼룩진 남자와 그의 아내 모습으로 바뀌어 있었다. 민성은 누군가의 손에 이끌려 마룻바닥에 숨었다. 민성이 남자의 얼굴을 올려다봤다. 어린 민성보다도 더 떨고 있던 남자의 모습은 곧 현길과 겹쳐졌다.

그 순간 민성은 머리가 깨질 것처럼 아파오기 시작했다. 그는 몸을 구부리면서 머리를 양손으로 움켜쥐었다. 빗물과 함께 비린 냄새가 입안을 적셨다. 민성은 천천히 몸을 일으켰다. 두통 때문인지 구토가 일었다. 비틀거리는 그의 몸을 지탱해 준 건 군데군데 시멘트가 벗겨져나간 돌담이었다. 민성은 돌담에 등을 기대고 서서 한동안 주위를 둘러봤다. 이곳이 어딘지 전혀 기억이 나지 않았다.

'얼마나 시간이 흐른 것일까?'

민성은 분명히 그녀를 기다리고 있었다. 그러나 어디에서도 그녀의 모습은 보이지 않았다. 모든 게 암흑 속에 묻혀 있었다. 호주머니에서 휴대폰을 꺼내던 민성이 갑자기 허리를 구부리며 핏물을 토해냈다. 민성은 그제야 자신의 몸이 성하지 않다는 걸 깨달았다. 시간이 지날수록 숨이 가빠오고 몸 이곳저곳에 고통이 엄습했다. 그는 본능적으로 언덕 위에 있는 병원으로 걸어가기 시작했다.

"주사를 맞을 시간이니까."

정신이 가물거릴수록 민성은 병원으로 돌아가야 한다는 환청에 시달렸다. 뇌 속에 또 다른 자신이 자꾸만 말을 걸어오는 것 같았다. 코뼈가 부러졌는지 비릿한 핏물이 계속해서 입안을 적시고 있었다. 민성은 기다시피 언덕을 올랐다.

포클레인의 모습이 나타났다. 낮에 봤던 모습 그대로 포클레인은 기대한 아가미를 늘어뜨린 채 반쯤 부서진 병원 건물 입구에 서 있었다. 민성은 눈을 비비대며 겨우 병원 현관으로 걸음을 옮겼다. 병원에 들어서자마자 이상하게 두통이 사라지는 걸 느꼈다. 그는 한 쪽 다리를 절뚝거리며 지하로 걸어갔다. 특별관리동이라고 쓰인 푯말이 복도에 붙어 있었다. 민성은 반쯤 열려진 두꺼운 철문에 기대어 서서 숨을 헐떡였다. 저 계단 아래에 많은 친구들이 모여 있었다. 매일 약을 먹고 주사를 맞아야 했지만 아이들과 같이 있는 것만으로 즐거웠다. 가끔 원무부장의 손에 이끌려 꼭대기 층에 있는 원장실로 불려가는 것만 빼고는 마음껏 음식을 먹을 수도 있었다. 민성은 더듬거리며 어두운 계단을 내려갔다. 12년 동안이나 방치되어 있던 지하는 꿉꿉한 곰팡이 냄새와 두껍게 쌓인 먼지로 가득했다. 어디선가 빗물 떨어지는 소리가 공허하게 울리고 있었다. 발걸음을 옮길 때마다 정신이 아득해질 만큼 고통이 엄습해 왔다. 코 외에도 갈비뼈가 부러지거나 다리에 골절이 생긴 것 같았다. 민성은 쇠창살로 이어진 복도 중간에 주저앉았다. 한기와 함께 졸음이 쏟아졌다.

'주사를 맞을 시간이야.'

어둠 저편에서 귀에 익은 목소리가 흘러나왔다. 민성은 무거워진 눈꺼풀을 힘들게 들어 어둠 속을 응시했다. 복도 끝에서 한 남자가 걸어오고 있었다. 검은색 우비를 걸친 원이었다. 그는 온화한 미소를 지으며 민성에게 다가왔다.

"어때? 다시 고향으로 돌아온 느낌이?"

원이 물었다. 민성은 도리질을 치면서 대답했다.

"원? 원이야……? 네가 어떻게 여길……."

"그전에…… 너의 대답을 먼저 듣고 싶어?"

"모르겠어. 어떤 기분이어야 되는 거지?"

"그래도 넌 이 마을에서 나고 자랐잖아. 뭔가 특별한 느낌을 가져야지."

"내가 여기서 자랐다는 걸 어떻게 알고 있는 거지?"

"날 아직도 기억하지 못하는구나?"

"십이 년 전에 만났잖아. 사고로 내가 기억을 모두 잃어버렸을 때……."

"아! 어쩌면 그럴 수도 있겠다……. 날 만든 건 병원장이었으니까."

"병원장이라니? 누굴 말하는 거야?"

원은 민성의 코앞까지 다가오며 물었다.

"정말 아무것도 기억나지 않아? 이곳이?"

"이 병원의 원장?"

"그래. 맞아."

원의 얼굴에 미소가 일었다.

"너의 부모를 죽인 사람이기도 하지. 그리고 내가 그 죗값을 치르게 널 도와주고 있는 거잖아."

민성은 원이 무슨 소리를 하는지 이해할 수 없었다.

"부모님을 죽인 사람이라니? 죗값은 또 무슨 소리야? 이해를 할 수 없는데 난…… 부모님을 기억하지 못해. 나는 보육원에서…….'

"후훗. 그래. 아직 모든 걸 다 기억해내진 못할 거야. 하지만 내가 네 옆에 있는 동안 넌 안전해. 내가 널 그들로부터 지켜줄 테니까. 그리고 천천히 기억을 되찾을 수 있도록 도와줄게."

"혹시 네가 현길이 만난다고 했던 그 친·구·였어?"

몸을 움직이려는 민성을 만류하며 원이 말했다.

"왜 그렇게 생각하는 거지?"

"이유는 없어. 단지…… 느낌일 뿐이니까."

잠시 민성의 눈을 바라보던 원이 고개를 끄덕이며 대답했다.

"그래. 맞아. 내가 그의 친구였어. 그리고 너의 친구이기도 하지."

"그는 자신의 몸에 신나를 뿌리고 불을 질렀어."

"나도 안타깝게 생각해."

"왜 현길은 널 두려워했던 거야? 혹시 네가 현길에게 분신을 강요한 건 아니지?"

"글쎄……. 네 생각은 어때? 내가 그에게 뭐라고 했을 것 같은데……?"

"모르겠어. 지금 내 앞에 서 있던 네가 진짜 원인지도 확신이 서질 않아."

도리질을 치며 민성이 대답했다. 원은 그의 말이 웃긴지 킥킥거리며 익살스럽게 웃었다. 그리고 민성의 상태를 살피며 차분히 입을 열었다.

"많이 다쳤구나. 주사를 맞아야겠어. 그럼 고통에서 벗어날 수 있을 거야."

"아직 내 질문에 대답하지 않았어."

하지만 원은 끝내 입을 열지 않았다. 대신 1회용 주사기를 꺼내 민성의 팔뚝에 꽂았다. 민성은 주삿바늘이 피부 깊숙이 박히는 걸 보면서 그에게 물었다.

"무슨 주사지?"

"널 행복하게 해 줄 거야……. 고통이 사라지면 내가 옛날이야길 들려줄게. 네가 좋아했던 샤를페로의 동화부터 현길과 제단에 바쳐진 소녀들의 이야기까지."

"샤를페로? 그 동화책이라면 네가 나한테 선물로 줬잖아."

"그래, 그렇게 너와 난 친해질 필요가 있어. 나에게 의존할수록 넌 강해질 수 있는 거니까. 그럼 더 많은 진실도 알게 될 거야."

원의 말처럼 민성은 차츰 육체적인 고통에서 벗어날 수 있었다. 어느새 그는 열두 살 어린 소년의 모습으로 쇠창살 앞에 서 있었다. 하얀 가운을 입은 간호사와 의사의 모습도 눈에 아른거렸다. 두 명의 어린 원이 민성을 향해 뛰어오고 있었다.

'아, 이제 생각이 났어. 원과 너의 쌍둥이 동생이…….'

민성은 혼잣말처럼 되뇌었다. 그리고 뒤에 서 있던 젊은 현길의 모습도 발견할 수 있었다. 주변은 빗물 떨어지는 소리 대신 아이들의 흥겨운 노랫소리가 흘러나왔다. 어디선가 찬송가가 들려오기도 했다. 하지만 민성의 의식은 검은 터널 속으로 빨려 들어가듯 다시 흐릿해지기 시작했다.

38

현관문은 잠겨 있었다. 박 형사는 베란다 쪽으로 이동을 했다. 커튼 뒤에 숨겨진 소설가의 거실과 방은 불이 꺼져 있었다. 12년 전의 화재사건에서 살아남은 소설가는 아직 집으로 돌아오지 않았다. 민성은 방범창을 절단기로 잘라낸 뒤 어깨에 메고 있던 부전기를 통해 베란다로 진입한다는 사실을 반장에게 알렸다.

"지금 진입하겠습니다."

박 형사는 OPP테이프를 붙인 베란다 창문을 깨고 안으로 들어갔다. 뒤이어 동료형사들이 박 형사의 뒤를 따랐다. 그는 제일 먼저 스위치를 찾아 거실의 불을 켰다. 그리고 현관으로 걸어가 잠긴 문을 열었다. 밖에서 대기하고 있던 반장과 현장 감식을 맡을 CSI 과학수사대 형사들이 거실로 들어왔다. 먼저 범인과 소설가의 유전자가 동일한지부터 조사할 필요가 있었다. 감식반원 한 명이 재떨이 위에 있는 담배꽁초를 집어 투명 랩 안으로 집어넣었다. 머리카락을 수거하는 형사도 있었다. 작가라는 직업에 맞게 거실 안은 책장과 책들로 가득했다. 거실과 맞닿아 있는 부엌은 정돈이 잘 되어 있었다. 방으로 들어갔던 반장이 박 형사를 큰소리로 불렀다. 반장의 목소리를 따라 방으로 걸어가던 박 형사가 문 앞에서 멈칫거렸다. 마주보는 벽면에 부산 시내가 자세히 묘사된 지도가 붙어 있었다. 그리고 지도의 여러 곳에는 붉은색 매직으로 동그라미가 그려져 있었다.

"작가선생도 여성들의 실종사건에 관심이 많았나 보군⋯⋯."

책상 위에 놓여 있는 「연쇄살인사건에 관한 보고서」라는 원고지 뭉치를 훑어보던 반장이 입을 열었다. 지도 위에 표시된 점들을 이어서 만든 'T.W.I.N'이라는 단어에 박 형사는 눈을 뗄 수 없었다. 쌍둥이. 원장수녀로부터 들었던 김현과 김현의 쌍둥이 형제가 박 형사의 머릿속에 맴돌았다.

"도대체 뭘 하고 있었던 걸까요?"

"약장수 녀석의 말이 사실이라면 우린 연쇄살인범을 찾은 것 같아."

다소 흥분된 목소리로 반장이 대꾸했다. 그는 책상 아래에 있던 종이박스를 뒤지기 시작했다. 신문 스크랩과 노트를 훑어보면서 그가 범인이라는 확신이 들었다. 일주일 전 용호농장 부근에서 실종된 한 여대생의 기사와 형광펜으로 덧칠된 12년 전의 화재사건기사를 발견했기 때문이다. 스크랩한 기사를 박 형사에게 보여주면서 반장이 말을 이었다.

"두 명의 여대생 외에 또 다른 피해자가 있었는지도 모르겠어."

"그렇다면 이미 세 명의 피해자가 발생했다는 소리에요. 저 지도에 표시된 실종여성들을 제외하더라도."

반장과 박 형사의 시선이 벽에 붙어 있는 지도로 향했다. 여성들의 실종 장소를 표시한 점은 모두 열네 개였고 실종 지역과 연도가 제각각이었다. 박 형사는 등골이 싸늘해지는 느낌이었다. 그때 반장의 휴대폰이 울렸다. 압수수색영장을 가지고 통신사로 이동했던 후배 형사의 전화였다. 기지국의 발신자추적을 통해 소설가의 위치를 알아냈다고 후배 형사는 말했다.

"거기가 어디지?"

"용호농장입니다. 용호농장 반경 이 킬로미터 안에 그가 있습니다."

"용호농장?"

확인하듯이 반장이 되물었다.

"마지막 통화도 그곳에서 했어요. 한 시간 전에……. 통화자의 휴대폰번호를 조회하니까 흥미로운 사람이 나왔습니다."

"누군데?"

"십이 년 전, 용호농장에 일어났던 화재사건요. 그 병원장의 손녀였어요."

반장은 박 형사와 눈을 마주치면서 입을 열었다.

"좋은 정보야. 자넨 거기 대기하고 있다가 새로운 정보가 나오면 다시 알려주게."

전화를 끊은 반장이 박 형사에게 덧붙이듯 말했다.

"자넨 당장 전경대에 연락해서 독립중대, 기동대, 방범순찰대까지 모두 불러내."

그리고 주위를 향해 큰소리로 외쳤다.

"남부팀은 모두 용호농장으로 간다!"

39

그녀가 도착했을 때 병원장은 응급처치를 받은 뒤 안정을 취하고 있었다. 원장의 주치의는 그가 한 달을 넘기기 힘들 거라는 사실을 그녀에게 알렸다.

"마음의 준비를 해두는 게 좋을 겁니다. 최선을 다했지만 생각보다 심각한 상황이에요. 지금까지 살아계신 것도 기적에 가깝습니다."

40대 후반의 의사는 5년 전 병원장이 갑자기 쓰러진 뒤부터 치료를 맡아왔다. 병원장의 학교후배이기도 한 그는 이목구비가 뚜렷하고 키가 컸다. 담담하게 의사의 말을 듣는 동안 그녀는 용호농장에서 만났던 민성의 얼굴을 떠올렸다. 그가 자신의 모습을 온전히 드러낼 때까지 그녀는 초조함을 감추기 위해 많은 노력을 기울였다. 샤를페로의 프랑스판 동화책을 소포로 보낸 녀석은 동생이 죽지 않고 살아있다는 사실을 알리기 위해 잠자는 숲속의 미녀를 인용했다. 그는 숲속의 미녀가 4일 동안 아무것도 먹지 못했다는 사실을 우회적으로 알려왔던 것이다.

"의식은 돌아오셨나요?"

"네……. 하지만 아직 안정이 필요합니다."

"지금 만날 수 있을까요? 중요한 일이에요."

"낮에도 형사들이 찾아왔었습니다. 원장선생님은 그들을 만나던 중에 피를 토하셨어요."

"형사들이 할아버지를 찾아왔다고요?"

담당의사는 말없이 고개를 끄덕였다. 실종된 동생 때문일까? 하지만 그럴 리는 없었다. 실종신고를 하지 않은 건 할아버지의 생각이었다. 경찰이 수사를 하게 되면 민성은 흔적도 없이 사라질 거라고 말했다. '녀석이 사라지면 영원히 동생의 행방을 알 수 없게 되잖니?' 대신 할아버지는 오래전부터 거래를 해오던 검정양복들을 불렀다.

"무슨 일로 찾아온 거죠?"

"십이 년 전에 있었던 화재사건에 대해 이것저것 캐물었다고 했어요……. 자세한 건 집사님에게 직접 물어보시는 게 좋을 겁니다."

그제야 그녀는 형사들도 민성을 찾고 있다는 사실을 깨달았다. 지금부터가 중요해. 민성이 형사들에게 잡히기 전에 동생이 있는 곳을 먼저 알아내야 한다고 그녀는 생각했다. 그가 이 게임에 흥미를 잃기 전에……. 초조감이 한층 그녀의 가슴을 조여오기 시작했다.

"동생의 목숨이 달린 문제예요. 전 지금 할아버지를 만나야만 합니다."

담당의사는 그녀의 말에 긴 한숨을 내쉬었다.

산소호흡기가 느리게 움직이고 있었다. 소독이 된 녹색가운을 걸치고 마스크를 쓴 그녀는 천천히 할아버지 곁으로 다가갔다. 바이탈 체크를 하고 있던 간호사가 그녀에게 가볍게 눈인사를 건넸다.

"잠시 할아버지와 단둘이 있고 싶어요."

체크를 끝낸 간호사는 알겠다는 듯 고개를 끄덕이고는 투명막 밖으로 사라졌다. 그녀는 침대 앞에 서서 뼈만 앙상하게 남은 병원장의 손을 잡았다. 폴리글로브를 낀 그녀의 손이 닿자 산소 호흡기를 단 병원장이 살며시 눈을 떴다. 그의 옷자락에는 낮에 토했던 핏자국이 그대로 남아 있었다. 잠시 그녀를 올려다보던 병원장의 눈 주위가 촉촉이 젖어들었다.

"맞아요, 할아버지. 그가 다시 모습을 드러냈어요."

병원장의 얼굴이 더욱 창백하게 변했다. 그녀는 할아버지가 동생에 대해 묻는다는 걸 눈빛으로 알 수 있었다.

"아직요. 그는 알려주지 않았어요. 할아버지가 그랬던 것처럼."

잠시 호흡을 가다듬던 그녀가 다시 입을 열었다.

"할아버지도 제게 모든 걸 말해 주지 않았던 거죠? 용호농장에서 있었던 일들을 말이에요."

병원장의 호흡이 가팔라지고 있었다. 그는 산소마스크를 턱 아래로 밀어낸 채 힘겹게 말을 내뱉었다.

"녀석이 원하는 게…… 뭐였지……?"

그녀는 선뜻 대답을 하지 못하고 망설였다. 원장은 그런 손녀의 모습을 올려다보면서 고개를 끄덕였다. 그녀는 대답 대신 민성이 건네준 사카이토지를 내밀었다. 병원장은 알겠다는 듯 두 눈을 깜박였다.

"자세히…… 말해 주겠니……?"

마치 모든 걸 알고 있는 것처럼 원장은 계속해서 그녀에게 질문을 던졌다. 그녀는 용호농장에서 있었던 일을 할아버지에게 모두 말했다. 그녀의 이야기를 묵묵히 듣고 있던 병원장의 두 눈에 다시 눈물이 흘러내렸다.

"결국…… 녀석은 자신이 원하는 걸…… 얻게 되겠구나……."

"아직 기회는 있어요. 할아버지!"

하지만 병원장은 고개를 좌우로 흔들었다.

"당시의 농장은…… 광기에…… 휩싸여 있었단다……. 어떤 이는…… 욕심 때문에……. 어떤 이는…… 공포 때문에……. 또 다른 사람은…… 요제프 멩겔레[9]처럼 단지 그 광란의 시간을…… 즐기기 위해서……."

"그는 질 드레와 샤를페로의 동화에 대해 말해 줬어요. 자신을 만든 건 바로 할아버지였다고."

병원장은 그녀의 말에 대꾸하지 않았다. 그는 한동안 천장을 바라보고 있었다. 형사들을 만났을 때와 마찬가지로 그의 시선은 의미도 없이 허공의 어느 한쪽을 향해 있었다.

"분명히 동생은 용호농장 안에 감금되어 있는 거예요. 그러니까 할아버지의 도움이 필요합니다. 할아버지보다 그에 대해 잘 알고 있는 사람은 없으니까요."

"사랑하는 손녀를……. 그러고 보니 녀석은…… 나 하나만으론…… 만족을 하지 못하는 것 같구나……."

"무슨 말씀이세요?"

"우리 모두의…… 파멸을……. 녀석은…… 원하고 있는 거다……. 결코…… 동생을…… 살려 두진 않았을 거야……."

"아니에요!"

그녀는 도리질을 치며 대답했다. 할아버지의 생각은 잘못된 것이 분명했다. 동생은 꼭 살릴 수 있을 테니까. 물이 있다면 보름 이상을 생존할 수 있는 게 사람이니까. 특히 여자는 남자보다 인내심과 정신력이 강하다. 중요한 건 그가 용호농장의 어디에 동생을 감금해

---

9) 요제프 멩겔레 : 1911 - 1979. 귄츠부르크(Gunzburg) 출생. 아우슈비츠 강제수용소에서 유대인들을 상대로 불임과 생체실험을 자행했던 인물이다. 죽음의 천사라는 별명을 가지고 있었으며 특히 쌍둥이와 난쟁이에 관심이 많았다. 1979년 브라질 상파울루 해변에서 심장마비로 죽을 때까지 신분이 밝혀지지 않았다.

두었는지 알아내는 것뿐이다.

"전 용호농장이니 화재니 복수니 하는 말에는 관심이 없어요. 전 다만 동생을 찾고 싶을 뿐이에요."

"그래서…… 널…… 끌어들인 거야…… 네 어미가…… 그랬던 것처럼……."

"어머닌 자살을 하셨잖아요." 하다 말고 그녀는 민성의 말을 되뇌었다. 동생을 찾고 싶다면 할아버지의 목숨이 필요하다. 어머니에게도 그런 비슷한 제안을 했던 것일까.

"많은 걸…… 알려고 해선…… 안 된단다……. 그…… 칼을 주겠니?"

"그럴 수 없어요. 할아버지!"

"그래야만…… 한단다……. 녀석의 말대로……, 녀석을 만든 건…… 나였으니까……."

그녀의 손을 잡으며 병원장은 말을 이었다.

"모두들……, 이 할아비를…… 죽음의 천사라고…… 불렀단다……. 무슨 뜻인지…… 알겠니?"

그러고 나서 원장은 침대 난간에 붙어 있는 버튼을 눌렀다. 벨소리를 듣고 집사와 건장한 체구의 경호원이 투명막 안으로 들어왔다. 그들은 두 사람의 대화를 처음부터 듣고 있었는지 그녀가 들고 있던 사카이토지를 보고도 놀라지 않았다.

"내가 죽어야만…… 모든 게 해결될 수 있단다……. 그래야만…… 너만이라도 안전할 수 있으니까……. 더 이상…… 농장에 대해서 알려고 하지 말거라……. 정말 두려운 건…… 그 녀석이…… 아니니까……."

"두려운 사람이라뇨? 그 사람이……."

그녀가 말을 끝내기도 전에 원장이 경호원에게 눈짓을 했다. 경호원은 그녀의 손에서 칼을 빼앗은 뒤 투명막 밖으로 그녀를 끌고나갔다. 발버둥을 치며 반항했지만 경호원의 완력을 당할 순 없었다. 그녀가 밖으로 끌려나간 뒤 경호원이 건네준 사카이토지를 받아든 집사가 원장에게 다가갔다.

"죄송합니다……. 박사님. 녀석이 살아있을 거라고는……."

원장은 집사의 말에 손사래를 치며 대꾸했다.

"그 악마로부터……. 내 마지막 혈육을……. 막을 수 있는 방법은 하나밖에 없네……. 그 아이가 녀석의 생각처럼 평생 죄책감에 시달리게 할 수는 없어."

"박사님!"

말없이 고개를 끄덕이던 집사는 사카이토지의 날카로운 칼끝으로 원장의 목을 망설임 없이 찔렀다. 원장은 단말마의 비명도 지르지 못한 채 숨을 거두었다. 집사는 침착하게 칼이 꽂힌 채 죽어 있는 원장의 사진을 휴대폰으로 찍어 그녀의 번호로 민성에게 전송했다. 그 다음 집사는 옷매무새를 가다듬은 뒤 90도로 병원장에게 인사를 건네고 나서 창밖으로 뛰어내렸다. 화단 사이의 난간에 부딪친 집사의 머리에서는 피가 분수처럼 뿜어져 나왔다. 그는 몇 번의 짧은 경련을 일으킨 뒤 곧 조용해졌다.

40

용호농장으로 향하던 박 형사에게 전화가 걸려왔다. 관내 파출소
로 신고가 들어왔는데 용호농장에서 일하던 건설노동자들이 머리가
잘려나간 시신을 발견했다는 내용이었다. 사건현장에 먼저 도착한
지구대 경찰들이 폴리스라인을 만들고 일반인들의 출입을 통제하고
있다고 했다. 곧 용호농장으로 과학수사과 형사들이 도착할 거란 소
리도 덧붙였다.

"이번에도 여대생이야?"

"아뇨. 건장한 체격의 남성이랍니다."

박 형사의 차는 어느덧 용호농장 입구로 향하고 있었다. 오륙도가
바라보이는 선착장에서 출발한 마을버스 한 대가 매연을 뿜어대며
구불구불한 1차선 도로를 올라오고 있었다.

"남자?"

어떻게 된 거지?

"반장님과 박 형사님이 제일 먼저 도착하는 거니까 상황판단을 잘
하시랍니다. 과장님도 지금 출발하신다고 하고요."

"알겠네."

옆에 앉아 있던 반장이 대신 대답했다. 선착장과 접해있는 주차장
에는 지구대에서 나온 3대의 경찰차가 아무렇게나 주차되어 있었
다. 전경대 버스도 막 도착했는지 대원들이 버스에서 내려 열을 맞
추고 있었다. 박 형사는 선착장까지 내려가지 않고 농장 중턱에 있
는 골목 입구에 차를 세우고 운전석에서 내렸다. 곧이어 두 대의 자

동차가 뒤를 따라 주차했다. 남부서에 있는 대부분의 형사들이 용호 농장으로 모여들고 있었다. 박 형사도 반장과 함께 좁은 골목을 따라 빠른 걸음으로 시신이 발견된 현장으로 향했다.

　미로처럼 이어진 골목과 골목 사이에는 낡고 오래된 가옥들이 빽빽이 들어차 있었다. 관내 경찰서에서 근무를 하면서도 이런 곳이 존재한다는 사실을 모르고 있었던 박 형사는 가슴이 먹먹해졌다. 도심 속의 작은 게토, 이곳에 갇힌 사람들은 단지 신체나 정신적인 장애가 있다는 이유만으로 감금된 채 불임수술을 받아야만 했다. 그리고 그들은 너무나 이른 나이에 이곳에서 사라져갔을 것이다. 병원장이 살던 프랑스식 가든형 저택과는 비교도 할 수 없는 삭막한 정경을 둘러보며 박 형사는 부조리라는 단어를 떠올렸다.

　이마에 맺힌 땀을 닦으며 박 형사는 폴리스라인이 쳐진 건물 앞으로 올라갔다. 미리 현장에 도착한 지구대소속 경찰관들이 박 형사과 반장을 알아보고 거수경례를 붙였다. 건성으로 경례를 받으며 박 형사와 반장은 시신이 쓰러진 장소로 다가갔다. 등을 보인 채 쓰러져 있는 검은 양복의 남자는 운동선수처럼 건장한 체격을 가지고 있었다. 뜯겨나간 머리는 서너 발자국 떨어진 담벼락 아래에서 발견되었다. 시신의 주변에는 치열한 격투의 흔적이 남아 있었다. 부서진 벽돌과 쇠파이프, 가스총과 함께 목을 자를 때 사용한 듯한 칼도 발견할 수 있었다. 박 형사는 현장을 훼손시키지 않게 조심하면서 시체 가까이 다가갔다. 시신의 손가락에 끼워진 반지는 그가 UDT출신이라는 사실을 말해 주고 있었다. 해군특수부대 출신의 건장한 남자. 거기다 허리 부근에 착용한 파우치가 박 형사의 눈에 들어왔다. 경찰은 아니더라도 최소한 사설경호원 정도는 되어 보였다. 병원장이 고용한 사람일까? 그렇다면 왜 이곳에서 살해당한 채 발견된 것일까? 자리에서 일어난 박 형사가 최초의 목격자를 찾았다. 안전모를 쓴 40대 후반의 남자를 가리키던 경찰관이 "많이 놀란 모양입니다. 잘린 머리와 눈이 마주쳤대요."라고 걱정스럽게 입을 열었다. 박 형사는 경찰관의 어깨를 가볍게 두드리면서 목격자와 면담을 했다. 햇볕에 그을린 얼굴에 여드름흉터가 군데군데 나 있는 목격자에게 박 형사는 경찰신분증을 내민 뒤 질문을 던졌다.

"시신을 발견한 시간은요?"

"야간작업에 들어가자마자 철거지역부터 둘러봤거든요. 대략 아홉 시쯤……. 백골이 발견되는 경우는 종종 있었지만……. 정말이지 이곳은 죽음을 부르는 것 같아 정나미가 떨어집니다."

고개를 좌우로 흔들면서 남자가 말했다. 박 형사는 산등성이 아래에서 힘들게 걸어 올라오는 과학수사과 형사들의 모습을 잠시 내려다보면서 남자에게 다시 질문을 던졌다.

"이곳에 병원도 있었다고 들었는데 혹시 그 병원이 있던 자리를 아세요?"

남자는 고개를 끄덕이며 산꼭대기에 있는 건물을 손으로 가리켰다.

"바로 저 건물입니다. 오래 전에 화재가 발생하긴 했지만 외형이 온전히 남아 있어요. 어찌나 단단하게 지어놨던지 철거작업을 하면서도 애를 먹고 있습니다."

박 형사는 남자가 가리키는 하얀색 타일이 붙어 있는 병원건물을 올려다보면서 테노치티틀란의 거대한 피라미드를 연상했다. 마을 어디에서나 바라보이던 피의 제단. 그곳에서 전쟁포로로 잡힌 수많은 노예들이 머리와 심장이 잘려나간 채 신의 제물로 받쳐졌다……. 도대체 무슨 생각을 하고 있는 거야.

화재사건 이후 12년 동안이나 방치되어 있던 건물치고는 외양이 깨끗했다. 서 병원에서 의문의 화재사건이 발생했던 것이다. 많은 사람들이 죽었고 원장은 끝까지 묵비권을 행사했다. 12년이 지난 지금, 병원에서 근무를 했던 원무부장의 딸과 한때 이곳 자치위원으로 활동했던 전직 소방대원의 딸이 연달아 목이 잘린 채 발견되었다. 그리고 연쇄살인사건의 3번째 피해자는 예상과는 달리 건장한 체격의 사설경호원이었다.

"시신을 발견하자마자 신고를 하신 거고요."

"어젯밤 꿈자리가 사납다고 생각했더니……."

투덜거리는 남자에게 박 형사가 다시 질문을 던졌다.

"최근에 여기서 이상한 사람을 목격하거나 기억에 남는 일은 없었습니까?"

"여기 일하는 직원들은 모두 지뢰 밟는단 농담을 자주 해요. 어찌 된 일인지 백골이 여기저기서 발견되니까……. 그리고 보니 어제도 이상한 남자를 본 적이 있습니다. 야구 모자를 눌러 쓴 남자였는데 형사님이 말한 저 병원건물 안에서 마주쳤어요."

"병원건물 안에서요?"

박 형사가 놀란 얼굴로 반문했다.

"여긴 재개발 구역에 묶여 있는데다가 철거지역이라서 사람들이 살지 않아요. 그런데 어제 폐허가 된 저 건물 팔 층에서 수상자 남자를 발견했습니다. 따끔하게 말을 건네긴 했지만, 처음엔 많이 놀랐어요……. 여긴 으스스한 이야기들이 많이 떠돌아다니거든요."

"인상착의는 기억납니까?"

"네. 야구 모자를 눌러 썼지만 분명히 서른 중반은 넘지 않았을 거예요. 키는 일 미터 팔십 센티미터 정도 되는 것 같았고요."

"혹시 이 사람과 닮지 않았나요?"

박 형사는 소설가의 사진을 남자에게 보여주었다. 남자는 고개를 갸우뚱거리면서 대답했다.

"글쎄요. 비슷하긴 한 것 같은데……."

그때 정상 부근에서 일을 하던 인부가 큰소리를 치며 산 아래로 내려왔다.

"저 위에도 쓰러진 남자가 있어요. 아직 숨이 붙어 있는 것 같습니다……. 일일구!……. 아니 구급차가 필요해요!"

박 형사와 반장, 지구대 소속 경찰관 1명이 인부가 가리키는 곳으로 곧장 뛰어갔다.

쓰러진 남자는 중턱에서 발견된 머리 잘린 시신보다 나이가 많아 보였다. 여러 군데 상처가 나 있었고 얼굴은 알아볼 수 없을 만큼 붉은 피로 얼룩져 있었다. 숨을 쉴 때마다 핏물이 기도를 막는지 숨쉬기가 매우 힘들어 보였다. 곧 숨이 끊어질 것 같은 위태로운 상황처럼 느껴졌다. 박 형사와 함께 건물 안으로 들어섰던 경찰관이 급히 구급차 요청을 했다. 반장이 통화를 하고 있는 경찰관의 휴대폰을 빼앗아 들면서 외쳤다.

"여긴 구급차가 들어올 수 없어요. 헬기를 요청합니다. 위급한 상황이에요. 연쇄살인사건의 중요한 목격자나 용의자일 수 있습니다!"

반장이 구급대 요청을 하는 동안 박 형사는 기도가 막히지 않도록 조심스럽게 남자의 목덜미 위쪽을 오른손으로 받쳐 들었다. 가파른 호흡을 하던 남자가 힘겹게 눈을 뜨고 박 형사를 올려다봤다. 그는 뭔가 말을 하고 싶은 것 같았다. 오물거리는 남자의 입에서는 여대생이라는 단어가 튀어나왔다. 박 형사가 남자의 입 가까이 귀를 가져갔다. 남자는 민성의 손을 잡으면서 여자가 우물 안에 갇혀 있다는 말을 겨우 내뱉었다. 그러곤 컥컥거리면서 다시 괴로운 신음소리를 터뜨렸다. 박 형사는 옆에 서 있는 경찰관에게 근처에 우물이 있느냐고 물었다. 경찰관이 고개를 좌우로 흔들었다. 그때 남자를 발견했던 건설인부가 '여기서 가까운 거리에 우물이 있긴 합니다만……' 하고 대답했다.

"우물 안에 사람이 갇혀 있다는데요."

"그럴 리가요. 그 우물은 오래 전부터 사용되지 않는 걸요. 거기다 우물 입구는 두꺼운 철판으로 막혀 있어요."

"그래도 확인을 해보는 게 좋을 것 같군."

반장이 심각한 표정으로 말했다.

박 형사는 반장에게 현장 관리를 부탁한 뒤 건설인부 두 명과 함께 우물이 있는 장소로 이동했다. 병원 건물에서 불과 10미터도 떨어지지 않은 곳이었다. 옛 교회 건물로 보이는 마당을 지나자 인부의 말대로 철판으로 덮여 있는 우물이 나타났다. 우물 앞에는 용호정이라는 한자가 새겨져 있었다. 박 형사는 우물 앞으로 걸어가 철판덮개를 걷어내려고 안간힘을 썼다. 그러나 10센티미터의 두께를 가진 철판은 쉽사리 움직이지 않았다. 건설인부 중 한 명이 허리에 차고 있던 망치를 꺼내들었다. 그는 박 형사를 물러서게 한 뒤 철판에 걸려 있는 자물쇠를 향해 힘차게 망치로 내려쳤다. 불꽃이 일 정도로 세차게 망치질을 하자 녹이 쓴 자물쇠가 떨어져나갔다. 이번에는 박 형사를 비롯한 세 사람이 힘을 합쳐 철판의 한쪽 손잡이를 들어올렸다. 철판의 한쪽 면이 철커덩 거리는 소리와 함께 아래로 떨어져나갔다. 그와 동시에 우물 안에서 악취가 풍기기 시작했다. 두 명의 인부가 코를 막으며 뒤로 물러섰다. 박 형사 역시 엉거주춤 뒤로 물러서면서 '빌어먹을!' 이라고 소리쳤다. 부패한 시체에서 나는 악취였기 때문이다. 정말 이곳은 죽음을 부르는 저주라도 내린 것일까.

병실 앞에서 신문을 읽고 있던 경관이 박 형사와 반장을 향해 거수경례를 붙였다. 집중치료실 안에는 산소 호흡기와 링거에 의존해 누워 있는 남자가 보였다. 심전도 모니터는 심장의 박동 수에 따라 규칙적인 신호음을 내고 있었다. 그의 발아래에는 Coma라는 글자가 선명하게 적혀 있었다. 유리벽으로 나누어진 복도 앞에 서서 박 형사는 회진을 돌고 있는 의사와 간호사의 뒷모습을 멍하니 바라보았다. 용호농장에서 발견된 남자는 헬리콥터를 이용해 병원으로 이송되었다. 우물 안에서 발견된 시체는 보름 전에 실종된 병원장의 손녀로 밝혀졌다. 부패의 진행 정도로 봐서 죽은 지 일주일 정도가 지난 것 같았다. 우물 속에 버려질 당시에 이미 큰 부상을 입은 것으로 부검결과 나타났다. 몸의 다섯 군데에서 골절과 함께 출혈의 흔적이 남아 있었다.

"아직 병원장의 손녀는 묵비권을 행사 중인가?"

"오늘 오전에 담당 변호사가 그녀의 정신상태가 불안전하다는 사실을 서면으로 알려왔어요. 할아버지와 동생을 동시에 잃어버린 뒤 그 충격에서 벗어나지 못하고 있다고 말입니다."

"작가와의 통화 내역에 대해선?"

박 형사는 대답 대신 고개를 좌우로 흔들었다. 저기 유리벽 안에 누워있는 남자는 12년 전 병원의 화재 현장에서 살아남은 생존자였다. 그리고 12년이 지난 지금, 그는 연쇄살인사건의 유일한 용의자이자 환자로 다시 병상에 누워있는 것이다. 사건에 대해 알고 있는 또 다른 생존자는 평생을 함께 지내온 집사에 의해 살해당했다. 그리고 집사는 병원장을 살해한 직후 투신자살을 했다. 처음 그 소식을 전해 들었을 때 박 형사는 저택에서 마주쳤던 집사의 얼굴을 기억해 내려고 애썼다. 공손함이 몸에 배여 있었지만 어딘지 모르게 매서운 눈매를 가진 남자였다. 하지만 수사를 하는 과정에서 병원장을 살해할만한 뚜렷한 동기를 찾을 수 없었다. 병원장 주위에는 늘 경호원이 따라다녔지만 경호원 역시 순식간에 벌어진 일이라고만 진술을 반복하고 있었다.

"어째, 십이 년 전과 비슷한 상황 같잖아."

반장이 투덜거렸다. 박 형사는 집중치료실에서 나오는 의사에게 다가가며 '하지만 우연이라도 그럴 가능성은 없을 겁니다.' 라고 짧게 대답했다.

복도로 나온 의사가 다가오는 윤 형사와 박 형사에게 눈인사를 건넸다. 용의자는 병원에 실려 올 당시 치사량에 가까운 마약 중독 상태에 빠져 있었다. 다리와 갈비뼈, 얼굴에 각각 골절상과 출혈이 있었지만 목숨을 위협할 정도는 아니었다. 그 때문에 의사는 용의자가 'Induced coma, 인위적 혼수상태'와 비슷한 상황에 빠져 있을 가능성에 대해 언급했다. 의사는 의도된 행동일 가능성은 없지만 매우 운이 좋은 사람인 건 확실하다고 말했다. 삶과 죽음의 경계에서 그는 단 몇 밀리미터의 오차로 요단강을 건너가지 않았다고 덧붙이면서. 그러나 박 형사는 의사의 말을 듣는 순간, 묘한 두려움 같은 것을 느꼈다. 중학교시절 김현으로부터 과외수업을 받았던 진욱이나 영재, 소현처럼 박 형사 역시 병상 위에 누워 있는 저 남자가 보통 인간과는 다르다는 느낌을 지울 수 없었다.

"어떻습니까? 용의자의 상태는요. 고비는 넘긴 건가요?"

박 형사가 의사에게 질문을 던졌다. 그는 병실 쪽을 슬쩍 건너다보면서 입을 열었다.

"며칠 더 경과를 지켜봐야 합니다만. 확실히 위험한 고비는 넘겼어요."

미소를 짓는 의사의 얼굴이 이상하게 눈에 익었다.

"의식은 언제쯤 회복할 수 있을까요?"

"확실한 답변은 아직 드릴 수가 없겠는데요."

"법의 심판을 받을 때까진 정신을 차렸으면 좋겠습니다. 확인할 게 많거든요."

반장이 끼어들었다. 유전자 감식 결과 두 명의 여대생 살인사건과 농장에서 목이 잘린 채 발견된 남자의 살인범이 소설가의 유전자와 일치하는 것으로 나타났다. 감식 결과를 보고 받는 자리에서 반장은 안타까움을 금치 못했다. 남부서에서 불과 1킬로미터 거리에 범인의 거주지가 있었다. 그는 이제껏 미제사건으로 남아 있던 열네 명의 실종사건과 우물에서 발견된 병원장의 손녀, 12년 전에 있었던 화재사건의 유력한 용의자이기도 했다.

"소문 때문인지 몰라도 간호사들도 병실 들어가는 걸 무서워합니다."

"그런 걱정은 하실 필요가 없어요. 무장 경관들이 이십사 시간 감시를 하고 있으니까요…… 보시다시피 저희들 역시 매일 이곳으로 출근하다시피 하죠."

박 형사의 말에 의사는 재미있다는 듯 킥킥거리며 대꾸했다.

"정말, 그렇군요."

의사와 헤어진 박 형사와 반장은 병원 로비로 걸어가 자판기 커피를 나눠 마셨다. 로비에서 바라보이는 정원수의 잎사귀는 어느덧 연두색에서 녹색으로 변해가고 있었다. 며칠 동안 하늘을 뒤덮고 있던 먹구름이 물러가자 이른 무더위가 시작되고 있었다. 정오를 지나면서 초여름 같은 열기가 도심을 달궜다. 반장은 살인범의 상태에 대해 서장에게 보고한 뒤 병원 주차장으로 걸어갔다. 주차장까지는 30여 미터 가량을 걸어서 내려가야 했다. 병원 뒷마당은 도시에서는 좀처럼 구경하기 힘든 장목(長木)들로 숲을 이루고 있었다.

"그동안 내가 살고 있는 세계와는 다른 세상을 접해본 기분이야. 이상한 건 곳곳에서 벌어지는 이와 같은 폭력적이고 파괴적인 상황들이 지극히 평범한 사람들에 의해서 일어나고 있다는 사실이지만."

"전 언제나 성악설을 믿는 쪽이잖아요. 강력한 법과 공권력 없이는 평화로운 사회는 유지될 수 없다는 신념에도 변함이 없고요."

"박 형사 역시 저 녀석을 사형장으로 보내야 한다고 생각하겠지?"

"물론입니다."

운전석에 타면서 박 형사가 대답했다. 그는 시동을 켜고 나서 에어컨의 레벨을 최고로 올렸다.

"서장님은 뭐래요?"

"입 조심 하란다. 농장을 재개발하고 있는 건설회사에서 항의가 들어온대. 용호농장이 매스컴에 오르내리면서 분양률이 저조해지고 있다고."

"결국은…… 달라진 게 없는 거잖아요."

차가 주차장을 벗어나 도로로 진입했다. 출근시간을 넘긴 탓인지 6차선 도로는 한산했다. 라디오에서 신나는 음악이 흘러나왔다. 더 이상의 인명피해 없이 범인을 잡을 수 있어 박 형사의 마음은 홀가분했다. 하지만 어딘지 모르게 개운치 않은 부분이 남아 있었다. 실은 연쇄살인범은 잡힌 게 아니라 스스로 모습을 드러낸 것뿐이었다.

"병실에 누워 있는 저 소설가가 김현의 쌍둥이 형제일까요?"

"글쎄, 그러기엔 얼굴이 너무 다르잖아……."

"성형수술을 받았는지도 모르죠."

박 형사의 대꾸에 반장은 고개를 좌우로 흔들며 미소를 지었다. 농담이 심하잖아.

"하지만 한 가진 분명해질 거야. 괴물이 사라지면 또 다른 괴물이 나타난다는 거."

"그럼, 우린 다시 그 괴물을 잡으러 다녀야겠군요."

박 형사가 말했다. 반장이 그를 흘깃거리며 응답했다.

"그렇다고, 세상이 변하진 않을 거야."

차가 속력을 내기 시작했다. 박 형사가 라디오의 볼륨을 높였다. 스피커에선 보이즈 라이크 걸즈의 「The Great Escape」가 흘러나오기 시작했다.

<끝>

레드

1판 1쇄 찍음 2013년 12월 16일
1판 1쇄 펴냄 2013년 12월 23일

지은이 | 김유철
발행인 | 김세희
편집인 | 김준혁
펴낸곳 | 황금가지

출판등록 | 2009. 10. 8 (제2009-000273호)
주소 | 135-887 서울 강남구 신사동 506 강남출판문화센터 5층
전화 | 영업부 515-2000 편집부 3446-8774 팩시밀리 515-2007
홈페이지 | www.goldenbough.co.kr

ISBN 978-89-6017-814-4 03810

㈜민음인은 민음사 출판 그룹의 자회사입니다.
황금가지는 ㈜민음인의 픽션 전문 출간 브랜드입니다.